Beltz & Gelberg Taschenbuch 916

Chris d'Lacey sagt über *Linda Newbery*: Ich halte Linda für eine tolle Schriftstellerin. Als sie mir eine Zusammenarbeit vorgeschlagen hat, bin ich erst mal zu Tode erschrocken, weil ich fürchtete, dass ich an die Schönheit ihres Stils nie herankommen würde. Sie hat viele Bücher für unterschiedliche Altersstufen verfasst, eines davon wurde sogar für die »Carnegie Medal« nominiert. Linda ist ein gesprächiger und liebenswürdiger Mensch und eine sehr gute Freundin. Sie liebt Katzen, vegetarisches Essen und ihren Gartenteich. Ich würde sehr gerne noch einmal etwas mit ihr zusammen schreiben. Ich fände es interessant, zu sehen, wie sich die Beziehung zwischen Guy und Annabelle weiterentwickelt.

Linda Newbery sagt über *Chris d'Lacey*: Ich kannte Chris d'Lacey noch nicht, als man mich bat, die Jury für einen Kurzgeschichtenwettbewerb zu übernehmen, und erklärte seinen (anonym eingereichten) Beitrag zum Sieger. Seine Geschichte war nicht nur die beste, sie war *mit Abstand* die beste. Chris gewinnt sehr oft Preise – sein erster Roman mit dem Titel *Fly, Cherokee, Fly* wurde für die »Carnegie Medal« nominiert. Chris lebt mit seiner Frau Jay, der Katze Pippa und fünf Tauben zusammen und weiß alles über konfokale Mikroskopie. Er ist ein unermüdlicher E-Mail-Schreiber und ein wunderbarer Freund und er erzählt fürchterliche Witze.

Chris d'Lacey / Linda Newbery

Von mir @n dich

Eine Liebesgeschichte

Aus dem Englischen von
Anja Hansen-Schmidt

BELTZ
& Gelberg

www.beltz.de
Beltz & Gelberg Taschenbuch 916
Einmalige Sonderausgabe

Die englische Originalausgabe erschien unter dem Titel
from e to you bei Scholastic Children's Books, London

Aus dem Englischen von Anja Hansen-Schmidt
Neue Rechtschreibung
Einbandgestaltung: Max Bartholl
Einbandfoto: Getty Images / Terry Doyle
Gesamtherstellung: Druckhaus Beltz, Hemsbach
Printed in Germany
ISBN 3 407 78916 5

Linda >Ich habe eine tolle Idee für ein Buch!

Chris >(gähn) Wovon handelt es?

Linda >Von einem Jungen und einem Mädchen, die sich über E-Mail kennen lernen.

Chris >Hmm. Und wie geht die Geschichte weiter?

Linda >Es gibt keine Geschichte … noch nicht.

Chris >Warum erzählst du mir dann davon?

Linda >Ich möchte, dass DU das Mädchen bist.

HALLO

Liebe Annabelle,

hallo, ich heiße Guy. Falls du nicht wissen solltest, wer ich bin: Ich schicke dir diese Mail, weil mein Dad und dein Dad der Meinung sind, dass wir E-Mail-Freunde werden sollten. Ich wette aber, du hast spannendere Sachen zu tun, als einem Jungen zu schreiben, den du gar nicht kennst und der hundertfünfzig Kilometer weit von dir entfernt an der walisischen Grenze wohnt. Darum bin ich dir auch nicht böse, wenn du keine Lust hast, zurückzuschreiben.

Viele Grüße

Guy

NAME, SERIENNUMMER & LEIBSPEISEN

Lieber woodham@woodworks.com,

stimmt, ich habe keine Ahnung, wer ihr seid – du und dein Dad. Magst du Choco Pops? Ich schaufle gerade eine ganze Schüssel voll in mich hinein. Eigentlich ist mein Dad heute Abend an der Reihe, das Abendessen zu machen und den Hund zu füttern, aber er hat's mal wieder vergessen. Ich bin daher völlig ausgehungert (und ein bisschen gereizt).

Jedenfalls, zu:
>Ich wette aber, du hast spannendere Sachen zu tun, als einem Jungen zu schreiben, den du gar nicht kennst<

Auch da liegst du ziemlich richtig. Wenn ich nicht vor Hunger umfalle, werde ich gleich mit meiner Freundin Laura Blackman schwimmen gehen und nachher werde ich mit meinem Roman weitermachen. Aber da dies offenbar so eine Dad-Idee ist und ich mit Dem Großen Oberbefehlshaber keinen Ärger will, jetzt wo Die Große Oberbefehlshaberin weg ist, um in der Erde herumzubuddeln, werde ich dich wohl auf meine Liste der zu erledigenden Dinge setzen. Vielleicht schreib ich dir am Wochenende wieder.

Ist dein Dad vielleicht derjenige, der die Eiscremesorten erfindet?

Deine Annabelle, einzige Tochter vom Freund deines Vaters.

PS: Du solltest deinen Namen ändern. Du kannst ja wohl nicht von mir erwarten, dass ich am Anfang einer Mail »Hi Guy« schreibe? Iiihh, das reimt sich ja. Und alle Welt weiß doch, dass Gedichte ein alter Hut sind.

GUY BEISST ZURÜCK

Liebe Annabelle,

ganz schön dreist, unseren Briefwechsel gleich mit einer Attacke auf meinen Namen zu beginnen. Wegen dir werde ich ihn jedenfalls ganz bestimmt nicht ändern. Es gibt schließlich jede Menge berühmter Guys, die ganz zufrieden mit ihrem Namen waren – Guy Gibson, Guy Fawkes und Guy the Gorilla zum Beispiel.

Wie viele berühmte Annabelles fallen dir dagegen ein? Und an deiner Stelle würde ich die zwei letzten Buchstaben sowieso weglassen, sonst hält man dich noch für eine Barbiepuppe. In meiner Phantasie bist du groß und dünn mit langen blonden Haaren und blauen Augen – stimmt's?

Hier noch ein paar Fragen:

1. Wo buddelt deine Mutter denn herum? Hat sie einen Schrebergarten, oder was?

2. Mit deinem Roman weitermachen? Heißt das, du schreibst einen? Oder liest du nur gerade ein Buch und versuchst, ein bisschen anzugeben?

3. Lyrik ist also ein alter Hut? Was hast du gegen Gedichte? Und gegen Hüte?

Und ich habe keine Ahnung, was du mit den Eiscremesorten meinst. Verwechselst du meinen Dad vielleicht mit jemandem? Meiner ist jedenfalls Steuerberater. LANGWEILIG.

Daher kennt er auch deinen Dad. Ich finde, wir haben genug getan, um unsere Väter glücklich zu machen. Jetzt können wir ihnen guten Gewissens sagen, dass wir es versucht haben, aber einfach zu verschieden sind.

Bye
Guy

BEZEICHNEST DU MICH ETWA ALS DOOFE BLONDINE?

Hi Guy,

igitt, igitt. Her mit dem Eimer, biiitte! Ich glaub, ich muss k… Ach herrje, auch noch voll über meine Barbiepuppe. Oh Schande!

Beantwortet das deine Frage über mein Aussehen? Falls es dich interessiert, ich hab auch mal versucht, mir vorzustellen, wie du aussiehst. Vermutlich klein, grün und mit vielen Schuppen. Guy, der Grottenolm. Aber ich schweife ab.

Für jemanden, der findet, dass wir recht wenig gemeinsam haben, fragst du ganz schön viel. Ich führe das darauf zurück, dass ich momentan vermutlich der interessanteste Mensch in deinem Leben bin. Und weil ich es nicht ertragen kann, dich zappeln zu lassen, kommen hier einige Antworten …

1. Meine Mutter ist Archäologin, was bedeutet, dass sie gerne Knochen ausgräbt. Unser Hund Ginger gräbt auch gerne Knochen aus, aber merkwürdigerweise nimmt Mama den stinkenden alten Köter nie mit und so darf die liebe Annabelle jeden Abend mit ihm spazieren gehen.

2. Ich werde Frage 2 einfach ignorieren, denn es wäre sinnlos, einem kleinen, schuppigen Ding das Konzept von Kreativität erklären zu wollen. Anhand meiner Reaktion wirst du bereits erraten haben, dass ich einen Roman *schreibe*. Er ist absolut fabelhaft! Meine Englischlehrerin Ms Spence sagt, ich hätte eine »unergründliche und außergewöhnliche Vorstellungsgabe«. Da hast du's. Mein Vater hat tonnenweise Bücher in seinem Arbeitszimmer stehen. Ich lese gerade *Die Farm der Tiere*, auf die du wohl hingehörst.

3. Du hast ja schon feststellen können, welche Wirkung Lyrik auf mich hat (siehe Einleitung). Gegen Hüte habe ich allerdings gar nichts, nur gegen Baseballkappen, denn die sind was für kleine Jungs. Aber du trägst bestimmt noch eine, hab ich Recht?

Bye, *Guy*
Annabelle *mit* den letzten beiden Buchstaben

AUS UND VORBEI

Liebe Annabelle,

das hier ist doch sinnlos. Offensichtlich interessierst du dich für nichts und niemanden außer für dich selbst.

Mit freundlichen Grüßen
Guy Woodham

HEISSES WASSER UND FLASCHEN

Lieber Guy Woodham,

siehst du, ich bin ganz nett zu dir. Obwohl du geschrieben hast:
>Offensichtlich interessierst du dich für nichts und niemanden außer für dich selbst.<

Frechheit! Ich möchte dir hiermit mitteilen, dass ich mich tatsächlich für SEHR viele Leute interessiere, besonders für Rodeo Ronson, der bei der Band Forged Metal Gitarre spielt. Ich besitze sogar einen Busfahrschein mit einem halben Autogramm von ihm, der sich in meiner ganz speziellen Souvenir-Schachtel befindet, *vielen Dank auch*!

Und bitte: SENDE KEINE MAILS MEHR AN DIE ADRESSE MEINES VATERS, weil ER sie dann zuerst liest. Wie peinlich! Ich habe ihn dazu gebracht, mir endlich ein eigenes Postfach einzurichten. Mürrische Mitteilungen sollten in Zukunft also an annabelle@dragonfire.violet.com geschickt werden. Wenn du das vergisst, bekommst du Riesenärger mit mir!

Ich vermute, du wunderst dich, warum ich mir überhaupt die *Mühe* mache, dir noch mal zu schreiben? Das liegt daran, dass ich wegen *dir* einen RIESENÄRGER bekommen habe. Mein Dad hat gestern gefragt, wie es bei uns so läuft, und ich habe ihm erzählt, dass du mich ABSERVIERT hast. Weißt du, was er darauf sagte? »Womit hast du ihn denn geärgert, Annabelle?« Als wäre alles meine Schuld! Er sagt, ich muss es noch mal versuchen, und wenn ich es nicht tue, wird er mir diese Woche fünfzig Pence weniger Taschengeld geben! »Versuche einfach, ihm etwas von dir zu erzählen«, hat er gesagt. Wie bitte? Ich finde, es müsste genau anders herum sein. Ich habe dir schon jede Menge Sachen über mich erzählt und du hast keine einzige meiner Fragen beantwortet.

Also, ich lebe in Oxford, der Stadt der träumenden Türme, und wenn ich groß bin, möchte ich durch die ganze Welt reisen und viele Leute kennen lernen (gähn). Außerdem habe ich eine durchsichtige Wärmflasche, in der Plastikfische schwimmen. Wenn ich einschlafe, mit ihr an den Füßen, träume ich manchmal, dass die Fische mich an den Zehen kitzeln. (Ich kann es nicht fassen, dass ich so etwas schreibe, aber es sollte doch wohl fünfzig Pence wert sein!)

Jetzt bist du dran!
Annabelle King (Miss)

PS: Ich möchte auch noch eine bescheidene Entschuldigung hinzufügen, dafür dass ich mich über deinen Namen lustig gemacht habe, o.k.?

FRÖHLICHE WEIHNACHTEN? – VON WEGEN!

Liebe Annabelle,

wenn du mich *ausnutzen* willst, um dich bei deinem Vater beliebt zu machen, dann musst du dir schon etwas mehr Mühe geben. Aber warum bedrängt er dich so, mir weiter zu schreiben? Hofft er vielleicht, dass du dadurch endlich lernst, wie man mit Menschen kommuniziert?

Und nun dazu, dass ich deine Fragen angeblich nicht beantworte: Ich kann mich nicht daran erinnern, dass du mich überhaupt irgendetwas gefragt hättest. Ich habe deine äußerst langweiligen Mails nach dem Lesen sofort gelöscht, also kann ich das jetzt auch nicht mehr nachprüfen. Aber wo du schon fragst (wow, was ein Glück!): Ich habe gerade das schrecklichste Weihnachten meines Lebens hinter mich gebracht. Ich hoffe, deins war besser.

Guy

TRAURIGE WEIHNACHTSGESCHICHTE

Lieber Grrr,

tut mir Leid, aber ich kann deinen Namen nicht schreiben, weil ich jedes Mal knurren muss, wenn ich an ihn denke. Grrr. Siehst du! Ich hab schon wieder an dich gedacht. Ich habe meinem Dad genau erzählt, was du geschrieben hast, und weißt du was? Er hat einfach gelacht! Als ich daraufhin die Fernbedienung des Fernsehers versteckt habe, ist er aber ganz schön herumgehüpft (und ich meine damit NICHT zwischen den Kanälen). Und jetzt sagt er, dass er mir JEDE WOCHE 50 Pence vom Taschengeld abziehen will, bis ich endlich nett zu dir bin! Ich habe mit den Füßen gestampft und gefragt, warum, und er sagte, weil es gut für meine »seelische Entwicklung« sei. Hilfe, mein Dad ist ein Esoteriker! (Und ein ganz schön selbstgefälliger dazu.)

Also, Grrr, warum war dein Weihnachten so trostlos? Ist der Weihnachtsmann im Kamin stecken geblieben, oder was? Ich wette, du glaubst immer noch an ihn. Tja, hartes Los. Ich kann nämlich beweisen, dass es ihn nicht gibt. Jedenfalls glaube ich nicht, dass deine Weihnachtsgeschichte so schrecklich war wie meine damals, als ich in einem Kaufhaus ewig lange angestanden bin, um den Weihnachtsmann zu sehen. Bis ich dann endlich an die Reihe kam, waren ihm die Geschenke ausgegangen und er sang mir stattdessen ein Lied vor. Sein Bart war voller Soßenflecken, und jedes Mal wenn er »Ho, Ho, Ho« sagte, musste er rülpsen. Ich habe immer noch Alpträume davon. Da hast du's.

Liebe Grüße,
ganz freundlich und nur ein kleines bisschen mit den Zähnen knirschend,
Annabelle

PS: Das Lied hieß *Jingle Bells.*

MEIN SCHLIMMSTES WEIHNACHTEN

Lieber Guy,

falls du's nicht bemerkt haben solltest: Ich hab gar nicht geknurrt. Und siehst du, damit habe ich dir schon wieder etwas über mich erzählt, nämlich, dass ich nie lange auf jemanden böse sein kann. Komm schon, Guy. Melde dich. Bitte. Ich war doch gar nicht wirklich böse auf dich. Ich war nur ein bisschen sauer, weil ich dachte, du würdest denken, ich sei eine blöde Zimperliese. Jetzt weißt du, dass ich eigentlich ziemlich »peppig« bin. Das sagt zumindest meine Mum. Sie sagt, ich hätte »mehr Pepp als eine Pepperoni«. Aber Pepperoni können manchmal auch ein bisschen … scharf sein, stimmt's?

Komm schon. Gerechtigkeit muss sein. Ich erzähle meine Weihnachtsmanngeschichte wirklich nicht jedem. Ich würde sie zum Beispiel auf keinen Fall Tracey Scudding erzählen und dabei ist sie eigentlich meine zweitbeste Freundin. (Fauch, kratz.) Ich finde, du solltest mir auf jeden Fall schreiben und von deinem schrecklichen Weihnachtsfest erzählen. Ich weiß, dass du *irgendjemandem* davon erzählen möchtest, sonst hättest du es ja nicht erwähnt. Letzte Woche konnte ich mal nicht schlafen und versuchte, mich an das nun wirklich schlimmste Weihnachten zu erinnern, das ich jemals erlebt habe. Es war letztes Jahr. Dad brachte meinen Kater Whitey zum Tierarzt. Er hatte eine Wucherung unter der Zunge (Whitey, nicht der Tierarzt). Ich war nicht deswegen traurig, weil Whitey eingeschläfert werden musste, denn er konnte nicht mehr richtig essen und wäre langsam verhungert. Ich war traurig, weil Paps weinte, als er mir die schlechte Nachricht erzählte. O nein, jetzt habe ich allein schon bei dem Gedanken daran eine Träne auf die Tastatur tropfen lassen. Sorry, Tastatur.

Du solltest mir lieber schnell schreiben, sonst werde ich für alle Zeiten schlaflose Nächte vor mir haben. Und außerdem bin ich sonst bald völlig blank (kein Taschengeld, falls du es vergessen haben solltest) und muss mich mit meiner Fingertrommel an die Straße stellen. Hab ich dir eigentlich schon erzählt, dass ich Fingertrommel spiele?

Besonders bei Weihnachtsfesten sehr praktisch – oje, jetzt ist das Wort schon wieder gefallen. Bitte antworte mir doch. Wenn du mir deine Weihnachtsgeschichte erzählst, verspreche ich, die nächsten 50 Pence, die Dad

abgezogen hätte, an eine wohltätige Organisation deiner Wahl zu spenden.

Deine (vielleicht doch) Freundin
Annabelle

PEPPIG ODER PAMPIG?

Liebe Annabelle,

danke für deine zwei Mails. Mein Weihnachten war deswegen so schlimm, weil es das erste war ohne meine Mum. Das mit deiner Katze tut mir Leid. Aber wenigstens werden Katzen eingeschläfert, wenn man weiß, dass sie sterben müssen. Mein Dad hat auch geweint. Damals.

Jetzt zu etwas Erfreulicherem: Ich war über Neujahr verreist, mit meinem Freund und dessen Vater. Wir sind auf die Three Peaks in den Yorkshire Dales gestiegen. Falls du noch nie von ihnen gehört haben solltest, sie heißen Ingleborough, Whernside und Pen-y-Ghent. Dort lag Schnee und Eis und es war einfach phantastisch! (Vermutlich wird dich das nicht sehr beeindrucken. Aber das erwarte ich auch gar nicht. Du hast bestimmt schon den Everest und den K2 ohne Sauerstoffmaske bestiegen.)

Frohes neues Jahr! Mach's gut!
Guy

O Guy! Wie kannst du nur?! Jetzt hast du es geschafft, dass ich mich wirklich ganz beschissen fühle. Da erzähle ich dir seitenlang davon, dass ich Whitey verloren habe, und die ganze Zeit über hast du ... ach je, ich bringe es nicht mal fertig, die Worte zu tippen. Ich würde so gerne etwas schreiben, das angemessen und mitfühlend klingt. Aber ich muss die ganze Zeit nur daran denken, wie meine Mutter letztes Jahr nach Ägypten gegangen ist, um das Grab irgendeines uralten Königs zu erforschen. Ich habe sie schrecklich vermisst und Dad sagte jedes Mal »Mary?«, wenn das Telefon klingelte, aber nie war sie am Apparat.

O nein, ich habe gerade gemerkt, dass ich von Gräbern geschrieben habe (stöhn). Natürlich könnte ich jetzt zurückgehen und alles löschen, aber wenn ich es drin lasse, zeigt das vielleicht, dass ich durchaus ernsthaft sein kann. Es tut mir wirklich sehr, sehr Leid wegen deiner Mutter. Ich habe wenigstens noch eine, auch wenn sie irgendwo weit weg in der Erde gräbt.

Zum Glück war dein Neujahr schön und aufregend. Es wird dich vielleicht überraschen, zu hören, dass ich eher ein Schnee- und Eistyp bin. Ich hasse den Sommer, weil ich da immer so viele Sommersprossen bekomme. Darum laufe ich dann auch meistens mit einem großen Sonnenhut herum. Das ist cool (im doppelten Wortsinn!) und schützt mein Gesicht. Ich war noch nie in Yorkshire, aber wenn ich mal hinkomme, werde ich ganz bestimmt nach deinen Bergen Ausschau halten. Drei Gipfel. Die sollte man ja leicht erkennen können, oder? Willst du noch auf andere Berge klettern? Und heißt das, dass du hart und zäh bist? Hast du auch schon mal bei diesem Duke of Edinburgh-Wettbewerb mitgemacht?

Mein Onkel Glenn hat das mal gemacht. Er war Mitglied in so einem Club, der sich Bergrettungsdienst nannte. Obwohl mir nicht ganz klar ist, wie man einen Berg retten kann ... O.k. – schlechter Witz. Und da wir gerade von Bergen sprechen ... Sauerstoff hin oder her, du würdest mich nicht einmal dann auf den Everest locken können, wenn Forged Metal dort ihren letzten Auftritt hätten und verzweifelt auf der Suche nach jemandem wären, der bei ihnen Fingertrommel spielt. Ich leide nämlich unter schrecklicher Höhenangst. Einmal habe ich mich deswegen sogar mit Gina Potterton in der Schule geprügelt. Sie wollte sehen, wie mir ihre Plateauschuhe stehen. Ich konnte nicht anders, als so zu tun, als fände ich die Schuhe völlig beknackt, weil ich wusste: Wenn ich sie anzog, würde ich anfangen, hin und her zu schwanken, und vielleicht sogar in Ohnmacht fallen. Es war nicht weiter schlimm. Ich habe nur ein dickes Büschel Haare verloren, aber du hättest mal die Kratzer an ihrem dürren Hals sehen sollen. Entschuldige, wenn ich etwas viel plappere.

Das einzig Aufregende dieses Neujahr war, dass mein Meerschweinchen Jupiter aus seinem Käfig abgehauen ist. (Ich nenne ihn Jupiter, weil er so rund und fett ist. Ich hatte sogar mal versucht, einen roten Filzkranz an ihm zu befestigen, aber der Stoff wollte an seinem buschigen Fell nicht kleben bleiben.) Wir suchten überall nach ihm. Ich war überzeugt davon, dass er sich unter den Dielen verkrochen hatte. Aber Dad sagte, dafür sei er viel zu verfressen und vermutlich wäre er nur runter zum Laden, um Schokolade zu besorgen. Mein Dad hat echt 'ne Meise.

Letzte Woche hörten wir dann dieses knackende Geräusch unter meinem Zimmerboden. Dad meinte, es wären nur die Heizungsrohre, aber ich habe herumgejammert und gesagt, das käme bestimmt von Jupiters Magen, der vor Hunger wie verrückt knurrte. Dad gab nach. Er hob den Teppich hoch, die Unterlage und die Bodenbretter – und rate? Er hatte Recht: Das Geräusch kam aus den Rohren, die vor sich hin blubberten. Jupiter konnten wir nicht finden, dafür aber – oh, ich muss los. D. kommt.

A

MÜTTER, HAMSTER UND D.

Liebe Annabelle,

das war ja ganz schön gemein. Einfach so abzubrechen. Warum hast du nicht weitergeschrieben, nachdem D. wieder weg war? Wer ist D. überhaupt? Darth Vader? Damon Hill? Oder möglicherweise nur dein Dad? Und wenn, warum musstest du dann aufhören?

Was hast du unter den Dielenbrettern entdeckt? Und wo ist Jupiter? Er muss ja mittlerweile sterben vor Hunger, wenn du ihn in der Zwischenzeit nicht gefunden hast. Könntest du nicht ein paar Sonnenblumenkerne zwischen die Dielen stecken? Ich hatte mal einen Hamster (nein, keinen Grottenolm) und der ist auch immer entwischt. Er hat sich hinter den Heizkörpern versteckt und den Teppich zerkaut, um sich ein Nest zu bauen. Darum habe ich vollstes Verständnis für dein Meerschweinchen. Und vielleicht sogar für dich.

Ich habe entdeckt, dass wir trotz allem doch einige Dinge gemeinsam haben. Du bist ein Einzelkind wie ich. Unsere Mütter sind beide nicht da. Meine Mutter hieß auch Mary. Seltsam, oder? Schließlich kann es ja nicht so viele Marys geben. Ich kenne zumindest keine anderen. Und meine Mutter hatte auch Sommersprossen.

Übrigens, mein Vater hat sich eine Digitalkamera gekauft und ich habe herausgefunden, wie man die Bilder in den Computer einspeisen kann (das musste ich *ihm* dann erklären – er hat einfach keine Ahnung von Technik), darum kann ich dir jetzt ein Foto schicken! Darauf siehst du mich, Mark und Marks Vater. Wir stehen allerdings nicht auf dem Gipfel des Pen-y-Ghent, sondern in unserem Garten mit unserer Kletterausrüstung. Rate mal, welcher von den dreien ich bin. Ja, ich weiß, am liebsten würdest du jetzt sagen: der Rundliche mit dem Glatzenansatz in der Mitte, aber lass es lieber – das ist Marks Vater. Und um deine Frage zu beantworten, nein, ich bin sicher nicht besonders hart oder zäh, auch wenn ich am Duke of Edinburgh-Wettbewerb teilnehme (für Silber dieses Jahr), aber ich besitze (laut meiner Mutter) eine gewisse Hartnäckigkeit, die mich die Berge hinauftreibt, sobald ich die Gelegenheit dazu habe. Mark und ich werden als Nächstes den Ben Nevis besteigen. Und zwar alleine, ohne seinen Vater.

Vergiss nicht, mich über Jupiter auf dem Laufenden zu halten.

Mach's gut!
Guy

WARTEN AUF LAURA

Lieber G,

das bist übrigens du. Und damit meine ich nicht etwa Goldlöckchen oder Godzilla. Und natürlich steht D für Dad, du Dummkopf. – Darth Vader! Ich bitte dich. Der würde doch wohl kaum bei uns die Treppe heraufgestapft kommen, oder? In der Zeit, die er brauchen würde, die drei Treppen hochzukeuchen und mir Darth-Vader-mäßig über die Schulter zu schauen, könnte ich locker meinen Roman fertig schreiben. Außerdem wür-

de ich seinen pfeifenden Atem schon aus einem Kilometer Entfernung hören. Er scheint's auf der Lunge zu haben, der gute DV, was?

Du solltest auf jeden Fall gut aufpassen, denn ich kann heute nicht so lange über die Tastatur verfügen. Dad möchte irgendwelche Vortragsunterlagen ausdrucken und Laura kommt auch gleich vorbei, um mich abzuholen. Wir gehen zu Gina Potterton und sehen uns ein Video an. *Der letzte Mohikaner.* Ginas große Schwester Tara hat es in einer Videothek gekauft. Sie sagt, den Film müsste man unbedingt gesehen haben. Ein verstaubter, alter Film über Indianer. Pfff. Wer's glaubt ... Wenigstens hat Ginas Mutter immer Tonnen von Schokoeis im Gefrierschrank. Und vielleicht brauche ich heute Abend auch noch eine Portion Popcorn, sonst langweile ich mich bestimmt zu Tode.

Gähn! Zurück zu den interessanteren Themen. Ich habe letztes Mal deswegen so abrupt aufgehört, weil ich nicht wollte, dass Dad meine Mail sieht. Das Ding, das unter unseren Dielenbrettern versteckt war, scheint von *höchst heikler* Natur zu sein. Und zwar so HH, dass Der Große Oberbefehlshaber KREIDEBLEICH wurde, als er es sah. Er wird auch jetzt noch richtig bissig, wenn ich davon anfange. Wenn er mich dabei erwischt hätte, wie ich dir davon erzähle, hätte die E-Mail leicht im Papierkorb landen können. Deshalb wollte ich lieber kein Risiko eingehen. Das Schlimmste ist, dass ich nicht genau weiß, was dieses geheimnisvolle Ding ist, das ihn so erblassen ließ. Und das bringt mich fast um den Verstand. Ich bin so außer mir, dass meine Knöchel schon jucken wie verrückt, und meine Sommersprossen verfrüht herauskommen. Die Lage ist also wirklich ernst. Grr! Grr! GRRRR!

Es wäre mir ja egal, aber ich war schließlich die Erste, die das Ding gesehen hat. Während Dad die Bretter um Jupiters Käfig herum rausriss und sich dabei unzählige Holzsplitter in die Finger rammte, entdeckte ich in einer Ecke ein loses Teppichstück. Ich schlug es zurück. Darunter lag ein kleines Brett, das nicht festgenagelt war. Dumm, wie ich bin, sagte ich: »Dad, warum schauen wir nicht mal unter diesem Brett nach?« Doch er warf mir nur einen müden Blick zu. Also hielt ich das Brett hoch, um es ihm zu zeigen. Daraufhin lief sein Gesicht dunkelrot an. Ich warf ihm mein süßestes Klein-Mädchen-Lächeln zu und blickte in das Loch, in der Hoffnung, darin Jupiters Nase und Schnurrhaare zu finden. Stattdessen sah ich dieses Ding. Unglaublich bescheuert (für meine Verhältnisse) sagte ich: »Dad, was ist das?«, griff in das staubige Loch und zog das Ding heraus. Es war locker in einen glänzenden, blauen Stoff eingewickelt und etwa so schwer wie ein großer Kieselstein, aber flacher und irgendwie dreieckig. Als ich gerade dabei war, es auszuwickeln, kam Dad herüber. Ich konnte nur noch sagen: »Mensch, das sieht ja aus wie ein –«, da streckte er schon die Hand aus und sagte: »Annabelle, gib mir das. Und zwar sofort!« Richtig angespannt und bissig, in einem elterlichen Befehlston. »Aber ich hab es doch gefunden«, sagte ich. Da ist er dann richtig sauer geworden. »SOFORT, bitte!«

Man konnte fast sehen, wie der Dampf aus seinen Ohren qualmte. Ich hatte also keine andere Wahl: Ich musste ihm das Ding geben. Er warf einen kurzen Blick darauf, wickelte es wieder ein und schob es in seine Tasche. »Ist das nicht ein Medaillon?«, sagte ich eher schmollend als frech. Da drehte er sich um, strich sich über den Bart (wie er es immer tut) und sagte: »Annabelle, geh in dein Zimmer!«, was nur zeigt, wie dusselig er ist, denn schließlich standen wir ja schon IN meinem Zimmer. »Gut, dann geh eben in ein anderes Zimmer«, keifte er. Ich stürmte davon und saß eine Stunde auf dem Klo. »Du solltest lieber Jupiter finden. Und zwar SOFORT!«, schrie ich. Er schien sich wirklich große Mühe zu geben, denn er hämmerte und klopfte stundenlang herum. Mein Zimmer sah aus wie ein Schlachtfeld, als er fertig war. Überall lagen Möbel und Regalbretter herum. Da soll sich Mum noch mal beschweren, ich würde immer einen solchen Saustall hinterlassen! Jupiter hatte er aber *immer noch* nicht gefunden und mir wollte er *immer noch* nicht sagen, was für ein Ding das war oder was es dort zu suchen hatte und wem es gehört. Aber ich bin mir ziemlich sicher, dass es ein Medaillon war. Es war silbern und außerdem war eine Kette daran befestigt. Es sah ziemlich wertvoll aus. Wem könnte es bloß gehören? Und was hat es unter meinem

Zimmerboden zu suchen? Wo es *jetzt* wohl ist? (Dad hat es irgendwo versteckt.) Keine Bange, ich bin ihm auf der Spur.

Verflixt und zugenäht, Guy, das ist doch nicht zu fassen! Ich habe gerade die Wörter gezählt, die ich für die Geschichte über dieses Ding gebraucht habe, und es sind 607. – Mehr, als ich die ganze letzte Woche an meinem Roman geschrieben habe. Und dabei habe ich dir die andere Dad-Neuigkeit noch gar nicht erzählt. Aber was soll's, Laura ist sowieso zu spät dran.

Neulich beim Frühstück, während Dad eine Schüssel mit matschigem Müsli futterte, fragte er, wie du und ich uns denn mittlerweile vertragen würden. »Phantasmagorisch«, sagte ich. »Gut«, sagte er (während ihm die Milch aus dem Mund tropfte). »Ich vermute, du willst jetzt gerne eine Taschengelderhöhung haben?« Hey, das ist ja wie Weihnachten! (Du weißt schon, was ich meine.) Ich wusste nicht genau, ob er mich damit bestechen wollte, damit ich dir weiterhin schreibe, oder ob er ein schlechtes Gewissen hatte wegen des Medaillons, aber bei einem geschenkten Gaul schaut man dem Dad nicht ins Maul. Also sagte ich: »Ja, BITTE, lieber guter Dad!«, und er legte die Zeitung hin und gab mir ZWEI PFUND zusätzlich. Ich war einfach platt. Anders kann ich es nicht sagen.

Aber, jetzt kommt der seltsame Teil der Geschichte, der *erste* seltsame Teil zumindest. Als wir von dir sprachen, musste ich an das Bild denken, das du mir geschickt hast. Ich habe es auf unserem supergenialen A3-Drucker ausgedruckt. Du siehst übrigens ziemlich gut aus, so vergrößert auf A3-Format. Vorausgesetzt, ich wüsste, welcher von beiden du bist. (Kleiner Scherz.)

Ich rannte also nach oben, um das Bild zu holen, und legte es dann auf die Zeitung, Dad vor die Nase. Nachdem er aufgehört hatte zu meckern, weil er nun das Kreuzworträtsel nicht mehr sehen konnte, fragte ich ihn: »Welcher von den beiden ist Guy, was meinst du?« Erst schaute er sich das Bild eher widerwillig an, dann blinzelte er dreimal und plötzlich schien er die Augen nicht mehr davon lassen zu können. »Also?«, drängte ich. Er räusperte sich nervös – und rate mal, was er sagte: »Der Rundliche mit der Glatze in der Mitte.« (Haha. Quelle surprise!) Ich drohte damit, ihm die Haare aus seinen Ohren zu rupfen, wenn er nicht sofort mit einer vernünftigen Antwort herausrücken würde. Erst schnaufte und keuchte er ein bisschen, dann sagte er: »Nun, welcher von den beiden wäre dir denn am liebsten?«

Und ich zeigte auf ... o nein, das kann jetzt natürlich auch schrecklich schief gehen, aber das ist dann allein deine Schuld, weil du mich raten lässt. Es tut mir Leid, falls du derjenige mit den großen Zähnen sein solltest, der rechts steht, Guy, aber ich zeigte auf den nachdenklich Aussehenden auf der linken Seite. Der mit dem dunklen Haarschopf, wie Mum sagen würde. »Du suchst dir auch immer die Hübschesten aus«, sagte Dad. »Übrigens wirst du gerade knallrot.« Also habe ich ihn hart zwischen die Rippen geknufft und gesagt: »Du weißt es doch, stimmt's? Hast du Guy schon mal gesehen? Ich dachte, du kennst nur seinen Vater.« Und weißt du, wie er darauf reagierte? Er zuckte einfach die Achseln. »Ich hab Guy das letzte Mal im Kinderwagen gesehen (nein, er lag darin, nicht ich). Ich denke, er könnte der Junge links auf dem Bild sein. Seine Mutter hatte … dunkles Haar, wenn ich mich recht erinnere.« Und dann schob er das Bild beiseite. Ich glaube, ich hätte dann einfach meine Klappe halten sollen. Schließlich hatte er schon mein Taschengeld aufgestockt und mir einen Hinweis zu dem Foto gegeben. Aber ich konnte nicht anders. Ich plapperte einfach drauflos. Ich sagte: »Ich bin ja so froh, dass ich dich habe, Dad.« Er warf mir einen seiner langen, strengen Über-die-Brille-Blicke zu. »Was soll das denn? Wie kommst du jetzt darauf?«, fragte er. Ich hakte mich bei ihm ein. »Guy tut mir einfach Leid; seine Mutter ist erst vor kurzem gestorben.« Und Guy, ich schwöre dir, dass er anfing zu zittern. Ehrlich, ich fühlte, wie seine Schultern zuckten. »Ja, ich weiß«, sagte er dann, mit einer ganz unheimlichen Stimme. Und dann bin ich so richtig ins Fettnäpfchen getreten: »Ob sie wohl Whitey ein bisschen hinter den Ohren krault, wenn sie ihn dort oben trifft?«, sagte ich. Daraufhin stand er auf, knallte die Zeitung auf den Stuhl und fuhr mich an, ich solle »nicht so albern daherreden« und ob es denn wirklich zu viel von mir verlangt wäre, den Wasserhahn im Bad künftig ordentlich zuzudrehen.

Hilfe. Was habe ich denn getan?! Ich weiß ja, dass er nicht an Gott und so glaubt, aber das ist doch trotzdem kein Grund, sich gleich dermaßen aufzuregen, oder? Ich meine – oje, es klingelt. Ich muss los. Werde dir morgen weiterschreiben.

AH, AH, AH, AH, AHHH! Das war mein mohikanischer Kriegsschrei. Ich werde ihn nächstes Mal an Dad ausprobieren, wenn er mir wieder so komisch kommt. (Bei Ginger funktioniert's jedenfalls – er hat sich gerade hinter der Tür verkrochen.)

Salü
Annabellü

WEGEN GOTT UND SO

Liebe Annabelle,

zum Glück bin ich nicht geplatzt, als du mich aufgeblasen hast (auf A3-Größe).

Eigentlich sollte ich jetzt ja meine Hausaufgaben für den Geographiekurs machen (der Abgabetermin steht bevor), aber stattdessen muss ich immer wieder über Folgendes nachdenken: In einer deiner Mails hast du gefragt, ob ich an den Weihnachtsmann glaube, und gesagt, du könntest beweisen, dass es ihn nicht gibt. Hier ist eine viel schwierigere Frage: Wie lautet Annabelles Meinung (und ich wette, du hast eine) zu Gott? Ich versteh dieses ganze Getue um Gott einfach nicht. Immer dann, wenn er dich am meisten im Stich lässt, erwartet man von dir, dass du anfängst, an ihn zu glauben. Zum Beispiel bei Mums Beerdigung. Sie und Dad sind nie in die Kirche gegangen, und plötzlich sollten wir uns alle so benehmen, als stünde Gott uns die ganze Zeit bei. Aber wenn er wirklich da ist, WARUM HAT ER ES DANN ZUGELASSEN?

Die Leute fragen uns immer: »Wie werdet ihr damit fertig?« Ich weiß zwar nicht genau, was sie damit überhaupt meinen, aber wir schniefen dann immer ganz heldenhaft und sagen: »Oh, es geht schon.« Ich bin mittlerweile fast ein Profi im Heldenhaft-Schniefen, aber das Problem daran ist, dass es ja nur gespielt ist. Und was noch schlimmer ist: Ich habe den Eindruck, dass Dad tatsächlich schon darüber hinweg ist. Ich meine, es ist gerade mal sechs Monate her, da *dürfte* das doch eigentlich noch nicht der Fall sein?

So, das Folgende ist strengstens geheim: Du fragst dich vielleicht, warum ich dir solche Sachen über Dad schreiben kann, wo wir doch eine gemeinsame E-Mail-Adresse haben. Der Trick ist, dass ich meine ganzen Nachrichten immer auf Diskette speichere und sie dann auf dem Computer lösche. Die Diskette verstecke ich. So kann er meine Mails nicht lesen, ich seine dagegen schon. Zumindest die, die mir interessant erscheinen.

Gruß
Guy

PS: Bei mir geht morgen die Schule wieder los – päähh. Und bei dir?

PPS: Dein Vater hatte Recht, als er dich wegen des tropfenden Wasserhahns gerügt hat. Wasser ist kostbar. Davon handelt übrigens auch mein Geographie-Projekt.

DAS LEBEN, DAS UNIVERSUM UND DANIEL DAY-LEWIS

Lieber Guy,

… mmmm. Beachte mich gar nicht. Ich … schwebe nur, sonst nichts. Es ist schon fast ein ganzer Tag vergangen und ich bin immer noch völlig hin und weg von Daniel Day-Lewis (ein Mohikaner, aber nicht der Letzte). Junge, Junge, was für ein toller Typ. Ich nehme alles zurück, was ich gesagt habe. Laura fand, dass er »süß« aussah, mit seinen Federn und so, aber ein bisschen zu »alt und raubeinig« für uns. Puh. Ich fand ihn jedenfalls zum Umfallen, auch wenn er im Bus schon den vollen Preis bezahlen muss.

Aber zurück zum Ernst des Lebens. Annabelles Theorien über Gott, Teil eins: Zuerst gab es die Außerirdischen, schätze ich. Ich finde, das ist die einzig vernünftige Antwort auf das Leben, das Universum und Jupiters Verschwinden. Manchmal denke ich, dass Mum deswegen immer nach Eukalypten fährt (das ist ein Witz: so

spricht mein Dad Ägypten aus. Ich sagte ja, dass er ein bisschen spinnt): Sie sucht nach Zeichen außerirdischer Intelligenz. Sie erzählt mir immer, dass die alten Hustenbonbonlutscher (Eukalypter, komm schon, Guy, das ist doch nicht so schwer zu verstehen, oder?) den anderen Zivilisationen haushoch überlegen waren. Es kann doch kein Zufall sein, dass sie Sonnengötter verehrten und Bilder von zigarrenförmigen Streitwagen malten, was meinst du? Oder waren das die Inkas? Geschichte ist nicht gerade mein bestes Fach. Und ja, unser Schuljahr hat am gleichen Tag angefangen wie eures. Puuh. Wir haben einen neuen Mathelehrer. Er heißt Mr Phiggins und ist richtig lustig. Unsere alte Lehrerin Ms Frith ist gegangen, weil sie ein Kind bekommt. Darüber waren alle froh, denn sie war überhaupt nicht lustig. Einmal ließ sie uns berechnen, wie lange die alten Briten dafür brauchten, diese Hinkelsteine aus Wales zu holen, um Stonehenge zu errichten. Als ob das irgendjemanden interessieren würde! Wenn du mich fragst, dann wurden die Dinger von außerirdischen Raumschiffen hochgebeamt und bei Salisbury wieder abgesetzt. Vielleicht waren das die Bauklötze eines außerirdischen Babys? Aber das hilft dir bei der Sache mit deiner Mum auch nicht gerade weiter, was?

Tut mir Leid, Guy. Ich will mich nicht über dich lustig machen oder deine Gefühle verletzen oder so. Echt, das will ich auf keinen Fall. Aber, um ehrlich zu sein, ich weiß nicht, was ich glauben soll. Die Welt ist voller absonderlicher Sachen, so dass man einfach an *irgendetwas* glauben muss, finde ich. Avril Whylip fragte mal Ms Spence, wie Gott denn an so vielen Orten gleichzeitig sein könne – und wo er sich denn beispielsweise in jenem Moment gerade befände. Ms Spence sagte darauf nur, dass wir ihrer Meinung nach vermutlich dann »ganz nah bei Gott« wären, wenn wir mit der Natur »Zwiesprache« hielten. Wenn du also eines Tages auf einen Berg kletterst, wirst du dort vielleicht zufällig auf Gott treffen, der Büsche verbrennt oder so. In der Bibel jedenfalls scheint er immer irgendwo auf einem Berg zu hocken. Höhere Wesen mögen wohl höhere Orte. Vielleicht kannst du ihn dann ja direkt fragen, warum er zulässt, dass all diese schrecklichen Sachen geschehen. Ich weiß, wie du das meinst. Am Tag nach Whiteys Tod heulte ich, gar nicht heldenhaft, bis Dads Hemd völlig durchnässt war. »Warum jetzt?«, jammerte ich. »Warum ausgerechnet an Weihnachten? Jetzt kann er gar nicht mehr mit dem Flitter am Weihnachtsbaum spielen!« Dad streichelte mir übers Haar und sagte: »Es gibt keine gute Zeit zum Sterben, Blümchen.« Je länger ich darüber nachdenke, desto mehr glaube ich, er hat Recht.

Ich will ja nicht neugierig sein und ich hoffe, du findest meine Bitte nicht zu dreist, G, aber magst du mir vielleicht etwas mehr von deiner Mutter erzählen? Wie war sie denn so? War sie freundlich und liebevoll und richtig »mütterlich«? Hilft es dir, über sie zu reden? Ich konnte ewig lang keine Katzen mehr anschauen, nachdem

Whitey in seinen großen Schlaf gefallen war. Aber jetzt denke ich nur noch an die schöne Zeit mit ihm und mir wird ganz warm innen drinnen, wenn ich von ihm erzähle. Vielleicht geht es deinem Dad mit deiner Mum ja ganz ähnlich. Oder vielleicht kann er seine Gefühle einfach gut verbergen und du … na ja … eben nicht so gut. Sag was dazu, wenn du magst. Ich werde auch lieb sein. Versprochen.

In einer Minute muss ich weg. Dad hat gerade gebrüllt, dass das Abendbrot auf dem Tisch steht. Riecht mal wieder nach verkohlten Hamburgern. Aber selbst Bohnen mit Toast riechen nach verkohlten Hamburgern, wenn Dad sie zubereitet. Er ist nicht gerade der beste Koch der Welt. (Kannst du eigentlich kochen?) Ich schalte ihm immer die Sendung »Kochen für Anfänger« ein, aber er zappt jedes Mal weiter, um »Wer wird Millionär« anzuschauen und dabei den Moderator zu beschimpfen.

Ach, und mach dir keine Sorgen, dass er in deinen Mails herumschnüffeln könnte. Ich habe ein Passwort für mein Mail-Konto, das er in einer Zillion Jahren nicht erraten wird: TAMPON! Unsere Geheimnisse sind also sicher. Keine Angst.

Er ruft schon wieder nach mir, darum schreibe ich jetzt nur noch schnell, dass ich den ganzen Nachmittag nach dem Medaillon gesucht habe, während er beim Rugby war. Es war aber in keinem der üblichen Verstecke (Mist!), also muss es damit etwas Mega-Wichtiges auf sich haben. Ich MUSS es einfach finden. Morgen werde ich mal im Keller nachschauen. Denk an mich und meinen verkohlten Hals.

Tschüss für heute
Annageplapper

PS: Ist es nicht seltsam, dass deine Mutter Mary hieß und Sommersprossen hatte? Meine Mum hat nicht einen einzigen Fleck im Gesicht. Sie sagt, ihre Haut sei sandgegerbt (vermutlich wegen der vielen Sandstürme). Sie ist echt knallhart, meine Mum, und häufig weg – anders als mein Vater. Der ist eher weich und immer zu Hause, auch wenn er dafür geistig manchmal nicht ganz da ist!!

PPS: Angeblich wird mein Abendessen kalt.

PPPS: Gut!

HIER BIN ICH

Ha! Ich wette, DAS hat dich überrascht. Ich habe es von Dads Desktop heruntergeladen. Das wird dich lehren, mir neckische Fotos zu schicken. Es ist ein Videoclip. Dad verwendet ihn als Bildschirmschoner. Er sagt, du brauchst einen Mediaplayer, um ihn anschauen zu können (Bitte frag mich nicht, was das ist).

A

PS: Diese Mail ist etwa eine Zillion Worte kürzer als die letzte!

DER SCHIEFE PFARRER

Liebe Annabelle,

danke für das Geplapper und das Video. Zuerst – hast du noch weitere Hinweise auf das Rätsel unter den Dielen entdeckt? (Oder den armen, alten Jupiter gefunden? – Ich hoffe, er hat große Backentaschen. Vielleicht könntest du kleine Häppchen in Form von Salat und Sonnenblumenkernen um euer Haus herum streuen, so dass er nachts auf einen Mitternachtsimbiss vorbeischauen kann. Hey, euer Hund wird ihn doch nicht aufgefressen haben, oder?) Offenbar ist dein Dad kürzlich auf den Kopf gefallen, aber Sherlock Woodham ist ihm schon dicht auf der Spur, und hier sind seine vorläufigen Theorien:

1. Dein Dad mag es nicht, dass deine Mum so viel Zeit auf irgendwelchen Ausgrabungsstätten verbringt, darum versteckt er überall im Haus Schätze, damit sie daheim buddeln kann, anstatt sich in Eukalypten abzurackern.

2. Es ist ein Überraschungsgeschenk für dich. Er hatte es eigentlich für Weihnachten gekauft, aber so gut versteckt, dass er vergaß, wo es war. Jetzt will er bis nächstes Weihnachten warten.

3. Er hütet ein dunkles Geheimnis aus seiner Vergangenheit. Das Medaillon – falls es überhaupt eines ist – ist das einzige Überbleibsel einer heißen Liebesaffäre, die er vor der Heirat mit deiner Mutter hatte.

4. Das Medaillon enthält den Schlüssel zu deiner wahren Identität, die er dir an deinem achtzehnten Geburtstag offenbaren möchte. Medaillons enthalten doch oft kleine Bilder, nicht wahr? Meine Mum hatte eines mit einer Locke von meinen Babyhaaren. Einige enthalten sogar ZWEI Bilder, wenn sie offen stehen, eines auf jeder Seite. Das Medaillon zeigt die Bilder deiner echten Eltern, Nachfahren einer russischen Königsfamilie. Deine Ururgroßeltern mussten vor der Revolution fliehen und in Wirklichkeit bist du Anastasia.

Nun zu dem Video. Ich habe es heruntergeladen und genau angeschaut. Zuerst war ich etwas enttäuscht, weil du darin erst etwa drei Jahre alt bist und ich gerne wissen würde, wie du *jetzt* aussiehst. Du warst richtig *süß* auf dem Pony, doch aus irgendeinem Grund ist »süß« nicht unbedingt das Wort, das mir in Verbindung mit dir bislang in den Sinn gekommen wäre. Verrückt, ja. Quasselstrippe, ja. Peppig-pampig, ja. Aber *süß* – neiiiiin! Muss an deinen scharfen Krallen liegen … Aber dann kam mir irgendetwas an deinem Vater bekannt vor. Zumindest gehe ich davon aus, dass es sich um deinen Dad handelt, weil er so stolz und väterlich aussieht und die Zügel des wolligen, kleinen Ponys so krampfhaft festhält, als hätte er Angst, es könnte sich jederzeit Fury-mäßig aufbäumen und dich abwerfen. Mir war, als hätte ich ihn schon einmal gesehen. Also holte ich mein Fotoalbum (das hat meine Mum für mich gemacht, als sie wusste, dass sie sterben würde. Sie hat Bilder von mir reingeklebt, von der Zeit an, als ich ein Baby war, und sogar noch ein paar frühe von sich und Dad, als ich noch nicht auf der Welt war) – und da ist er, dein Dad! Ich bin mir zumindest relativ sicher, dass es dein Dad ist, auch wenn ich ihn vorher immer für einen Pfarrer gehalten habe. Das schiefe Pfarrer-Bild – so nenne ich das Foto immer, weil alle darauf etwas schräg dastehen, als würden sie jeden Moment aus dem Bild rutschen. Aber dein Dad ist kein Pfarrer, oder? Hörte sich jedenfalls nicht so an. Und wenn ich mir das Bild jetzt genauer anschaue, sehe ich auch, dass er unter seinem Jackett keinen Pfarrerskragen trägt, sondern einen weißen Rollkragenpullover. Und er hat keinen Bart, aber in deinem Video hat er ja auch noch keinen. Mum hat darunter geschrieben: »Dieses weiße Bündel wurde als Guy Alexander Woodham auf die Welt losgelassen. Franklin (Freund), Dad, ich und du – Janes Foto.« (He! Deine Mum wird gar nicht erwähnt – vielleicht war Jane seine heiße Liebesaffäre?)

Hier ist das Bild, damit du es auch sehen kannst. Ist *Franklin* die lange Version von Frank oder die kurze von Franklinstein? Wenn er Dad wegen seiner Steuererklärung eine Mail schickt, unterschreibt er nur mit FMK. Als Dad nach Hause kam, fragte ich ihn: »Du hast mir nie erzählt, dass du Franklin schon seit Jahren kennst. Ich dachte, du hast nur beruflich mit ihm zu tun?!« Dad sagte: »Habe ich ja auch. Er ist ein Klient von mir. Aber eigentlich kennen wir uns schon viel länger.« Sie hätten sich in York kennen gelernt, sagt Dad, als sie beide dort studierten.

Momentan bin ich nicht besonders gut auf ihn zu sprechen, aber dieses Thema spare ich mir für eine andere Mail auf. Als ich vorhin mit meinen Hausaufgaben angefangen hatte, dachte ich auf einmal: Moment! Wenn er so gut mit deinem Dad befreundet war und sie auch heute noch Freunde sind, warum haben *wir* uns dann nie getroffen?

Du hast nach meiner Mum gefragt. Aber bevor ich von ihr erzähle, wollte ich sagen, dass ich echt froh bin, dass dir das Bild gefallen hat, das ich dir geschickt habe. Ehrlich gesagt habe ich fest damit gerechnet, dass dir Mark besser gefallen würde, und – wieder ehrlich gesagt – wenn das so gewesen wäre, hätte ich wahrscheinlich behauptet, das sei ich. Die meisten Mädchen mögen Mark lieber. Wäre er nicht so ein guter Freund von mir, wäre ich bestimmt eifersüchtig auf ihn. Er ist viel gesprächiger als ich. Ich weiß nicht, wie er das macht, aber er braucht nur den Mund aufzumachen und schon purzeln die Worte heraus. Zwar sagt er nicht immer besonders kluge oder lustige Sachen, aber vielen Mädchen gefällt es; sie finden ihn witzig und so. Ich wette, auch du würdest ihn vorziehen, wenn du ihn kennen gelernt hättest. Du wärst ihm natürlich im Reden weit überlegen, keine Frage!

Mum. Also. Nachdem sie tot war, musste ich immer zur psychologischen Beratung. Das hab ich echt gehasst. Da war dieser junge Typ, der eigentlich ganz o.k. war. Aber ständig versuchte er, mich zum Reden zu bringen. Darin bestand der ganze Sinn dieser Sitzungen. Reden. Nur dass ich eben nicht wollte. Jedenfalls nicht mit jemandem – wenn er auch noch so nett war –, der dafür bezahlt wurde, mir zuzuhören. Ich wurde immer verstockter und am Schluss machte ich den Mund überhaupt nicht mehr auf und er hat die ganze Zeit allein geredet. Aber wenn du wirklich etwas über sie wissen willst …

Ich muss immer wieder daran denken, wie meine Mutter im Krankenhaus lag, die Brille auf der Nase. Das ist eine der schrecklichsten Erinnerungen. Sie hat sonst nie eine Brille getragen, sondern immer nur Kontaktlinsen. Aus Eitelkeit, sagte sie. Nur morgens nach dem Aufstehen hab ich sie mit Brille gesehen oder abends vor dem Zubettgehen. Aber nachdem sie zum letzten Mal ins Krankenhaus kam, hat sie nie wieder Kontaktlinsen getragen.

Die andere Sache, an die ich immer wieder denken muss, ist dieses Loch im Zaun, hinten in unserem Garten. Ein Sturm hatte eine der Holzlatten herausgerissen. Wir sagten immer, wir würden das reparieren, aber Dad kam nie dazu, erst nach dem Tod meiner Mutter. Es klingt vielleicht bescheuert, aber ich hasse den Gedanken, dass Mum den geflickten Zaun nie gesehen hat. Es gab so viele Tage, an denen Dad und ich genug Zeit gehabt hätten, ihn zu reparieren. Einfach nur, damit sie es wusste. Damit sie sich keine Sorgen zu machen brauchte wegen eines Lochs im Zaun, während sie im Krankenhaus lag und starb.

Eigentlich war sie überhaupt nicht eitel. Das war nur ein Witz von ihr. Aber sie hätte es durchaus sein können. Sie war einer von den Menschen, die praktisch alles können. Sie konnte sogar das Kreuzworträtsel in der *Times* lösen. Bevor sie krank wurde, konnte sie mich beim Tennis besiegen, und das nicht etwa deshalb, weil ich schlecht spielen würde. Sondern weil sie verdammt gut spielte – sie schlug einen phantastischen beidhändigen Rückhandcross. Sie konnte verdammt gut Französisch und Spanisch sprechen. Sie kannte das Periodensystem und sie half mir bei einem Aufsatz über Wilfred Owen und den Ersten Weltkrieg.

Ich habe dafür sogar eine Eins bekommen, aber eigentlich hätte meine Mum die Eins verdient. (Ja, ich weiß, du findest Gedichte doof. Fand ich auch mal – früher. Eine Phase der Unreife, die du vermutlich bald überstanden haben wirst. Ha! Den konnte ich mir einfach nicht verkneifen.)

Sie war unglaublich tapfer. Das weiß ich jetzt. Sie muss gewusst haben, wie krank sie war, aber monatelang hat sie so getan, als wäre es nicht weiter schlimm. Sie ist an Krebs gestorben, dem Großen K. Ewig lange hat sie versucht, so zu tun, als wäre es nur ein kleines K, aber in Wirklichkeit war es ganz schön groß. Sie hat immer gesagt: »Ich gehe nur wegen einer Routineuntersuchung ins Krankenhaus. Mach dir keine Sorgen.« Und: »Sie wollen nur eine neue Behandlung an mir ausprobieren.« *Nur* ist ein Wort, dem man mit allergrößtem Misstrauen begegnen sollte, wenn du mich fragst. Sie lag nur im Sterben, das war alles.

Warum musste sich das Große K ausgerechnet meine Mutter aussuchen? Warum nicht jemand anderen? Ich schaue mir dauernd die Leute auf der Straße an und denke: Die leben und sind gesund und meine Mum ist tot. Warum hat das Große K sich nicht einen von ihnen ausgesucht? Ja, ich weiß, das ist dumm und gemein, denn auch diese Menschen sind Menschen, auch wenn sie mir nicht wichtig sind, aber das denke ich nun mal.

Jetzt sind nur noch mein Dad und ich übrig und ich habe ständig diese schlimmen Gedanken. Zum Beispiel: Wie sehr hat er ihr wirklich geholfen? Ist er auch auf diese Tapferkeitsshow hereingefallen, die sie mir vorgespielt hat? Oder bin ich einfach nur deshalb so gemein zu ihm, weil Dad derjenige ist, der übrig blieb, und mir jetzt nur noch die Situationen einfallen, in denen er sie im Stich gelassen hat?

So, heute bin offenbar ich mit einer Marathon-Mail an der Reihe. Ich wollte eigentlich gar nicht so viel schreiben, vor allem, weil ich noch zwei riesige Hausaufgaben machen muss (Physik und Mathe), sonst kriege ich morgen in der Schule Ärger.

Du wolltest wissen, ob ich koche. Koche ich? Darauf kannst du wetten, besonders jetzt. Entweder kochen oder verhungern, außer wenn meine Nan (Dads Mum) vorbeikommt und uns leckere Sachen wie selbst gemachte Fleischpastete oder Kuchen mit Vanillecreme vorbeibringt. Ich koche meistens Nudeln – Nudeln mit allem Möglichen. Currynudeln? Nudelpudding? Sogar Nudelkekse. Da bist du bei mir richtig. Ja, ja, eimerweise Nudeln, so läuft das.

Betätige dich weiterhin als Detektivin und bleibe dem Medaillon und dem Meerschweinchen auf der Fährte, ja? Hey, vielleicht könnten Annabelle und Guy ja auch ein Ermittlerteam werden, so wie Holmes und Watson, Cagney und Lacey, Morse und Lewis.

Guy

PSSST!

Lieber Woodham-Watson, du Marathon-Mailer,
danke für das schiefe Foto. Ich hab es grade eben heruntergeladen. Mehr dazu gleich. Aber zuerst pass gut auf, denn es hat *Entwicklungen* gegeben. Ja genau, beim Rätsel der Dielen. Druck diese Mail aus, lies sie und schluck sie dann bis auf das letzte Fitzelchen hinunter – und betätige morgen immer zweimal die Klospülung. Das hier ist MEGA-wichtig. Ich hab dir jede Menge zu erzählen, aber ich fange gleich mit dem besten Teil an, nur für den Fall, dass ich irgendwann schnell auf »VERSENDEN« klicken muss. Ja, du hast richtig geraten: Dad Vader schleicht sich wieder mal hier herum.

Gestern erhielten wir einen Anruf – von Mum. Seit dieses Medaillon aufgetaucht ist, versucht Dad verzweifelt,

eine Nachricht nach Eukalypten zu schicken. Er kann Mum am Ausgrabungsort nicht direkt erreichen, weil sie dauernd unter einer Pyramide oder sonst wo steckt und ihr Handy deswegen oft keinen Empfang hat. Dad hat ihr aber eine Nachricht auf der Mailbox hinterlassen und sie hat uns zurückgerufen.

Er war im Bad, als das Telefon klingelte. »Annabelle, kannst du bitte hingehen?«, rief er. »Es ist vielleicht deine Mutter.« Wusch! Wie ein Blitz war ich am Telefon! »Hallo A«, sagte sie. (Sie nennt mich immer A.) »Ich habe nicht viel Zeit. Kannst du mir bitte rasch deinen Vater an den Apparat holen?« Sie spricht immer so. »Förmlich«, sagt mein Dad dazu. »Er ist auf dem Klo«, sagte ich. »Typisch«, antwortete sie. »Wie läuft's in der Schule? Hast du schon deine Prüfungsfächer gewählt?« Ist das nicht unglaublich? Immer alles im Griff, meine Mum. Selbst wenn sie mich von der anderen Seite des Erdballs aus anruft, kennt sie meinen gesamten Stundenplan auswendig.

»Mum«, sagte ich, »ich würde dich gerne was fragen.« Es knisterte in der Leitung – vermutlich ein Sandsturm oder so –, dann sagte sie: »Wenn es um den Termin für den Elternabend geht – keine Angst, vor März bin ich auf jeden Fall wieder zu Hause.« (Verstehst du jetzt, was ich meine?) »Mum, es geht nicht um den Elternabend«, sagte ich. »Ich habe unter den Dielen in meinem Zimmer etwas gefunden.«

O-oh! Mega-Stille. Man hätte die Mumien gähnen hören können. »Hol deinen Vater ans Telefon«, sagte sie ganz ruhig. (Ich bin mir nicht sicher, aber ich glaube, sie hat dabei geseufzt.) Plötzlich hörte ich die Klospülung. »Es war silbern«, plapperte ich drauflos. »Und es sah aus wie ein Medaillon.« Daraufhin stöhnte sie: »Annabelle« – sie sagt nie Annabelle zu mir, außer wenn sie sauer ist – »bitte hol sofort deinen Vater von der Toilette.« Auf keinen Fall. Ich biss mir auf die Lippe und ging aufs Ganze: Sherlock Woodhams Theorie Nummer 3. »Mum, ist es ein Erinnerungsstück an eine heiße Liebesaffäre, die Dad hatte, bevor er dich kennen lernte?« Im Hintergrund hörte ich ein platschendes Geräusch. Einen Moment lang dachte ich, sie wäre in den Nil gefallen. Dann aber begriff ich, dass es nur ihr heiseres Lachen war, das durch den Sand und die schlechte Verbindung etwas verzerrt klang. »Meine Güte, wo hast du diese Schnapsidee denn her? Dein Vater ist schon jahrelang nicht mehr in heiße Situationen geraten. Eher in lauwarme. Geh und klopf an die Klotür. Ist er vom Abfluss verschluckt worden, oder was?« Ich hörte, wie der Riegel zurückgeschoben wurde, und wusste, dass ich mich beeilen musste. »Das kam nicht von mir«, sagte ich. »Meine E-Mail-Bekanntschaft hat mich darauf gebracht.« Sie machte »hmm« und sagte: »Nun, deine Bekannte hat ja ganz schön viel Phantasie. Wo IST denn dein Vater jetzt?« (Zu diesem Zeitpunkt auf der Treppe.) »Es ist keine Sie, Mum«, platzte ich heraus. »Es ist … ein Er. Er heißt Guy und seine Mutter ist letztes Jahr gestorben.«

Absolute Stille. Ich legte die Hand über die Sprechmuschel und kauerte mich zusammen. Dad kam ins Zimmer. »Annabelle, gib mir den Hörer«, sagte er. Aber ich drehte mich ruckartig weg. Das Telefon fiel vom Tisch und knallte ihm auf den Zeh. Während er im Zimmer herumhüpfte, sagte ich: »Du kanntest sie, stimmt's? Sie hieß doch auch Mary, oder? Ist es ihr Medaillon? Kennst du Guys Dad? Warum habt ihr mir nichts von Guy erzählt?« Hinterher begriff ich natürlich, wie theatralisch und dumm das eigentlich war, denn sie konnte schließlich unmöglich alle Fragen auf einmal beantworten. Sie seufzte nur und sagte: »Annabelle, bitte gib mir deinen Vater.« Das war gar nicht mehr nötig, denn er hatte mir den Hörer schon aus der Hand genommen. Ich konnte nur noch hören, wie Mum sagte: »Franklin, was ist denn bei euch los?«

»Das Gleiche könnte ich dich auch fragen, VERDAMMT NOCH MAL!«, blaffte er.

Und dann hatten sie einen MORDSMÄSSIGEN KRACH. Das ganze Haus wackelte. »Raus!«, sagte Dad und schubste mich zur Tür. Ha, da war er plötzlich gar nicht mehr so lauwarm. Sogar Ginger hat ihn angeknurrt und Ginger knurrt wirklich *fast nie* jemanden an. Also schlich ich mich davon, um sie über den Zweitanschluss in der Küche zu belauschen. Guy, ich schwöre dir, ich hab den Hörer so behutsam wie möglich abgenommen, und trotzdem schrien sie beide sofort: »Annabelle, in dein Zimmer!« Ich knallte den Hörer auf die Gabel und ging. Das Letzte, was ich hörte, bevor ich die Treppe hinaufstiefelte, war Dad, der brüllte: »Also? Wie lange geht das schon?«

Jetzt mache ich mir große Sorgen. Was ist, wenn Mum eine heiße Affäre hat? Vielleicht ist sie mit einem arabischen Scheich durchgebrannt. Ich wette, wenn ich das Medaillon öffnen könnte, würde ich darin ein Foto von ihrem eukalyptischen Liebhaber finden. Ich hasse dieses Medaillon. Ich wünschte, ich hätte es nie entdeckt. Wenn ich es noch mal finde, werde ich es vielleicht auf einen Ziegelstein legen und in kleine Stücke hauen.

Du bist also nicht der Einzige, der gerade nicht gut auf seinen Dad zu sprechen ist. Am liebsten würde ich das schiefe Foto ausdrucken, es an die Pinwand in unserer Küche heften und darunter schreiben: GESUCHT – WEGEN SEINES DÄMLICHEN GESICHTS. Vielleicht mache ich das auch. Ohne Haare im Gesicht gefällt mein Dad mir einfach nicht. (O nein, ein kleines Gedicht hat sich an mich herangeschlichen.)

Kann mich gar nicht mehr an die Zeit erinnern, als er noch keinen Flaum im Gesicht hatte. Mum sagt, er hat Probleme mit Haaren, die nach innen wachsen. (Vielleicht schlängeln sie sich ja in sein Gehirn? Irgendwoher muss seine Beschränktheit ja kommen. Letztes Jahr hat er seinen Bart zur Hälfte abrasiert, um Geld für den Rugby-Club aufzutreiben. Ginger hat sich bei seinem Anblick total erschrocken und ihn prompt angegriffen! Es war grandios. Besonders, als Dad Ginger dann damit drohte, ihm die Hälfte seines Fells abzurasieren, um zu sehen, wie IHM das gefallen würde – denn daraufhin hat Ginger ihn gebissen! Da hättest du Dad ganz bestimmt nicht mehr für einen Pfarrer gehalten: Er fluchte, bis die Luft blau wurde, wie meine Granny immer sagt.

Dad ist Dozent an der Oxford University. Das würde man bei Betrachtung dieses Fotos allerdings kaum vermuten. Darauf sieht er eher aus wie ein Liedermacher oder ein Dichter, igitt! Ich würde gerne wissen, wo meine Mum damals wohl war. Vermutlich bei Ausgrabungen auf dem Friedhof. Und stell dir vor, du hast zufällig den Spitznamen herausgefunden, den sie meinem Dad gegeben hat – sie nennt ihn Franklinstein, wenn er mal wieder eine seiner Launen hat. »Ach, hau ab und schraub dir einen anderen Kopf an, Franklinstein!«, schreit sie dann. Sie kann ganz schön bissig sein, meine Mum. Anders als deine, die vermutlich die netteste, klügste und liebevollste Mum der ganzen, weiten Welt war. Man stelle sich vor, eine Mum zu haben, die Aufsätze für einen schreibt!

O Guy, du vermisst sie bestimmt ganz furchtbar. Ich musste schluchzen wie verrückt, als du das von dem Zaun geschrieben hast. Es erinnerte mich wieder an Whitey. Es war immer meine Aufgabe, die Katzenhaare von seinem Lieblingsstuhl abzubürsten. Noch lange nach seinem Tod hab ich das gemacht. Immer wieder redete ich mir ein, ein neues Haar von ihm entdeckt zu haben. Eines Abends wurde mir dann klar, dass wirklich kein einziges mehr zu sehen war. Ich kniete vor dem Sessel und fing an zu heulen. Ich vergrub mein Gesicht in Whiteys Kissen und Dad musste kommen und mich wegziehen. Er sagte: »Komm schon, Blümchen, du musst dich endlich von ihm verabschieden.« Am nächsten Abend habe ich den Sessel nicht sauber gemacht, sondern mich stattdessen hineingesetzt, so wie W es immer getan hatte. Ich sagte ihm, dass ich ihn lieben würde und dass er mir fehlen würde wie verrückt, aber dass ich froh wäre, weil er nun frei sei und keine Schmerzen mehr haben müsse.

Hatte deine Mum Schmerzen? Oh, entschuldige. Wie blöd. Ich hätte dich das nicht fragen sollen. Aber ich werde den Satz nicht löschen, denn wenn sie tatsächlich Schmerzen hatte, dann bist du sicher zumindest darüber froh, dass sie nun nicht mehr leiden muss. Und ich finde schon, dass du ein bisschen gemein bist zu deinem Dad. Schließlich hat er den Zaun doch noch repariert, oder? Und das hat er bestimmt deswegen getan, weil er sie sehr liebte und wusste, dass sie das so gewollt hätte. Kann ich dich um einen ganz großen Gefallen bitten? Würdest du mir BITTE ein Bild von deiner Mum schicken, das nicht so schief ist? Ich würde sie so gerne einmal richtig sehen, mit oder ohne Brille. Bitte, Guy. Ich weiß, dass sie dir sehr viel bedeutet, aber …

Übrigens, ich vermute, du wunderst dich, warum ich dir noch kein Bild von mir geschickt habe. Unser Scanner ist kaputt. Es wird vermutlich eine Weile dauern, bis er repariert ist, sagt Dad. Ich könnte dir natürlich auch ein Bildchen mit der Post schicken, aber es wäre irgendwie nicht dasselbe, oder?

Ich höre jetzt lieber auf. Auch ich muss noch Hausaufgaben machen – Mr Phiggins ist doch nicht so nett, wie wir dachten. Wenn ich jemals eine Schlange besitzen sollte, werde ich sie Pythonagoras nennen und sie zwingen, meine Algebraaufgaben zu verschlucken. Außerdem werde ich heute Dads Abendessen kochen. Wie kocht man Nudeln, damit sie schön gummiartig werden? Er hat es verdient, mal ordentlich auf etwas herumbeißen zu müssen, so wie er sich die letzten paar Tage aufgeführt hat.

Bis dann! Schreib schnell – und vergiss das Bild von deiner Mum nicht (bitte, bitte).

A King (auch die Herzkönigin genannt)

PS: Ginger würde Jupiter doch niemals auffressen!! Er hat panische Angst vor ihm. Wenn Jupiter in seinem Laufrad herumflitzt, bekommt Ginger Schwindelanfälle. Ehrlich! Das hat der Tierarzt gesagt. Ginger mag übrigens gerne Kartoffelbrei. Auf Fleisch ist er nicht so scharf. Ich sollte es bei ihm auch mal mit Nudeln versuchen.

NEUIGKEITEN VON JUPITER

O Drama! Jupiter wurde gesichtet! (Und ich meine nicht *neben dem Saturn*.) Er rennt irgendwo im Garten herum. Heute Morgen hörte ich einen fürchterlichen Schrei und rannte hinaus, um nachzusehen, was passiert war. Ich war ein bisschen überrascht, unsere Nachbarin Mrs Swanley an ihrem Spalierbogen baumeln zu sehen! Ich hätte sie fast gefragt, ob das eine Stufenbarrenübung für die nächsten Olympischen Spiele wäre (Mrs Swanley macht nämlich jede Menge Fitness). Aber daran, dass sie lauthals »Hilfe, Leiter!« schrie, erkannte ich, dass etwas nicht stimmte.

Offenbar hatte sie gerade auf einer Trittleiter gestanden und ihren Zaubernussstrauch beschnitten (vermutlich für einen neuen Besen), als sie sah, wie eine RATTE über unseren Rasen »trippelte«. Vor Schreck verlor sie das Gleichgewicht und stieß die Leiter um. Dad eilte ihr natürlich gleich zu Hilfe. Er hörte den Radau, schrie: »Festhalten, Eleanor!«, kletterte über die Mauer und richtete die Leiter wieder auf. Was für ein Held. Mrs Swanley war völlig durcheinander. Sie brauchte unbedingt eine Tasse Nesseltee für ihre Nerven. »Es war ein schreckliches, pummeliges Vieh«, sagte sie zitternd. »Es hatte eine eigenartige Farbe, irgendwie hellbraun und schwarz. So eine Ratte habe ich wirklich noch nie gesehen.« Kaum hatte sie das gesagt, sprang ich auf. »Das ist keine Ratte!«, rief ich. »Das ist Jupiter, mein

Meerschweinchen!« Und da fiel Mrs Swanley dann in Ohnmacht.

Während Dad sie wieder zu Bewusstsein brachte, ging ich mit Ginger auf MS-Jagd. Ich hielt ihm etwas von Jupiters Stroh unter die Nase und befahl ihm zu suchen. Stattdessen bekam er einen Niesanfall! Ich konnte Jupiter nirgends finden. Knirsch! Aber ich weiß, wie er aus dem Haus kommen konnte. Wir haben einen altmodischen Wäschetrockner mit einem Schlauch, den man aus dem Fenster hängen muss. Dad hat ihn abgeschraubt, um ihn zu reparieren, und das eine Ende einfach auf dem Boden liegen gelassen. Meine Theorie ist, dass Jupiter hineinkroch und noch darin lag, als Dad den Schlauch wieder am Trockner anbrachte. Und dann hat ihn die warme Luft wahrscheinlich nach draußen gepustet. Wie eine Meerschweinchen-Kanonenkugel!! Ja klar, er könnte natürlich auch einfach hinausgekrabbelt sein. Sieh dir mal die Zeichnung an, die ich dieser Mail angehängt habe. Es ist eine Karte von Jupiters Fluchtweg aus dem Käfig in den Garten via Wäschetrockner. Ich habe es mit Dads neuem Programm PhotoPlay gezeichnet – das ist wirklich toll!

Oje, muss los, ich glaube, Dads Würstchen riechen schon etwas verkohlt.

Annabelle Attenborough

PS: Habe ganz vergessen, Dad zu fragen, warum er dich und deinen Dad noch nie erwähnt hat. Sorry. Schlimm?

FRAGEBOGEN

Liebe Annabelle,

ich weiß immer noch nicht besonders viel über dich, könntest du darum bitte folgenden Fragebogen beantworten?

Haarfarbe:
Augenfarbe:
Größe:
Figur:
Bestes Schulfach:
Schlechtestes Schulfach:
Ziel:
Größte Angst:
Stärken:
Schwächen:

Danke. Meine Übungsklausuren sind ganz schön langweilig. Und deine?

Mach's gut!
Guy

MUTTER UND ICH

Liebe A,

spätestens wenn du das hier liest, wirst du merken: Die vorherige Mail war eine Finte; hier kommt die richtige. Später mehr dazu.

Hier ist als Erstes das Bild, um das du mich gebeten hast. Es wurde vorletztes Weihnachten von Dad aufgenommen und zeigt mich, Mum und den Truthahn. (Und bevor du fragst: Nein, der Truthahn ist das Ding auf dem Tisch!) Es ist ein tolles Bild von Mum, und ich bin froh, dass sie es in mein Album geklebt hat, aber wenn ich es anschaue, muss ich immer daran denken, dass sie es damals schon WUSSTE. Und ich nicht. Ich habe es nicht einmal geahnt. Und wenn ich mich dann so dämlich grinsend auf dem Bild sehe, denke ich: Was für ein Trottel. Wie konnte er neben einem Menschen sitzen, der dem Tod so nahe ist, und es nicht merken? Bin ich denn so unglaublich unsensibel? Fest steht auf jeden Fall, dass ich nicht telepathisch veranlagt bin.

Also, wie gefällt dir meine Mum? Sieht sie so aus, wie du es erwartet hast? Ich stelle mir gern vor, dass sie immer in diesem Alter bleiben und niemals grau und faltig werden wird.

Danke für den Plan von Jupiters Großer Flatter – ich hoffe, du hast ihn aufspüren können, bevor er sich wieder irgendwo anders hin verkrochen hat. Aber wo bleibt das Bild von dir? Ich möchte es zu gerne sehen. Du erzählst doch nicht etwa Lügen über euren Scanner?

Bevor ich nun zum Thema »Eltern und ihre merkwürdigen Verhaltensweisen« komme, will ich dir noch schnell erzählen, was Dad gestern passiert ist. Er hatte einen Niesunfall! Und das hab ich jetzt nicht erfunden! Es fing damit an, dass die Frau von nebenan zu uns kam, um zu fragen, ob ich mich nächstes Wochenende um ihre Katze kümmern könnte. Dad kitzelte es in der Nase, weil er gerade Staub gesaugt hatte, aber in Anwesenheit unseres Gastes wollte er höflich sein und leise niesen, statt wie sonst laut loszutrompeten. Dabei muss er sich irgendwie den Hals verrenkt haben, denn seitdem läuft er unter lautem AAAH- und OOOH-Gejammer durchs Haus. Er kann kaum das Auto aus der Einfahrt fahren, weil er jedes Mal Schmerzen hat, wenn er den Kopf dreht. Wenn er gefragt wird, wie das passiert sei, kann er nicht schwindeln und sagen »beim Sport« oder »beim Rugby« oder sonst einer harten und männlichen Tätigkeit – zumindest nicht, wenn ich dabei bin. »Es passierte beim Niesen« – darüber muss jeder lachen und keiner hat so richtig Mitleid mit ihm. Aber nach dem, was ich inzwischen über ihn weiß, verdient er auch kein Mitleid. Ich habe herausgefunden, dass er richtig niederträchtig ist. Und, noch schlimmer, ich habe entdeckt, dass auch ICH richtig niederträchtig bin ...

Erinnerst du dich noch daran, wie ich geschrieben habe, ich hätte deine Mails gelöscht? Also, das ist nicht ganz die Wahrheit, denn unser Mailprogramm sichert alle gelöschten Dateien, so dass man sie im Grunde wieder zurückholen kann. Sie sind erst dann richtig aus dem Computer verschwunden, wenn sie auch aus dem Papierkorb gelöscht werden. Jedenfalls beschloss ich, mir deine gelöschten Mails noch einmal anzusehen, um mich daran zu erinnern, wie PAMPIG und SCHRECKLICH du am Anfang warst. Und rate, was ich dabei entdeckt habe? Mein Niederträchtiger Dad muss sich ganz schön schlau vorgekommen sein, als er herausfand, wie man Mails löscht, aber er weiß offenbar nicht, dass man gelöschte Mails wiederherstellen kann. Und im Papierkorb befanden sich eine ganze Reihe von Dateien, von denen ND dachte, er hätte sie unwiderruflich gelöscht.

Und was hab ich getan? Was hättest DU getan?

Ich hab sie gelesen. Und –

(Die Finte mit der Mail eben diente übrigens dazu, Dad hereinzulegen. Er ist neugierig, ob wir uns immer noch schreiben, und wunderte sich schon darüber, dass in den Aus- und Eingangsordnern gar keine Mails mehr sind. »Ist es geheim?«, fragte er mich. »Bist du verliebt oder so?« Ich hab mich daraufhin nur geräuspert und ihm gesagt, er solle nicht so schrecklich blöd sein. Er hat eben nur das eine im Kopf – das zeugt von seinem schlechten Gewissen. Die Täuschungsmail sollte ihn beruhigen. Ehrlich gesagt ist es so leicht, meinen Dad hereinzulegen, dass es mir schon fast Sorgen macht.)

– es stellte sich heraus, dass mein Dad über E-Mail mit irgendeiner Frau in Manchester, namens Sharon, FLIRTET. Das ist doch nun wirklich das Letzte, oder? Meine Mum ist gerade mal sechs Monate tot und schon bandelt er mit einer anderen an. Sie haben sich zwar, soweit ich es herauslesen konnte, noch nie getroffen. Man kann also im Prinzip nicht davon sprechen, dass er Mum untreu geworden wäre. Trotzdem wird mir allein bei dem Gedanken daran schon schlecht. Würde *dir* da nicht auch schlecht werden? *Ist* dir jetzt schlecht? Mir schon. Muss fast kotzen. Am besten, du gehst ein bisschen vom Bildschirm weg.

Was soll ich machen? Ihn zur Rede stellen? Ich merke doch, dass er sich deswegen total schuldig fühlt. In den Weihnachtsferien hat er die ganze Zeit darauf angespielt, dass ich wieder ein bisschen unter die Leute gehen soll. »Was ist denn mit diesem süßen Mädchen, dieser Jess?«, sagte er dauernd. »Warum fragst du sie nicht mal wieder, ob sie mit dir ausgeht? Du solltest öfter mal aus dem Haus gehen und dich amüsieren.« Tatsache ist aber, dass ich mich nicht amüsieren *will*. Es ist zu *früh* dafür. Und um Weihnachten herum dachte ich sowieso, dass ich niemals wieder Spaß haben wollte. Ich hab ihn hingehalten, indem ich sagte, meine Übungsprüfungen stünden vor der Tür und ich müsste noch Schulaufgaben machen und überhaupt würde ich ja ein paar Tage mit Mark nach Yorkshire fahren. Aber immer wieder fing er mit Jess an. Was für ein nettes Mädchen sie wäre und wie hübsch und dass er nicht so lange warten würde, wenn er dreißig Jahre jünger wäre. Das hat er nur getan, damit er sich besser fühlt angesichts seiner Affäre mit dieser grässlichen Sharon.

Jess ist übrigens ein Mädchen aus meiner Klasse. Letztes Jahr bin ich sechs Wochen mit ihr gegangen. Ich mochte sie echt gern, aber du weißt ja, was in der Schule so abgeht. Alle hänselten uns wie blöd, wenn wir im Unterricht nebeneinander saßen oder beide als Letzte zu spät ins Klassenzimmer kamen. Sie nannten uns immer Romeo und Julia und machten ständig so schlabbernde, schlürfende Knutschgeräusche. Und noch Schlimmeres. Schließlich war es uns beiden so peinlich, dass wir Schluss gemacht haben. Und dann wurde Mum krank. Jess geht jetzt mit einem anderen; ich hab's Dad nur noch nicht erzählt. Er wird denken, dass es meine Schuld ist, weil ich es nicht noch mal probiert habe.

Tja, Eltern und ihre Vergangenheit. Wenn du den nächsten Absatz nicht lesen willst, lass es bleiben, denn ich habe etwas über deinen Dad herausgefunden.

Die Stimmung zwischen ND und mir ist gerade ziemlich eisig, aber heute Abend habe ich ihn gefragt, warum er denn überhaupt wollte, dass ich dir maile. Er sagte: »War nur so eine Idee. Wenn ihr euch nicht versteht, vergiss es einfach.« Daraufhin erzählte ich ihm, wie sehr dein Dad darauf aus war, dass wir uns weiterschrieben. Auch die Sache mit den fünfzig Pence hab ich erwähnt. Er sah mich ganz komisch an, aber vielleicht lag das auch nur an seinem steifen Hals. Ich fragte: »Warum habe ich noch nie was von Franklin gehört? Und hier war er auch noch nie, oder? Ich weiß, dass ihr euch wegen seiner Steuererklärung mailt, aber da geht es doch nur um langweiliges Zeug. Ich dachte, ihr wärt richtig befreundet?«

Er hatte seinen Steuerberatungskrempel über den ganzen Tisch verteilt und rechnete gerade eine Menge Zahlen mit seinem Taschenrechner zusammen; es war also kein besonders guter Zeitpunkt, ihn danach zu fragen. Er runzelte die Stirn, betrachtete seine Zahlen und murmelte etwas von unterschiedlichen Lebenswegen. Davon, dass dein Dad Dozent an der Universität von Oxford sei – das wäre schließlich etwas anderes als ein stinknormaler Steuerberater.

»Wie seid ihr denn dann überhaupt Freunde geworden?«, wollte ich wissen. Die Frage setzt natürlich voraus, dass sie es auch tatsächlich sind. Mir kommt es dagegen fast so vor, als würde mein Dad deinen nicht besonders mögen.

»Das ist schon Ewigkeiten her«, sagte er. »Wir haben damals zusammen studiert. Wir wohnten zu viert in einem Haus in York.«

Ich weiß, dass sich meine Mum und mein Dad an der Uni kennen gelernt haben. Darum habe ich gefragt: »Vier? Du, Mum, Franklin und wer noch?« Er murmelte etwas von sechseinhalb Prozent in seinen Bart und hämmerte auf ein paar Tasten herum, dann sagte er – und jetzt halt dich fest –:

»Ähm, was?« (Ein echter Schnelldenker, mein Dad.) »Jane, natürlich. Jane und Franklin haben sich auch in York kennen gelernt.« Jane? Ich hätte mir fast die Zunge abgebissen. Dann fragte ich ihn, ob das die gleiche Jane gewesen wäre, die das Foto von meiner Taufe geknipst hätte. Er warf mir wieder einen seiner vernichtenden Blicke zu und sagte Ja. Jane und dein Dad wären damals eben zusammen gewesen und ob ich ihn bitte mit seinen Zahlen weitermachen lassen würde. Aber ich konnte doch jetzt nicht einfach aufgeben! Schließlich war ich auf einer ganz heißen Spur. »Bist du sicher?«, fragte ich. Er schnauzte: »Ja, ganz sicher« und kritzelte weiter Zahlen auf Papier.

»Aber Annabelles Mum heißt M-«, fing ich an. Da wurde er richtig grantig und knallte den Taschenrechner auf den Tisch. Eine Batterie fiel heraus und kullerte auf den Boden. Während er danach suchte, sagte er: »Ja, ich weiß, aber damals war es Jane, o.k.? Bei ihnen ging es immer ziemlich wild auf und ab. Allerdings mehr ab als auf, wenn ich mich recht erinnere.« Dann erhob er sich, massierte seinen Nacken und sagte: »Ich versuche zu ARBEITEN, falls du es noch nicht bemerkt haben solltest.«

Siehst du? Ich hab's dir doch gesagt, dein Dad hatte eine heiße Affäre. Das Medaillon, das du gefunden hast, gehört bestimmt Jane. Darum möchte er auch nicht, dass du ihm unangenehme Fragen stellst oder deiner Mum davon erzählst.

In diesem Moment klingelte das Telefon und irgendeiner von Dads Klienten war am Apparat. Wieder mal eine ewig lange, öde Unterhaltung über feste Zinssätze und private Altersvorsorge. Während er seine übliche Leier abspulte, arbeitete mein Verstand mit dreifacher Geschwindigkeit. Wenn Jane bei ihnen wohnte und auch bei meiner Taufe war, was war dann mit deiner Mum? Es sei denn, mit deiner Mum ging es gerade aufwärts, während die Sache mit Jane schon wieder am Abflauen war.

Ich versuchte, meinen Dad weiter auszufragen, nachdem er den Hörer wieder aufgelegt hatte. Ich sagte (ganz nebenbei, natürlich): »Hatte Franklin in York ›viele Eisen im Feuer‹?« Dad suchte gerade nach seinem Kalender und murmelte etwas vor sich hin, doch als ich das sagte, richtete er sich auf und starrte mich an, und diesmal *hörte* ich, wie seine Halswirbel knacksten. Unter diesem Blick wäre ich am liebsten im Boden versunken. Wenn er mich eine Nanosekunde länger angeschaut hätte, wäre von mir nur ein kleiner, dampfender Haufen Asche auf dem Teppich übrig geblieben. Und dann legte er los: »Mein Guy, Güte!« (Eigentlich wollte er »Meine Güte, Guy« sagen, was zeigt, wie aufgebracht er war.) »Was schreibt dir diese Annabelle eigentlich immer?«

Ich sagte: »Nichts.« Er schmiss alle Kissen auf den Boden und sagte: »Dann hau bitte ab. Kannst du nicht sehen, dass ich unter Zeitdruck stehe? Und jetzt kann ich nicht einmal mehr den verdammten Kalender finden. Morgen habe ich einen Termin mit einem neuen Kunden, und ich würde gerne etwas Ordnung in diese Zahlen bringen, wenn du gestattest. Und hast du nicht eben noch über deine vielen Hausaufgaben gestöhnt? Warum gehst du nicht in dein Zimmer und fängst mal damit an?« Dann begann er, an absolut bescheuerten Orten zu suchen, zum Beispiel unter der Fußmatte und hinter der Uhr. Nach einer Weile habe ich seinen Terminkalender auf dem Fensterbrett hinter dem Vorhang gefunden, wo er ihn während seines Telefonats hingelegt hatte. Und dann besaß er noch die Frechheit zu sagen: »Wenn du sowieso in die Küche gehst – eine Tasse Kaffee würde mir jetzt sehr gut tun.«

Ich interpretiere das Ganze so: Dein Dad hatte mehr Erfolg bei Frauen als meiner und der arme alte Tropf ist deswegen immer noch eifersüchtig. Aber wenn er eifersüchtig auf deinen Dad ist und kaum mit ihm spricht, wie konnten sie sich dann wieder versöhnen? Und warum wollen sie, dass WIR Freunde werden?

Ach, diese Erwachsenen. Und da finden sie *uns* merkwürdig.

Hey, Annabelle, hast du eigentlich noch andere E-Mail-Freunde außer mir? Ich habe nur noch einen. Er heißt Cal und war früher auf meiner Schule, bis er zurück nach

Chicago gezogen ist. Wir schreiben uns im Schnitt einmal pro Woche, aber die Mails sind ziemlich langweilig, es geht darin hauptsächlich um technische Dinge. Oder er schickt mir irgendwelchen Kram, den er im Internet gefunden hat. Ich maile sonst niemanden, aber ich vermute, dass du Dutzende von Mailfreunden hast, so kommunikativ wie du bist. Wenn du allen so lange Mails schreibst wie mir, frage ich mich, wie du noch Zeit für andere Sachen findest! Aber ich wette, du kannst superschnell tippen. Und ich vermute, dass du auch sehr schnell *redest* – stimmt's? Also, hast du noch andere männliche Mailfreunde? Würde mich einfach interessieren.

Du brauchst keine Angst zu haben, dass Dad deine Mails liest. Ich komme immer vor ihm nach Hause und schau dann sofort nach. Schick mir bloß nichts nach zehn Uhr abends. Dann widmet er sich seinem Heimlichen Flirt. Und vergiss nicht, dass ich das Foto von dir haben möchte, sobald euer Scanner wieder funktioniert.

Meine Übungsprüfungen sind jetzt fast alle vorbei – hast du noch welche?

Guy

ANTWORTEN AUF DEINE FRAGEN

Hallo lieber SPIESSIG und STOLZ,

wenn du mich in meinen ersten Mails PAMPIG und SCHRECKLICH fandest, dann solltest du noch mal einige *deiner* ersten Mails lesen, Gorilla-Guy.

:-P (so sagt man im Internet für: »Ich strecke meine Zunge heraus und wackle damit vor deinem Gesicht herum). Genau. Jetzt bin ich das auch mal losgeworden und kann wieder ganz lieb und nett zu dir sein (sag es lieber nicht, Woodham), also weiter …

Danke für deinen Fragebogen. Hier sind meine Antworten:

Haarfarbe: Wechselhaft – momentan Vanille mit Erdbeersauce! Lecker!!

Augenfarbe: Dad sagt Haselnussbraun, meine Mutter sagt Eichel; bitte frage das nächste Eichhörnchen, das dir über den Weg läuft.

Größe: Ich bin größer als Tracey Scudding; mehr brauchst du nicht zu wissen.

Figur: WIE BITTE?! Alle meine Bauteile befinden sich in den richtigen Proportionen am richtigen Platz, vielen Dank! Ich habe kleine Ohren (aber sie hören *alles*).

Bestes Schulfach: Englisch, du Dummkopf. Ich bin Ms Spences beste Schülerin.

Schlechtestes Schulfach: Geographie. Am Nordpol leben also keine Pinguine, na und? Aber dort gibt es auf jeden Fall eine Menge Eis, oder? Das allein zählt doch. Ich nehme an, dass du in Geo ziemlich gut bist. Hast du nicht mal Lust auf einen Orientierungslauf nach Oxford, um mir beizubringen, wie man eine Landkarte liest? (treuherziger Augenaufschlag)

Ziel: DICH ZU TREFFEN!!! Und Jupiter zu finden. Und das Medaillon. Ich hab schon den kompletten Keller durchsucht, aber da war es auch nicht. Was hat Dad nur damit gemacht? Ich werde noch verrückt. Ich frage mich, ob ich es mal wagen sollte, auf dem Dachboden nachzuschauen.

Größte Angst: Dass es im Himmel keine Katzentürchen gibt. Wenn ich Whitey dort nicht wieder sehe, sterbe ich. (Ähm, geht das überhaupt?)

Stärken: Also BIIITTE. Wo soll ich denn da anfangen? Ich kann zum Beispiel Fingertrommel spielen, wie du ja schon weißt. Ich laufe die hundert Meter in 19,8 Sekunden (wenn Daniel Day-Lewis am Ziel stünde, würde ich bestimmt den Weltrekord holen!!) Ich kann auf dem Kopf stehen, ohne dass man meine Unterhose sieht. Willst du noch mehr wissen?

Schwächen: Komm schon, Guy. Stell doch nicht so unnütze Fragen. Ich habe keine schlechten Seiten. Nur voll geschriebene – und davon jede Menge. Gerade habe ich meinen Bleistift gespitzt! Also gut, bevor du mir vorwirfst, ich würde angeben, weil ich dir eine richtige Antwort vorenthalte: Vermutlich könnte ich ein Krokodil in einem Bissigkeitswettbewerb besiegen – aber dafür habe ich perfekte Zähne. Dad sagt, ich sei manchmal ein bisschen unnahbar und hochnäsig, besonders wenn ich neue Menschen kennen lerne. Er sagt, das hätte ich von Mum. Ha. Nächstens wird er noch sagen, dass Ginger wegen ihr so gut im Dreck scharren kann. Aber vermutlich hat er Recht. Am Anfang war ich ja auch ein bisschen hochnäsig dir gegenüber, nicht wahr? Dad nennt das meinen »Abwehrmechanismus«. Allerdings weiß ich nicht genau, was er damit meint. Warum sollte ich mich gegen jemanden, der so nett ist wie du, wehren wollen? Dad meint, ich würde das tun, weil ich leicht verletzbar wäre und die Dinge immer so nah an mich heranlassen würde. Vermutlich hat er damit Recht. Wenn du mir jetzt nicht mehr schreiben würdest, wäre das fast so, als ob ich Whitey noch einmal verlieren würde. Und das ist doch ziemlich nah, meinst du nicht? Du wirst mir doch weiter schreiben, Guy, oder? Tut mir Leid. Tut mir Leid. TUT MIR LEID! Ich benehme mich ja schon ganz blöd und rührselig und wie eine Heulsuse. Schließlich gehörst du mir ja nicht. Themawechsel: Danke für das umwerfende Bild von dir und deiner Mum. Wow, wie attraktiv. Deine Mutter, meine ich. Obwohl, in dieser Beziehung scheinst du ganz nach ihr zu kommen. Ich denke, dass Jess etwas … Nun, ich weiß nicht, was ich über Jess denken soll. Beachte das einfach nicht. Ich … oh, nein. Ich hab dir so viel zu erzählen, aber Dad ruft nach

mir – Grrr und Doppel-Grrr! Wir müssen jetzt zum Arzt. Schreibe später mehr. Versprochen.

Annabelle die Unnahbare x

PS: Meine Übungsprüfungen sind auch ganz schön öde. Danke.

PPS: Wer IST bloss diese Jane? Ich werde Dads Ohren auf dem Weg zum Arzt etwas rösten, ihn auskochen. Erfolg bei Frauen? Mein Dad? MEIN Dad?

PPPS: Du hast gar nicht gefragt, wann ich Geburtstag habe. Am 18. Januar. Ich bin Steinbock, also eine Ziege! (Keine Ahnung, was Krokodile für ein Sternzeichen haben, sorry.)

WO BIST DU?

Liebe Annabelle,

bist du krank? Denn *du* musst doch krank sein und nicht dein Vater, oder warum geht ihr sonst gemeinsam zum Arzt? Du hattest *versprochen*, mir später noch zu schreiben, hast es aber nicht getan! Ist was passiert? Du bist doch nicht ernsthaft krank, oder? Bitte mail mir zurück, sobald du das hier gelesen hast, und sag, dass alles in Ordnung ist mit dir.

Guy

PS: Hey, war das etwa ein x am Ende deiner Mail? Ein richtiges x? Wenn, dann freue ich mich echt wie ein Schneekönig. Aber vielleicht war es ja auch nur ein Tippfehler oder eine Abkürzung für irgendetwas – zum Beispiel: Bei x liegt der Schatz vergraben oder xtrem besorgt wegen des Arztbesuchs.

Am Ende dieser Mail steht eines für dich, aber Achtung: Es könnte auch nur ein Tippfehler sein oder ein streunendes Meerschweinchen, das über die Tastatur getippelt ist. VERGISS NICHT, mir zu schreiben, ob du ernsthaft krank bist.

Guy x

EILT

Liebe Annabelle,

ich mache mir ernsthaft Sorgen! Schon zwei Mails von Cal, aber keine von dir. Ich kann nicht glauben, dass du mir *drei* Tage lang nicht schreibst, es sei denn, irgendetwas Schlimmes wäre passiert. Besonders nach … du weißt schon, nach dem, was du gesagt hast. Du bist doch nicht im Krankenhaus, oder? Ich hab dich doch hoffentlich nicht verärgert mit dem x oder mit meinem Witz über Meerschweinchen?

BITTE mail mir! Noch ein x (wenn du es haben willst!)

Guy

KAAZOOONG!

AAAAAAAAAAAAAAAAAAAAAHHHHHHHHHHHHHH HHHHHHH!

Guy, beruhige dich. Ich schreie nicht, weil ich ernsthaft krank bin. Und so weit kann ich auch gar nicht kotzen. Ich koche nur vor Wut! Ich koche! Ich koche! ICH KOCHE!

Entschuldige, dass ich dir so lange nicht auf deine Mails geantwortet habe. Natürlich bin ich nicht sauer auf dich, du Quatschkopf! Unser Computer ist abgestürzt, darum konnte ich dir nicht schreiben. Dad sagte, es würde daran liegen, dass unser Server zusammengebrochen ist. Ich habe gesagt, es wär mir piepegal, ob der Server auf dem Kopf steht und alle seine Drähte schüttelt, ich hätte eine wichtige G-Mail zu verschicken! »Deine Ungeduld nützt jetzt auch nichts«, sagte er. Aber es machte ihn selbst schon ganz rasend. Gestern schrie er jemanden durchs Telefon an: »Und weswegen hat Ihr letzter SERVER noch mal den Geist aufgegeben?« (Ich glaube, das sollte eine Art Witz sein.) Jedenfalls dauerte es drei volle Tage, bis der Computer wieder funktionierte. DREI TAGE! In dieser Zeit hätte ich 1080 Eier kochen können! Das ist ein Insider-Witz, sorry. Gestern im Matheunterricht hat Mr Phiggins uns erklärt, dass zu einem perfekten Frühstück ein Ei gehört, das genau vier Minuten gekocht wurde. Als Jamie Tarnock darauf ganz frech einwarf, dass ein perfektes Frühstück doch eigentlich aus zerdrückten Tomaten auf Erdnussbuttertoast bestünde, ließ Mr Phiggins ihn ausrechnen, wie viele Eier durchschnittlich pro Tag in Oxford gekocht werden. Und das auch noch ohne Taschenrechner.

Ich würde jedenfalls zu gerne wissen, ob du versucht hast, mir noch weitere Mails zu schicken nach dem ersten und dem zweiten x? Mensch, ich Glückliche! Ein x für jede Wange. (Ich vermute, dass sie dafür bestimmt waren, oder?) Ich fragte Dad, was mit Mails passiert, die man geschickt bekommt, wenn der Server gerade abgestürzt ist, doch er wedelte nur mit der Hand und sagte: »Och, das kommt darauf an – wenn du Glück hast, werden sie gespeichert, wenn nicht, dann verschwinden sie im Äther.« Findest du es nicht auch blöd, wenn Dads einen einfach nur abwimmeln wollen? Ich wimmelte ihm deshalb meinen Ellbogen zwischen die Rippen und sagte: »Als Nächstes wirst du mir noch erzählen, dass auch Jupiter einfach so im Äther verschwunden ist!« Das war ein schlechter Zug, denn in diesem Moment fiel ihm das Medaillon wieder ein. Er runzelte die Stirn und fragte, ob er mich nun heute Abend zur Theatergruppe fahren solle oder nicht. Hab ich dir schon erzählt, dass ich für die Rolle der Kleopatra vorspreche (für unsere Aufführung am Schuljahresende)? Ich und Tracey Scudding, wir wollen die Rolle beide haben! Scudding der Pudding! Sie hat nicht mal den Hauch einer Chance. Ms Spence hat ihr erzählt, dass die Königin des Nil eine Frau von »gewaltiger mystischer Eleganz« gewesen sei.

Nun ja, eines dieser drei Worte trifft auf Tracey zweifellos zu (kratz, beiß).

Übrigens ist »Antonius und Kleopatra« ein ganz schön schwerer Text. So schwer, dass Ms Spence den Direx erst dazu überreden musste, das Stück zu genehmigen. »Ich habe ihm versichert, das Potenzial sei vorhanden«, schwärmte sie. (Ich weiß nicht genau, ob sie damit sich selbst oder die Theatergruppe meinte.) Carla Whitmore sagt, sie hätte mal gehört, wie Mr Bellingham Ms Spence als »aufgeblasene Möchtegern-Vorsitzende der Royal Shakespeare Company« bezeichnete, nachdem sie sich geweigert hatte, die Sporthalle an einem Donnerstagabend seinem Tai-Chi-Kurs zu überlassen. Aber was soll's! Magst du Theater? Ich wette, du würdest einen sehr guten Cäsar abgeben. Ich finde, die Rolle eines kühnen und tapferen Heerführers würde prima zu dir passen. Versuch es doch einfach mal. Du brauchst dir nur eine Tischdecke über die Schulter zu werfen und ein paar Zweige um den Kopf zu wickeln. Vielleicht könnte Mark den Marcus Antonius spielen? Aber dann wärst du derjenige, der hinterrücks erdolcht wird, und Mark dürfte mich obendrein noch x-en. Es stimmt, Mark sieht gut aus, aber ich glaube nicht, dass es mich reizen würde, mit ihm zu knutschen. Mit seinen Zähnen könnte er gut für den »Weißen Hai« vorsprechen (sag ihm das bloß nicht!!). Wenn ich so darüber nachdenke, würdest du auch einen sehr guten Marcus Antonius abgeben, aber ich glaube, jetzt wechsle ich besser mal das Thema …

Es war sehr lieb von dir, so besorgt zu sein, weil ich zum Arzt musste. Aber du hättest keine Angst zu haben brauchen. Es war nur wegen eines klitzekleinen Leberflecks an meinem Hals. Ich konnte gar nicht verstehen, warum mein Vater deswegen unbedingt mit mir zum Arzt wollte. Eines Morgens, als ich vor der Schule noch kurz meine Haare bürstete, hat er ihn gesehen und gesagt: »Ist dieser Leberfleck da etwa größer geworden?« Ich zuckte nur die Achseln – in der nächsten Minute saßen wir schon im Auto, auf dem Weg zu Dr. Keelan. Dad bestand darauf, mit ins Sprechzimmer zu kommen. Wie peinlich! Das war noch schlimmer, als mit ihm Kleider kaufen zu gehen. Ich sagte ihm, Laura Blackman hätte so viele Leberflecke, dass man daraus fast schon ein Zahlenbild machen könnte. Aber er ließ nicht locker.

Dr. Keelan schaute sich den Leberfleck mit ihrem Taschenlampending an und sagte, im Moment wäre alles völlig normal, aber sie würde ihn sich gerne in ein paar Monaten noch mal ansehen.

»Warum?«, fragte ich. Sie schenkte mir ein doktorhaftes Lächeln und sagte: »Manchmal wachsen sie und können zu einem Gesundheitsrisiko werden und dann sollte man sie am besten entfernen.« – »Bleibt dann eine Narbe zurück?«, fragte ich. Dad sagte: »Ach Unsinn!« und verdrehte die Augen. »Es ist wegen der Jungs«, sagte er zu Dr. Keelan. Wegen der *Jungs*? Ha! Frechheit! Aber ich merkte, wie Dr. Keelan mich nachdenklich betrachtete. Darum sagte ich: »Ich habe einen E-Mail-Freund. Er heißt Guy. Aber über das Internet kann man keine Leberflecke sehen, *Dad.*« Dr. Keelan lachte und tippte etwas in ihren Computer. »Die Praxis hat kürzlich auch E-Mail bekommen«, sagte sie. »Ich kenne mich aber noch nicht so gut damit aus. Hast du deinen Freund in einem Chatroom oder so kennen gelernt?« Ich schüttelte den Kopf. »Dad hat uns bekannt gemacht.« – »Oh«, sagte Dr. Keelan und lächelte wieder. »Ich wusste gar nicht, dass Sie ein E-Mail-Experte sind, Dr. King. Vielleicht könnten Sie mir irgendwann einmal ein bisschen Nachhilfe geben?«

Eine Sekunde lang war alles still. Dann blickte ich auf und konnte kaum *glauben*, was ich sah. Dad und Dr. Keelan schauten sich in die Augen! Sie hatte dieses dämliche Klein-Mädchen-Funkeln in ihren Augen, und er warf ihr seinen besten Schmusekater-Blick zu. Ich wurde richtig grantig. »Er kennt Guys Eltern«, schnauzte ich und trat wie aus Versehen gegen Dr. Keelans Schreibtisch, um ihre Aufmerksamkeit auf mich zu lenken. »Sie waren auf derselben Uni, zusammen mit Dads feuriger Freundin Jane.« WOW. Mit einem Schlag war alle Romantik dahin. Dad warf mir einen bitterbösen Blick zu. Ich fürchtete schon, seine Augenbrauen würden sich nie mehr voneinander lösen. Und dann fiel ich ihm Brutus-mäßig in den Rücken. Ich wandte mich direkt an die Ärztin und sagte: »Kann ich Sie etwas wegen meiner Periode fragen?« Dad wurde von oben bis unten GRÜN. Geschieht ihm recht, wenn er so hemmungslos flirtet.

Ich weiß jetzt, wie du dich wegen deinem Vater fühlst. Es war bestimmt schrecklich, das mit Sharon herauszufinden. Und natürlich war es okay, seine E-Mails zu lesen. Schließlich lesen sie unsere ja auch, wenn sich die Gelegenheit bietet. Zuerst wollte ich dir schreiben, dass du vielleicht ein bisschen streng mit deinem Dad bist. Ich meine, du *weißt* ja nicht, ob Sharon tatsächlich so grässlich ist. Oder doch? Hast du noch ein bisschen Tratsch über sie im Papierkorb gefunden? Ich wollte jedenfalls etwas ganz Nettes sagen, zum Beispiel, dass Väter auch nur Menschen sind und sie auch manchmal einsam sein können. Aber das war, bevor ich DIE WAHRHEIT ÜBER JANE erfuhr.

Auf dem Heimweg sprachen ich und Dad eine Ewigkeit nicht miteinander. Aber ich konnte es mir einfach nicht verkneifen, ihn intensiv anzuschauen. Ich habe ihn immer nur als »Dad« gesehen und nie als Mann, den man toll finden könnte. Mrs Swanley findet ihn allerdings wunderbar. Und wenn ich so darüber nachdenke, fällt mir noch diese Frau in der Bäckerei ein, die immer so blöde Anspielungen macht, zum Beispiel, wie er's denn gerne hätte und ob er denn noch ein leckeres, frisches Brötchen dazu haben wolle. Igitt, sie ist wirklich grässlich. Aber egal, zurück zur Autofahrt.

Irgendwann bemerkte er, dass ich ihn anstarrte, und witzelte. »Annabelle«, sagte er, »wenn mir irgendetwas aus der Nase hängt, sag es bitte.« Ich verschränkte die Arme und schniefte beleidigt. »Sie hat dir schöne Augen gemacht, diese Dr. Keelan.« Er sagte nur »Na, na« und schüttelte den Kopf. »Du gehst zu oft in diese Theatergruppe«, murmelte er. – Ja klar!

Wir bogen schweigend um eine Kurve. Dann fing er erstaunlicherweise selbst davon an: »Und was sollte dieses Gerede über ›Jane‹? Was hat Guy dir erzählt? So langsam beginne ich, den Tag zu verwünschen, an dem ich diesen kleinen E-Mail-Austausch vorgeschlagen habe.« Ich kickte meinen Fuß gegen die Ablage. »Warum hast du es dann getan?« Er wurde still und stellte den Blinker an. »Ich hab's dir doch gesagt: Ich dachte, das wäre gut für euch.« Er schaute zu mir herüber, doch ich drehte schnell meinen Kopf weg. »O.k.«, seufzte er, »wenn du es unbedingt wissen willst: Die Freundschaft zwischen mir und Guys Dad liegt ewig zurück …« – »In York«, unterbrach ich ihn, »ungefähr 300 Kilometer von hier.« Er griff nach dem Steuerknüppel und schob ihn nach vorne. »Wenn du vorlaut bist, lass ich dich einfach schmoren.« Ich kaute auf meinen Nägeln herum und betete, dass er fortfahren würde. Glücklicherweise erzählte er weiter.

»Ja, ich habe Guys Vater in York kennen gelernt. Drei Jahre wohnten wir zusammen in einem Haus. Damals waren wir gute Freunde und … wir sind es auch jetzt wieder. Und bevor du fragst – ja, ich kannte auch Guys Mutter. Sie lebte ebenfalls bei uns im Haus.« Zu diesem Zeitpunkt nun wagte ich eine erneute Unterbrechung. »Wohnte JANE auch bei euch?«

Daraufhin knirschte er mit den Zähnen. Man konnte fast hören, wie er seine Schuldgefühle zermalmte. »Ja«, gestand er und sah nach rechts auf den Verkehr. »Dort wohnten ich und Tom Woodham – das ist Guys Dad –, Mary, die später Toms Frau wurde und meine ... Freundin Jane.« Das war ein sehr schmerzhafter Moment. Als er *Jane* sagte, hatte er sogar noch den Nerv zu *grinsen*. Aber das sollte ihm gleich vergehen.

»Du hattest eine Affäre mit ihr, stimmt's?«, beschuldigte ich ihn. Und weißt du, was er daraufhin tat? Er fing an zu lachen! »Es ist doch wohl noch erlaubt, eine Affäre mit seiner Freundin zu haben«, sagte er. Aber ich ließ nicht locker. Ich zappelte auf meinem Sitz herum und rief: »Es war ihr Medaillon, das ich gefunden habe, oder?« Er presste die Lippen zusammen und schob die Schultern zurück. »Annabelle«, sagte er, »vergiss einfach, dass du dieses Medaillon gesehen hast. Ich möchte nicht, dass du danach suchst oder jemandem davon erzählst. Auch nicht Guy. Nicht Ms Spence –«
»Und Mum auch nicht, was?«, rief ich. »Pech, denn sie WEISS es schon.« Ich rutschte wieder auf dem Sitz herum und sah zur Tür. Er stieß einen pfeifenden Vater-Seufzer aus.

Mittlerweile fühlte ich mich schon etwas weinerlich. Alles Mögliche ging mir durch den Kopf – über dich, deine Mutter und meine Mutter weit weg in Eukalypten. »Du liebst Jane immer noch, stimmt's?«, plapperte ich drauflos. Ich wollte doch nur, dass er sagte: »Natürlich nicht, Blümchen. Ich werde immer nur deine Knochen suchende Mutter lieben.« Aber das tat er nicht. Er bog in unsere Einfahrt ein, schaltete den Motor aus und sagte: »Ein Teil von mir wird Jane immer lieben.« Da flippte ich aus und mir unterlief ein grober Schnitzer.

Oooo Guy, ich weiß nicht, ob ich dir das überhaupt erzählen sollte. Ich muss dir ein ganz abscheuliches Geständnis machen. Ich könnte es natürlich ganz leicht geheim halten. Das ist ja gerade das Praktische an E-Mails, nicht wahr? Man muss sich keine Sorgen machen, das Falsche zu sagen. Aber ich weiß, dass ich nicht schlafen kann, wenn ich dir nicht die Wahrheit sage. Ich hab nur Angst, dass du mir dann nicht mehr schreibst. Bitte sag nicht, dass ich schrecklich bin oder so was. Ich weiß nicht, wie das passieren konnte, es kam ... einfach so. Als Dad sagte, dass er Jane immer lieben würde, riss ich an meinem Sicherheitsgurt und brüllte ihm ins Gesicht: »Oh, ich hasse sie! Ich hasse sie! Ich HASSE diese JESS!«

Da. Jetzt ist es heraus. Ich wollte eigentlich Jane sagen, aber ich tat es nicht. Ich sagte Jess. »Jess?«, fragte Dad. »Wer im Himmel ist ...?« Aber mehr hörte ich schon nicht mehr. Ich sprang aus dem Auto, schlug die Tür zu und rannte in mein Zimmer. Es tut mir Leid, aber es ist wohl sinnlos, dir etwas vorzulügen. Ich denke, du hast es schon erraten. Ich war richtig eifersüchtig.

Und jetzt kann ich, glaube ich, nichts mehr sagen, bis ich weiß, was du über mich denkst. Entschuldige.

A
x (wenn du es willst)
x trotzdem (auch wenn du es nicht willst)

GEBURTSTAGSKIND IM SIEBTEN HIMMEL

Lieber Guy,

diese Mail kommt dir vielleicht ein bisschen merkwürdig vor. Sie besteht sozusagen aus zwei Teilen. Ich habe gerade im Internet-Postamt vorbeigeschaut und deine WUNDERBARE Geburtstagskarte abgeholt. Dabei habe ich das Datum gesehen, an dem du sie abgeschickt hast: genau einen Tag vor meinem letzten Brief an dich. Ich glaube, unsere Mails haben sich irgendwie … im Äther überkreuzt.

Wenn du also mittlerweile meinen letzten Brief an dich gelesen hast und mich jetzt lieber nicht mehr kennen möchtest, dann verstehe ich das voll und ganz. Es war sehr dumm von mir, auf Jess herumzuhacken, und es tut mir wirklich Leid. Bitte schreib es einfach einer neuerlichen Phase der Unreife zu, die ich wahrscheinlich gerade durchmache. Deshalb beende ich Teil eins, indem ich dir für die Karte danke. Sie ist wirklich phänomenal.

Für meine liebste E-Mail-Freundin, ein

A temberaubendes
N ettes
N eurotisches
A müsantes
B ewundernswertes
E loquentes
L iebenswertes
L ebendiges
E nergiebündel

Das ist mein Ernst. Ich kann von Glück sagen, einen Freund wie dich gehabt zu haben.

Deine Annabelle King

Wenn du jedoch meine Mail gelesen hast und nicht böse bist wegen der Sachen, die ich geschrieben habe, und also weiterhin bereit bist, einem neurotischen Energiebündel (wie bitte??) zu schreiben, dann wird dir das hier sicher nichts ausmachen ...

JA! O wow! Was bist du doch für ein TOLLER TYP! Ich weiß gar nicht, was ich sagen soll! Ich bin SPRACHLOS! Ich bin TOTAL PERPLEX. Ich bin AUSSER mir vor Freude! Ist das zu glauben? Ich? *Bewundernswert* und *eloquent* – wo ich doch nie was zu sagen habe? Warte, irgendwas sickert durch ... ratter, ratter, ratter (keine Angst, das ist nur mein bewundernswertes Hirn bei der Arbeit). Lieber Woodham, du bist wirklich

G anz
U nglaublich
Y ntzückend

Sorry, aber das ist das Beste, was mir für Y eingefallen ist! Juhu! Das ist die BESTE Geburtstagskarte, die ich JEMALS bekommen habe. Du bist GENIAL! Wie hast du das nur gemacht!? Die singenden Erdhörnchen links oben – das seid sicher ihr beide, du und Mark, oder? Und wo hast du diesen Videoclip von Rodeo Ronson gefunden? Den kenne ich ja noch gar nicht. Er sieht ein bisschen dämlich aus mit diesem Cowboyhut und den Latzhosen, findest du nicht? Ich glaube, ich finde Rodeo Ronson gar nicht mehr so toll, dafür finde ich dich umso toller. Ups.

Oh, Guy. Ich bin so glücklich. Auch wenn du jetzt doch SAUER auf mich sein solltest, weil ich so eine dumme, eifersüchtige A war. Ich werde diese Karte für immer und ewig aufbewahren – und ihre xxx. Jetzt sind es übrigens schon fünf. Meine Güte, was soll ich damit nur anfangen …

Ha! Guy, rate, was passiert ist! Dad hat gerade seinen Kopf zur Tür hereingesteckt, um nachzuschauen, warum ich so mit den Füßen trample. Also hab ich ihm deine Geburtstagskarte vorgespielt. Er stand hinter mir, sah mir über die Schulter und grinste. Und ich hatte keine Ahnung, was er in den Armen hielt. Das allein wäre ja nicht so schlimm, aber dass ich ZWEIMAL zu ihm nach hinten geschaut und dabei nichts bemerkt hab! Erst als er murmelte: »Hmm, er findet dich also liebenswert, soso«, drehte ich mich richtig zu ihm um. Und da sah ich IHN. »Herzlichen Glückwunsch«, sagte Dad. »Ich hoffe, er gefällt dir.« Oh Guy, er ist ja so süß. Er heißt Rocket, ist silbergrau mit schwarzen Flecken am Schwanz – und jetzt hat er mir gerade auf den Schoß gepinkelt!

Bitte schreib ganz schnell!
Mit nassen Grüßen aus Oxford

Liebe atemberaubende, nette usw. (Mit *eloquent* hatte ich etwas Schwierigkeiten. Musste dafür ein Wörterbuch benutzen. Aber es passt!)
Ich bin froh, dass dir meine Karte gefallen hat. Ich hab Stunden daran gesessen, vor allem um den Clip von Rodeo Ronson im Internet zu finden und herauszubekommen, wie man ihn kopiert. Ich bin froh, dass du dir jetzt nichts mehr aus ihm machst, denn ich finde ihn völlig bescheuert.

Ich werde mich an deine zweite Mail halten, wenn's o.k. ist. So leicht wirst du mich nämlich nicht los.

Also – wer oder was ist Rocket, der kleine Pisser, eigentlich? Katze, Meerschweinchen, ägyptisches Ozelot? Ich hoffe, du hattest einen schönen Geburtstag, mal abgesehen davon, dass du angepinkelt wurdest. Du bist ein bisschen älter als ich – ist das schlimm? Ich werde erst im August sechzehn. Das bedeutet, dass ich der Jüngste in meiner Klassenstufe bin, aber wenigstens liegt mein Geburtstag immer in den Sommerferien.

Ich bin wirklich erleichtert, dass du nicht wegen etwas Ernstem zum Arzt musstest. Was ist nur mit unseren Vätern los, dass sie ständig mit Ärzten und Sharons herumflirten? Midlife-Crisis? Und so, wie es sich anhört, gilt das auch für deine Mutter. Sie ist doch wohl nicht mit einem antiken Ägypter durchgebrannt, oder? Rächt sie sich vielleicht damit an deinem Dad, wegen seiner ewigen Affäre mit der

Feurigen Jane? Wann kommt sie denn wieder nach Hause? Und gibt es Fortschritte in Sachen »Geheimnis unter den Dielen«?

Hast du schon die Ergebnisse deiner Übungsprüfungen bekommen? Ich habe überall ganz gut abgeschnitten, nur Französisch mündlich war nicht so toll.

Viel Glück auch bei deinem Vorsprechen für die Kleopatra. Theater spielen ist nicht so mein Fall, aber ich wette, dass du darin toll bist. Und ich hoffe, du bekommst einen yntzückenden Marcus Antonius, und nicht Mark-meinen-manchmal-Freund, der diese Woche bei mir wohnt (und grade irgendeinen Mist im Fernsehen schaut. Er guckt mir also nicht über die Schulter und liest mit). Gleich mehr von ihm. Wie schaffst du es nur, in deinem Abschlussjahr noch Zeit für ein so schweres Stück zu haben? Wirst du nicht überwältigt von Panikattacken und einer Masse Hausaufgaben? Oder bist du so gut in der Schule, dass du das alles locker hinbekommst *und* noch dazu die Kleopatra spielen kannst?

Oh, noch mal zurück zu deinem Arztbesuch – Dr. King? Das hat mich einen Moment lang ziemlich verwirrt, bis ich darauf kam, dass dein Dad ja kein Doktor der Medizin ist, sondern einer von der anderen Sorte, ein Professor oder so. Er muss ja unglaublich gescheit sein – kein Wunder, dass mein Dad einen megagroßen Dr.-Franklin-King-Minderwertigkeitskomplex hat.

Erinnerst du dich noch daran, was er über die unterschiedlichen Lebenswege gesagt hat? Na ja, das hat angefangen, an mir zu nagen. Ich meine, dass dein Dad ein echter Doktor ist und dass ihr in einem großen Haus in Oxford wohnt und so. Ich wette, deine Eltern haben ganz unglaublich tolle Freunde, die auf eure unglaublich tollen Partys kommen und sich dort über ganz unglaublich tolle Sachen unterhalten. Ich bin dagegen ganz normal, musst du wissen. Kennt Dr. Franklinstein nicht jede Menge Söhne von Weltraumforschern oder Kernphysikern, die auch E-Mail haben? Wir leben in einer stinknormalen Doppelhaushälfte; mein Dad ist ein Steuerberater und meine Mutter hat in einer Schulbücherei gearbeitet. Ich bin also nichts Besonderes. Das soll nicht heißen, dass ich doof bin oder ein Rüpel oder so, das bin ich wirklich nicht, aber ich bin eben nur ein ganz normaler Guy.

Mit einem Vaterproblem. Die Stimmung bei uns ist unter den Gefrierpunkt gesunken und wird vermutlich auch so bald nicht wieder auftauen. Als wir neulich morgens unsere Cornflakes aßen, erwähnte Dad ganz nebenbei: »Ich werde ein paar Tage weg sein. Muss in unser Büro nach Manchester, um dort ein Problem zu lösen. Wenn du willst, kann Mark solange bei uns wohnen.« Du findest das jetzt vermutlich ganz schön hinterhältig, aber daraufhin habe ich Folgendes getan: Als Mark nach der Schule vorbeikam, überredete ich ihn, das Büro meines Vaters anzurufen. Er sollte so tun, als sei er ein Vertreter oder so und nach der Telefonnummer des Büros in Manchester fragen. Und nun rate mal! Sie haben GAR KEIN Büro in Manchester. Er trifft sich mit Sharon; deswegen ist er weggefahren.

Dieser Betrüger. Dieser Lügner. Wie kann er nur?

WAS SOLL ICH TUN? Soll ich ihn damit konfrontieren, wenn er zurückkommt? Vorausgesetzt, er kommt überhaupt zurück. Was ist, wenn er nicht wiederkommt? Ich bin doch viel zu jung, um alleiniger Wohnungsinhaber zu sein.

Was ich noch zu Mark sagen wollte: Hier ist die Erklärung, warum wir momentan nicht grade die besten Freunde sind, obwohl wir eine Woche aufeinander hocken werden. Letzten Samstag waren wir am Offa's Dyke wandern (als Training für unsere Große Expedition), und während wir dort oben durch die Wälder liefen, rannte ein graues Eichhörnchen hinter einem Baum hervor und setzte sich vor uns auf den Weg. Ich war an diesem Tag irgendwie glücklich und ungewohnt übermütig, denn ich sagte: »Hey, Mr Eichhörnchen, welche Farbe haben Annabelles Augen? Sind sie haselnuss- oder eichelbraun?« Mark wollte natürlich wissen, wer Annabelle sei, also sagte ich, du wärst meine E-Mail-Freundin. Er sagte: »Toll, dass du jemand Neues kennen gelernt hast, denn dann wird es dich vielleicht nicht so stören.« – »Was wird mich nicht so stören?«, fragte ich. »Dass Jess und ich jetzt zusammen sind«, sagte er beiläufig. (Ich werde nie mehr Leuten trauen, wenn sie etwas beiläufig erzählen.)

Nun ja. Ich wusste nicht, ob ich wütend werden oder einfach still und beleidigt sein sollte. Ich entschied mich für *still und beleidigt*. Ich hatte schon davon gehört, dass Jess einen Freund auf einer anderen Schule hat (Mark geht auf ein ziemlich vornehmes Gymnasium, während ich auf der Gesamtschule bin. Das heißt aber nicht, dass er schlauer ist als ich. Manchmal ist er so doof wie ein Haufen Stroh), aber ich hätte nie gedacht, dass es Mark sein könnte. Schließlich ist er mein Freund, zumindest dachte ich das bislang. Ich weiß nicht, auf wen ich wütender bin, auf ihn oder auf Jess. Er sagte: »Na ja, du hast doch mit ihr Schluss gemacht, oder?« Ich versuchte ihm zu erklären, dass das so nicht ganz stimmt, aber er wollte mir nicht glauben. Und dann hat er mich vorhin auch noch gefragt, ob es mir etwas ausmachen würde, wenn er sie anriefe. Mark ist nicht gerade der einfühlsamste Mensch, wie du nun sicher auch gemerkt haben wirst. Wenn du also eifersüchtig bist auf Jess (und es fällt mir wirklich schwer, das zu glauben), kannst du das nun auch deswegen sein, weil sie jetzt mit Mark zusammen ist. Ich war so sauer, dass ich ihm fast erzählt hätte, was du über seine Zähne und den »Weißen Hai« gesagt hast. Und dass du mich hübscher findest als ihn. Aber ich wusste, was er darauf antworten würde, also habe ich es mir verkniffen.

Dann, als ich aufhörte, beleidigt zu sein (wir waren immer noch auf dem Wanderweg am Offa's Dyke oder »dem Weg der Beleidigten«, wie man ihn an diesem Tag hätte nennen sollen), fragte er mich, wie du so wärst. Ich begann, ihm von dir zu erzählen … und dann fragte er: »Aber woher willst du das wissen?«

»Woher will ich was wissen?«, gab ich zurück, immer noch beleidigt.

Er sagte: »Woher willst du wissen, dass sie auch tatsächlich diejenige ist, die sie vorgibt zu sein? Du glaubst, du schreibst einem sechzehnjährigen Mädchen, aber genauso gut könnte sie auch ein … nun, sagen wir, dreiundvierzigjähriger Kerl sein, der irgendwo an einem Computer sitzt und so tut, als sei er Annabelle. In den Chaträumen im Internet hört man ständig von solchen Geschichten.«

Ich antwortete: »Das ist doch Blödsinn. Und überhaupt kennen sich doch unsere Eltern.«

»Aber hast du denn schon mal ein Bild von ihr gesehen?«, fragte er. Und ich musste zugeben: »Nein.«

Aber selbst wenn, würde das ja noch nicht beweisen, dass das wirklich ein Bild von dir wäre. (Mark hat mich schon ganz misstrauisch und neurotisch gemacht.) ABER SCHICK MIR BITTE TROTZDEM EINES!

Tja, du wolltest wissen, was ich von dir halte. Ich kann kaum glauben, wie du dich seit dem Anfang verändert hast. Ich konnte dich überhaupt nicht leiden – ich fand dich eingebildet, egozentrisch und vieles mehr. Aber jetzt – ich weiß wirklich nicht, was ich denken soll. Insbesondere weil ich immer noch kein Bild von dir habe. Was ich ehrlich sagen kann, ist, dass du schlauer und lustiger bist als alle anderen Leute, die ich kenne. Ich gehe jeden Tag, sobald ich nach Hause komme, hinauf zu meinem Computer. Und ich bin sehr enttäuscht, wenn keine Mail von dir da ist.

Guy

PS: Ich habe gelogen. Ich hoffe, du bekommst keinen ynt-zückenden Marcus Antonius.

GEISEL IM EIGENEN HEIM, VIELEN DANK!

Lieber Guy,

wie du vermutlich schon an der Betreff-Zeile sehen konntest, stammt diese Mail nicht von Annabelle, sondern von Franklin, Annabelles VATER. Hallo. Entschuldige, ich wollte nicht so klingen, als würde ich schreien oder wäre wütend, als ich das in Großbuchstaben getippt habe. Das war eine Anweisung von meiner geliebten Tochter, die neben mir steht und mich mit ihren Klauen bedroht. Pass genau auf. Du wirst das alles gleich besser verstehen.

Du wunderst dich vielleicht, warum du überhaupt eine E-Mail von mir bekommst, noch dazu, wo ich eigentlich AUFSÄTZE korrigieren und ein wichtiges TUTORIUM für morgen vorbereiten sollte! Ja, danke, Annabelle. Sie hat gerade mit einer Katzenpfote vor meinem Gesicht herumgewedelt und mich gewarnt weiterzuschreiben. Und so einem Mädchen schreibst du E-Mails, Guy, einem Mädchen, das ihren Vater vor dem Computer in Geiselhaft nimmt, unter der Drohung, ihm »zahlreiche tiefe Kratzer« zuzufügen, wenn er nicht tut, was sie befiehlt. Warte einen Moment –

Ich wurde angewiesen, dir zu erklären, dass Rocket kein Meerschweinchen ist, *Dummkopf* (ihre Worte, nicht meine, also auch ihre Hervorhebung), sondern ein Kater – ein Kätzchen, um genau zu sein. O Gott – besagtes Kätzchen hat sich gerade aus ihren Armen gewunden und ist wie eine Rakete unter den Schrank gedüst. Während sie sich bemüht, es wieder hervorzuziehen, nutze ich die Gelegenheit, dich und dieses freche kleine Temperamentsbündel von Tochter darauf hinzuweisen, dass man im Tierheim offenbar vergessen hat zu erwähnen, dass »diese Katze auch als Waffe eingesetzt werden kann«. Aha, da ist sie wieder. Herr im Himmel, über die letzte Zeile musste sie doch tatsächlich lächeln. Das wird ihr vergehen, wenn ich das pelzige kleine Ding wieder in das Tierheim zurückbringe, aus dem ich es geholt habe.

Oje, nach der letzten Bemerkung hat sie wieder angefangen zu schmollen. Ich wurde deshalb angewiesen, »zurück zum Thema zu kommen«. Bist du bereit?

Das ist das Thema: Annabelle ist momentan nicht gerade zufrieden mit dir. Sie weigert sich, mit dir zu sprechen, weil du ihre »Integrität in Zweifel ziehst«. Eigentlich wollte sie an dieser Stelle das Wort »Ehrlichkeit« verwenden, aber nachdem sie mich über das Problem aufgeklärt hatte, fand ich, Integrität wäre der passendere Begriff. Das ist einer der Gründe, warum sie eine der Besten im Englischunterricht ist: Ihr geliebter Vater hat ihr alles beigebracht, was sie weiß – und so dankt sie es ihm!

Schon gut, schon gut! Sie sagt jetzt, dass Rocket ganz unruhig wird und sie nicht dafür garantieren kann, dass er noch länger stillhält. Wenn ich heute Abend »meinen langweiligen alten Beethoven mit zwei unversehrten Ohren anhören möchte«, soll ich nun mit meinem/ihrem Vorhaben fortfahren und dir Folgendes bestätigen:

a) Unser Scanner ist TATSÄCHLICH kaputt.

b) Du bist eine Kröte, weil du ihr nicht geglaubt hast (zweimal) – und zwar eine Riesenkröte

c) Mark (wer auch immer das sein soll) ist eine noch größere Kröte und – ein was? Oh – eine schleimige dazu.

d) Wenn du die Internet-Adresse http://www.weaverparkschool.photofile.htm eingibst, wirst du vielleicht etwas sehen, das dir gefällt. Ich habe keine Ahnung, um was es sich dabei handeln könnte, aber Madam sagt etwas rätselhaft: »Du hast nur einen Versuch. Ein falscher Tipp und du bist raus!« Guy, ich wünsche dir viel Glück! Und glaub mir, ich weiß, wie du dich jetzt gerade fühlst. Halte durch –

O pardon, ich soll damit aufhören, so »spontan« zu sein (ich glaube, sie meint damit eigentlich »selbständig«), und dich darüber informieren, dass noch ein e) folgt.

e) Bitte lies b) noch einmal.

Schließlich soll ich dir noch, Gott weiß wie, versichern, dass es wirklich Annabelles Vater ist, der dir hier schreibt, und dass Annabelles sämtliche Mails »wirklich« von ihr sind. (Kein Wunder, dass Jenny Spence sagt, Annabelles Grammatik bedürfe noch ein bisschen der Übung.) Oh, jetzt werde ich als Schürzenjäger beschimpft, weil ich »Ms« Spences Vornamen verwendet habe!

Also, wie kann ich dir jetzt glaubhaft machen, dass ich es tatsächlich bin? Ich vermute, indem ich dir etwas erzähle, das mein brummiges Blümchen sicherlich nicht wissen wird, dein Vater (Tom) aber bestimmt versteht – in Ordnung?

Ja, ich habe die Erlaubnis dazu erhalten. Also gut. Frage deinen Vater, ob er sich noch an den Pfannkuchenvorfall in der Caverner Road erinnert. Wenn er dir diese Geschichte nicht erzählen kann, dann weißt du, dass diese Mail eine Fälschung ist. Ich fürchte, mir fällt nichts Besseres ein, um dir zu beweisen, dass Annabelles Mails wirklich von ihr stammen. Aber wenn die Überschriften in den Zeitungen morgen etwa so lauten: »OXFORD-DOZENT VON VERRÜCKTEM KÄTZCHEN VERUNSTALTET« und du danach weiterhin Mails erhalten solltest, kannst du mich wenigstens von deiner Verdächtigenliste streichen.

So, damit ist unser Kontakt erst einmal beendet. War nett, mit dir zu plaudern. Ich hoffe, du nimmst es mir nicht übel, wenn ich sage, dass es mir sehr Leid tut wegen deiner Mutter. Sie war eine ganz wunderbare Frau und eine echte Freundin. Wenn du ihr später einmal ähnlich werden solltest, wird aus dir ein sehr netter junger Mann werden.

Dein unversehrter (Gott sei Dank)
Franklin Murrayfield King

Warte, es kommt noch ein PS. Sie sagt ... PS: Du musst bis heute Mitternacht zwei Kandidatinnen (erfolgreich) ausgeschlossen haben, sonst wirst du nie wieder von ihr hören.

Warte – da kommt noch etwas ... PPS: Das ist mein Ernst.

Annabelle, bitte, ich muss noch arbeiten! (Entschuldige Guy, sie überlegt gerade. Das war übrigens eine sehr schöne Geburtstagskarte.) Ah, endlich ... PPPS: Wenn es auf eine Entscheidung zwischen ihr und Tracey Scudding hinauslaufen sollte und du auf die Falsche tippst, kann sie für die Folgen nicht garantieren. Wiedersehen.

Von mir auch, FMK :)

E-MAILER BEGEHT HARAKIRI

Liebes Temperamentsbündel,

WARTE! Das ist nicht fair. Ich würde dazu gern folgende Beschwerde vorbringen:

1. Es war MARK, der die Vermutung geäußert hat, du wärst vielleicht nicht echt, und nicht ich. Alle weiteren amphibischen Beleidigungen sollten also direkt an ihn gerichtet werden. Übrigens mag ich Kröten. Außer Mark.

2. Deine Chancen zu erraten, welcher Typ auf dem Foto ich bin, standen immerhin 50 zu 50. Meine Gewinnquote fällt dagegen äußerst bescheiden aus, das ist nicht fair!

Ich hab die Internetseite deiner Schule aufgerufen. Du meinst bestimmt das Foto vom Basketballteam der achten Klasse, es sei denn, du bist der Hausmeister, der gerade einen Baum pflanzt, oder diese grinsende Person, die eine Belobigung erhält, oder das Mädchen in der Bücherei, das völlig vertieft in einem völlig unvertiefenswert aussehenden Buch liest. (Nein, die ist bestimmt in ihrem Abschlussjahr oder vielleicht sogar eine ganz junge Lehrerin.) Also gehe ich davon aus, dass du die Basketballmannschaft meinst und dass ich jetzt herausfinden soll, welche der Spielerinnen du bist.

NEIN DANKE. Ich werde kein russisches Basketballroulette spielen. (Frage: Versucht deine Schule so verzweifelt, den Sportsgeist zu wecken, dass sie sich nicht scheut, auf Basketballfotos zurückzugreifen, die mindestens zwei Jahre alt sind?) Hier kommen meine zwei einzigen Rateversuche, und falls ich nie wieder etwas von dir höre, weiß ich, dass ich entweder einmal oder sogar beide Male falsch geraten habe.

Du bist NICHT diejenige links vorne, die so unschuldig und engelsgleich aussieht. Du BIST vielmehr (warte – ich prüfe noch mal kurz, ob ich die Telefonnummer meines Arztes parat habe) diejenige ganz rechts mit dem frechen Grinsen und den Beinen. BITTE sag jetzt nicht, dass das Tracey Scudding ist …

Bitte sag deinem Vater vielen Dank für seine Mail, besonders für das, was er über Mum gesagt hat. Er klingt genau wie du, eine Art Annabelle im Schongang, aber ich glaube *wirklich*, dass er die Mail geschrieben hat. Ich werde die Pfannkuchengeschichte nachprüfen, sobald Dad nach Hause kommt (falls wir uns dazu entschließen können, miteinander zu reden).

Dein baldiger Ex-Freund
Guy Alexander Woodham

PS: Warum verwendet dein Vater seinen zweiten Vornamen? Hat er einen Kurze-Vornamen-Minderwertigkeitskomplex?

KRÖTE AUS DEM LOCH

Guy Alexander Woodham, du bist nicht nur eine Ex-Kröte, du bist eine laichige Ex-Kröte und obendrein vermutlich von Kopf bis Fuß mit Marmelade überzogen. Du musst wirklich von einer ganz besonders magischen

Prinzessin geküsst worden sein damals in deinem Teich. Mehr fällt mir dazu nicht ein. Meine Mutter würde jetzt bestimmt sagen, dass du einer von denen bist, die ihre Hand in einen Eimer voller Matsch stecken und eine Erdnuss herausholen. Nein, *ich* weiß auch nicht, was das heißen soll. Es ist nur so ein Spruch von ihr, o.k.?

Entschuldige bitte, dass ich heute etwas knurrig bin. Ich kann nicht anders. Ich sage dir auch gleich, warum. Aber vorher möchte ich dich noch darauf hinweisen, dass du dich durch einen erfolgreichen Rateversuch noch lange nicht endgültig aus der Affäre befreit hast. Was meinst du zum Beispiel mit »die mit den Beinen«? Was stimmt mit meinen Beinen nicht? Es sind doch zwei, oder? Und ja, sie sind direkt an meinen Schultern angewachsen. Ich vermute, du findest sie zu dünn, stimmt's? Aber seit der achten Klasse bin ich ja auch noch ein bisschen gewachsen, du Pflaume. Und woher soll ich wissen, warum sie ein zwei Jahre altes Bild verwenden? Vermutlich fanden sie, dass sie, diese doofe Scudding, darauf gut getroffen ist (Flankenangriff). Fauch! Wenn du das Bild heute sehen könntest, würdest du vermutlich sagen: »Mmjamm, Gazellenbeine!«, und damit meine ich nicht etwa, dass sie krumm und haarig sind. Pass also gut auf, ja? Du bist immer noch auf Bewährung. (Und falls du dich jetzt wundern solltest: Nein, ich musste Franklinstein D. Murrayfield Roosevelt nicht nach diesem Wort fragen, ich hab es ganz allein gewusst.)

Ha!

Und wenn du findest, ich hätte ein freches Grinsen, dann solltest du erst mal meinen FINSTEREN Blick sehen. Wenn du GENAU JETZT aus deinem Fenster schaust, wirst du etwas auf dich zukommen sehen, das einer Gewitterwolke ähnelt. Ist es aber nicht. Das bin ich und ich sende meine SCHLECHTE LAUNE in deine Richtung. Und das tue ich, weil ich VERRATEN worden bin.

Zweimal. An einem Tag.

Ich bin also momentan nicht gerade ein kleiner, fröhlicher Sonnenschein.

1. Heute Morgen im Englischunterricht sagte Ms Spence Folgendes: »Gut aufgepasst, Schüler. Während der nächsten Wochen werden wir uns einem neuen und spannenden Thema widmen!« Während sie sich umdrehte, um die Tafel zu putzen, steckte mir Gina Potterton (Angriffsspielerin) einen Zettel zu. »Dewthorpes Unterhosen sind das Letzte!«, stand darauf. Ich kicherte und gab den Zettel an Laura weiter (Korbhüterin). Genau in diesem Augenblick sah Kevin Dewthorpe nach hinten und Laura prustete los. Sie machte ein Geräusch wie ein niesender Esel. Da musste ich natürlich auch loslachen. Sofort sagte Ms Spence: »Laura Blackman, Annabelle King. Steht bitte auf.« Mittlerweile war der Zettel bei Sarah Hopkins (Abwehrspielerin; das »engelsgleiche« Wesen) gelandet, und es kam noch schlimmer. Ms Spence bemerkte den Zettel bei ihr und streckte die Hand aus. Sarah musste ihr den Zettel nach vorne brin-

gen. »Hmm«, meinte Ms Spence, »wenn mich nicht alles täuscht, ist das Gina Pottertons Handschrift.« Sie starrte giftig in die letzte Reihe. Gina lief rot an und stand ebenfalls auf. Ms Spence zerknüllte den Zettel zu einer kleinen Kugel. »Nun«, sagte sie, »ich scheine das halbe Basketballteam erwischt zu haben. Hoffentlich seid ihr ebenso gut in Lyrik wie im …«, sie warf den Ball in hohem Bogen über ihren Schreibtisch direkt in den Papierkorb, »… Körbe werfen.« Der Rest der Klasse jubelte und applaudierte. Ich wäre am liebsten im Boden versunken. »Lyrik?«, jammerte ich. »O ja«, sagte Ms Spence. »Gedichte sind ein äußerst evokatives Mittel zum Ausdruck der eigenen Persönlichkeit, Annabelle. Und ihr vier Mädchen werdet die Ersten sein, die den Reiz und die Freude der Verskonstruktion erleben dürfen. Ihr werdet in der Pause im Klassenzimmer bleiben und euch zwanzig Worte überlegen, die sich auf ›Unterhosen‹ reimen …« Die Klasse brüllte vor Lachen. (Siehst du, das *beweist*, dass Gedichte einfach nur ätzend sind.) »Aber Ms Spence«, stöhnte ich. »Gedichte sind einfach *furchtbar.*« Ms Spence grinste nur und wedelte mit ein paar Büchern. »Du wirst deine Meinung ändern, wenn du erst einmal die Experten studiert hast, Annabelle. Ich garantiere dir, dass in ein paar Wochen die Verse nur so aus dir heraussprudeln werden …«

Hmpf. Ich wette, du würdest gerne den Namen des ersten »Experten« wissen, der mich zum »Sprudeln« bringen wird? Guy Woodham, wenn ich auch nur die Andeutung eines Kicherns in deiner nächsten Mail vernehme, dann setze ich dich sofort wieder zurück in den Teich, o.k.? Einsatz Trommelwirbel, während ich den Umschlag öffne. UND DER ERSTE EXPERTE IST ...

... Wilfred Owen.

Denk daran, meine kleinen Ohren hören besser als jedes Radargerät. Während ich dies schreibe, belauschen sie gerade das gesamte Grenzgebiet um Wales.

2. Scudding der Pudding hat die Rolle der Kleopatra bekommen. Ich soll ihre Kammerzofe spielen. Ich will nicht weiter darüber reden. Es ist schon spät und ich gehe lieber ins Bett. Ich werde diese Mail morgen früh abschicken, wenn ich nicht im Schlaf von Schwermut überwältigt werde.

Gute Nacht.

Hallo. Es ist Morgen. Rocket sagt: »Fiep«. Ich habe gerade durchgelesen, was ich gestern Abend geschrieben habe, und es klingt wirklich furchtbar. Aber wozu hat man sonst Freunde, wenn man sie nicht manchmal volljammern darf? Ich verspreche, dass ich versuchen werde, heute etwas fröhlicher zu sein. STRAHL! Das war mein freches Grinsen bei der Arbeit. Ich denke, es ist an der Zeit, dich auf den neusten Stand zu bringen, was meinst du?

Erstens sagt Dad, dass er niemanden namens Sharon kennt. Ich habe ihn danach gefragt, als wir gestern

Abend zusammen den Abwasch erledigten. »Ich glaube, sie wohnt in Manchester«, sagte ich. Er fuchtelte mit seiner Spülbürste vor einem fettigen Teller herum. »Tut mir Leid, den Namen habe ich noch nie gehört. Ich kannte dort einmal eine Karen, wenn dir das weiterhilft?« Ich zog ihm mit dem Geschirrtuch eins über. Ich GLAUBE nicht, dass er geflunkert hat, aber man kann nie wissen bei diesen Vätern. Ich könnte ihn ein bisschen foltern, wenn du willst. Und Guy, du SOLLTEST deinen Vater nicht wegen Sharon zur Rede stellen. Wenn du das tust, weiß er, dass du seine E-Mails gelesen hast, oder? Ich finde, du solltest abwarten, was passiert – und weiterhin regelmäßig in den Papierkorb eures Computers schauen. Wenn du mir ein paar der Mails schickst, die du entdeckt hast, könnte ich sie lesen und dir sagen, was ich als erfahrene Schnüfflerin davon halte. Vielleicht ist er ja gar nicht weggefahren, um Sharon zu treffen? Vielleicht benutzt er sie nur als Ablenkungsmanöver, sozusagen als falschen Hasen? Bist du schon mal einem falschen Hasen begegnet? Dad mag Hackfleisch und ich bin mit Kochen dran.

Prüfungen sind langweilig. Ich möchte lieber nicht darüber reden. Meine Übungsergebnisse waren ganz gut. Vor allem in Englisch und Musik habe ich gut abgeschnitten, danke der Nachfrage.

Zu unserem Computercrash: Ich wollte das eigentlich schon in der KAAZOOONG-Mail schreiben, hab's aber vergessen. Als unser Server abgestürzt war und du dir

Sorgen um mich gemacht hast – warum hast du mich da nicht einfach angerufen? Dein Dad muss unsere Nummer doch haben. Ich hätte das völlig in Ordnung gefunden. Ich finde, es wäre nett, wenn wir uns mal richtig unterhalten könnten, oder? Aber nur, wenn du Lust hast. Ich will mich nicht aufdrängen. Es ist nur ... findest du es nicht seltsam, dass wir uns so viel erzählen, aber keiner von uns weiß, wie der andere eigentlich klingt? Sprichst du einen Dialekt? Das *musst* du mir unbedingt sagen. Ich liebe Dialekte. Meine Mum sagt, ich würde klingen wie der Lieblingshund der Queen. Ich glaube, damit meint sie: vornehm – untermalt von einem gelegentlichen Kläffen (ha). Daran ist nur meine Granny schuld, weil sie mich immer zur Sprecherziehung geschickt hat, als ich klein war. Ich glaube, mein Dad wünscht sich manchmal, es wäre eine Sprechentwöhnung gewesen. Das meine ich natürlich nicht ernst. Er liebt mich, echt. Lieber, netter Daddy, der mir immer noch zwei Pfund zusätzlich pro Woche gibt. Unsere Nummer ist jedenfalls 01865-11207. Du kannst mich jederzeit anrufen, o.k.?

Namen. Mein Dad verwendet seinen vollen Namen nur für die »offizielle Korrespondenz«. Herzlichen Glückwunsch, du bist also jetzt offiziell. Der Name Murrayfield kommt daher, dass er um ein Haar während eines Rugby-Spiels Schottland gegen England auf die Welt gekommen wäre, das im schottischen Nationalstadion Murrayfield ausgetragen wurde. Der Geburtstermin stand kurz bevor, dennoch hatte Granny darauf bestanden, das Spiel zu sehen. Die Legende (gähn) besagt, dass England im Fall eines Sieges einen so genannten Grand Slam und damit dann das Fünf-Nationen-Turnier gewonnen hätte. (Rugby ist noch schlimmer als Fußball, finde ich.) Jedenfalls schoss jemand in der zweiten Halbzeit diesen seltsam geformten Ball über die seltsam geformten Pfosten hinweg und der Ball segelte mitten in die Zuschauermenge. Granny sprang auf, um ihn zu fangen, und bekam von der Aufregung sofort Wehen. Als mein Grandad sie fragte, was los sei, sagte sie, sie bereite sich gerade darauf vor, den besten Touch-down des Tages zu landen, und ob er bitte einen Krankenwagen organisieren könnte. Sie musste über das Spielfeld getragen werden. Kannst du dir das vorstellen? Da drückt sich ein Baby aus einem heraus und man ist umgeben von einem Haufen schmutziger Gorillas (nichts für ungut) in kurzen Hosen.

Gran genoss das Ganze sehr. Sie erhielt ein Autogramm von dem so genannten »Flügelstürmer« und brachte sogar den Kapitän der englischen Mannschaft zum Erröten, indem sie auf ihren Bauch deutete und sagte: »War schon ein tolles Gedränge, das dies hier in Gang setzte!« Während sie meine Granny davontrugen, jubelte die Menge und sang *Swing Low, Sweet Chariot*. Granny sagt, es sei der glücklichste Moment ihres Lebens gewesen. Als sie später erfuhr, dass England tatsächlich gewonnen hatte, nannte sie Dad »Murrayfield«, um diesen

Tag niemals zu vergessen. Da hätte sie sich allerdings keine Sorgen zu machen brauchen. Dad erzählt die Geschichte jedem, der ihm zuhört. Er behauptet immer, er sei *auf* dem Spielfeld geboren worden. Ich glaubte ihm das auch jahrelang, bis Mum eines Tages ein Horoskop für ihn erstellen ließ und seine Geburtszeit mit zehn Minuten vor Mitternacht angab. Und ich glaube kaum, dass das Spiel so lange dauerte. Wenn er dich jemals mit dieser Lügengeschichte zutextet, brauchst du nur zu kichern und zu sagen: »Netter VERSUCH, Franklin«, das bringt ihn sofort zum Schweigen. Ich weiß nicht, woher der Name Franklin stammt. Vielleicht aus einem Film. Mein zweiter Vorname ist übrigens Hermione – gesprochen bitte Her-mei-oh-nie, nicht Her-mie-ohne, sonst fliegst du gleich wieder zurück in deinen Teich.

Nächster Punkt. Ich hab gerade folgende Passage aus deiner Mail noch mal gelesen:

>Erinnerst du dich noch daran, was er über die unterschiedlichen Lebenswege gesagt hat? Na ja, das hat angefangen, an mir zu nagen. Ich meine, dass dein Dad ein echter Doktor ist und dass ihr in einem großen Haus in Oxford wohnt und so. Ich wette, deine Eltern haben ganz unglaublich tolle Freunde, die auf eure unglaublich tollen Partys kommen und sich dort über ganz unglaublich tolle Sachen unterhalten. Ich bin dagegen ganz normal, musst du wissen. Kennt Dr. Franklinstein nicht jede Menge Söhne von Weltraumforschern oder Kernphysikern, die auch E-Mail haben? Wir leben in einer stink-

normalen Doppelhaushälfte; mein Dad ist ein Steuerberater und meine Mutter hat in einer Schulbücherei gearbeitet. Ich bin also nichts Besonderes. Das soll nicht heißen, dass ich doof bin oder ein Rüpel oder so, das bin ich wirklich nicht, aber ich bin eben nur ein ganz normaler Guy.<

Unglaublich tolle Partys? Jetzt mal langsam, Guy. Das letzte Mal, dass etwas annähernd Ähnliches wie eine Party bei uns stattfand, war damals, als wir unsere Küche vergrößern ließen und die Bauarbeiter mit mir Karten spielten. Es gab Tee und saftige Schinkenbrote. Wie aufregend. Dad hasst Partys. Bücher, Beethoven und Einsamkeit – das gefällt ihm. Und natürlich Rugby. Einmal hab ich Dad bei einer Hochzeit »tanzen« sehen. Es sah aus, als würde er Äpfel auflesen. Es war so peinlich, dass ich mich auf dem Klo verstecken musste. Ich finde, wir haben schon ein recht großes Haus, aber es ist so voll gestopft mit Büchern, dass man die Wände kaum mehr sieht. Deiner Mum hätte es bestimmt gefallen. Es ist wie eine Bücherei. Wir müssten nur noch ein paar »Bitte Ruhe«-Schilder aufhängen oder eines dieser Dinger aufstellen, die laut piepen, wenn man hinausgeht, ohne sein Buch ordnungsgemäß abstempeln zu lassen. Du würdest meine Mum sicher mögen. Sie ist sehr lustig. Einmal hat sie mich zum Kegeln mitgenommen. Und sie geht oft schwimmen mit mir und Laura. Sie hört auch sehr viel Radio. Hörspiele und so.

Ich hab sie mal gefragt, wie sie die Pineapple Pieces findet, und sie sagte, sie würde davon Verstopfung bekommen. Ich hab ihr dann gar nicht erst erklärt, dass sie ganz oben in den Charts stehen; sie hätte dann vermutlich nur gefragt: »In welchem Supermarkt, A?«

Komischerweise drängt mich Laura gerade ständig dazu, eine Party zu machen. Gestern in der Pause haben wir eine Liste von VIP-Gästen zusammengestellt. Es war ein bisschen wie das Auslosen der Spielfeldseiten beim Basketball. »Spice Girls«, rief sie. »Völlig out«, sagte ich abfällig. »Wie wäre es mit ... Daniel Day-Lewis?« Sie rollte ihre Augen bis an die Decke. »Der kommt dann mit dem Laufgestell«, spottete sie. »O.k., Prinz William«, sagte ich. Sie trommelte mit den Fingern auf den Tisch. »Vermutlich beim Skifahren. Fragen wir doch David Beckham!« Ich tat, als würde ich mir den Finger in den Hals stecken. »Der ist doch mit einem Spice Girl verheiratet.« Laura nickte verständig.

»Na ja«, sagte sie neckisch, »wir könnten immer noch deinen E-Mail-Freund einladen. Den, über den du nie REDEST.« Ich grinste nur und betrachtete meine Fingernägel. »Ich glaube, er ist dieses Wochenende in den Bergen«, sagte ich mit einem affektierten Lächeln. »Berge?«, fragte Laura. »Ist das so ein langweiliger Naturfreak, oder was?« – »Quatsch«, sagte ich. »Er ist wirklich kein bisschen langweilig. Er ist aufmerksam und fürsorglich und manchmal sehr lustig. Kein bisschen wie die Angeber, die hier so rumlaufen.« – »Wie heißt er denn?«, drängelte sie. (Sie stirbt fast vor Neugierde.) »Sag ich nicht«, schniefte ich. »Ist er reich?«, bohrte sie weiter (Laura hat den Ehrgeiz, einen Prinzen zu heiraten – falls sie jemals erwachsen wird). Ich schüttelte den Kopf. »Nö«, sagte ich. »Er ist nur *ein ganz normaler Guy«* (ich weiß, ich bin schrecklich) »und … er ist einfach *toll.«*

Da! Ich wette, darauf bildest du dir jetzt was ein, Woodham.

Jedenfalls hab ich Laura, um sie zum Schweigen zu bringen, versprochen, ihr deine Geburtstagskarte zu zeigen. Es stört dich doch nicht, wenn ich ein bisschen mit dir angebe, Woodham, oder? Du findest dich vielleicht ganz normal; ich finde, du bist etwas Besonderes. Ups. *errööt*! Zeit, das Thema zu wechseln …

Neuigkeiten aus dem Tierreich. Jupiter schwirrt immer noch im Garten herum. Wir glauben, dass er noch lebt, weil ich überall Mistkügelchen finde – sogar unter Dads Füßen. Der Garten ist groß, so groß wie das Haus, und es gibt dort jede Menge Sachen, die ein hungriger Jupiter fressen kann. Dad sagt, wir sollten uns eher um das Wetter Sorgen machen, als darum, dass Jupiter ganz verschwinden könnte. Er sagt, dass Meerschweinchen die Kälte nicht mögen und Jupiter vermutlich reinkommen wird, wenn die Temperaturen weiter sinken. Gestern Abend versuchte ich, Dad zu überreden, eine Meerschweinchen-Klappe in die Hintertür zu sägen, falls J mal nachts klopfen sollte. »Sei nicht dumm«, sagte er. »Aber Whitey hat doch auch eine benutzt«, schmollte ich. »Whitey war ein Kater«, sagte Dad. »Wendig und schlau. Er hatte nicht das Hirn einer Biskuitrolle. Jupiter kann nur etwas mit Sachen anfangen, die er fressen oder in die er sich hineinlegen oder die er voll kacken kann.« Das fand ich nun wirklich ein bisschen *schweinchenistisch*.

Ginger ist einfach Ginger. Er zappelt im Haus herum und geht Rocket aus dem Weg. Gestern hat Rocket sich an seinem Schwanz hin- und hergeschwungen! Ginger wurde aber erst böse, als Rocket ihm auf den Rücken sprang und dabei die Klauen ein bisschen zu tief hineinkrallte. Rocket geht sehr gern auf Entdeckungsreise, hab ich dir das schon erzählt? Er war schon im Keller (zweimal), im Kleiderschrank (viermal) und gestern im Kofferraum unseres Autos (dort wurde er in eine Auseinandersetzung mit einem öligen Lappen verwickelt und musste eingeseift werden; das gefiel ihm gar nicht). Er ist total scharf drauf, in den Garten zu kommen (er sitzt oft am Küchenfenster, auch wenn er dort von den Kakteen gestochen wird), aber ich wage es nicht, ihn hinauszulassen, aus Angst, er könnte davonstreunen und die Straße erforschen. Er frisst alles, was er kriegen kann. Letzte Woche hat er ein Loch in Dads besten Pullover genagt. Außerdem hat er schon an meinen Französischaufgaben geknabbert und das Rührei aufgeleckt, das mir vom Teller gerutscht ist. Heruntergefallenes

Essen erwischt er immer schneller als Ginger. Ich liebe ihn. Er ist so lustig. Natürlich vermisse ich Whitey immer noch. Aber Rocket ist ... eben Rocket. Ein bisschen übergeschnappt (wie ich!).

Mum. Gestern habe ich eine Postkarte von ihr bekommen! Mit dem Bild irgendwelcher antiker eukalyptischer Schmuckstücke aus einem Museum in Kairo. Da musste ich natürlich sofort wieder an das Medaillon denken. Die Situation hat sich ein bisschen entspannt, seit dem Tag, an dem Mum angerufen und den großen Medaillon-Krach mit Dad hatte. Ich darf nicht darüber reden, selbst jetzt nicht. Und ich habe das verdammte Ding noch immer nicht gefunden. Ich habe überall nachgeschaut, Guy. Ich fange schon an, mich zu fragen, ob Dad es vielleicht eingeschmolzen und Rocket daraus eine Glocke (reimt sich fast!) gegossen hat. Na ja, eher nicht. Er könnte so einen Klumpen kaum mit sich herumschleppen.

Aber ich bin mir ganz sicher, dass das Medaillon hier irgendwo im Haus ist. Und ich kann dir auch sagen, warum. Am Wochenende ist Dad losgezogen und hat ein Riegelschloss für die Hintertür besorgt. Als ich ihn fragte, wofür das sei, sagte er, es hätte etwas mit »Versicherungsbedingungen« zu tun. Er kaufte außerdem einen so genannten Bewegungsmelder und schraubte ihn in einer Ecke des Flures an, so dass er direkt auf die Haustür zeigte. Das Teil sendet einen Infrarotstrahl aus, und wenn man ihn unterbricht, geht ein schrecklicher Alarm los. Das ging nicht lange gut. Nachdem Rocket herausgefunden hatte, wie man den Alarm auslöst (achtmal in einer Nacht), schraubte Dad den Bewegungsmelder wieder ab. Er scheint es kaum erwarten zu können, dass Mum nach Hause kommt, aber ich glaube nicht, dass es viel mit seiner Sehnsucht nach ihr zu tun hat. Jedenfalls wird sich sein Wunsch bald erfüllen. Mum schrieb in ihrer Karte: »Vermisse dich sehr, A. Kleine PÄ.« (das ist Mum-Sprache für »Programm-Änderung«) »Komme früher zurück als gedacht. Hol den Staubsauger aus dem Schrank.« (Frechheit! Ich bin die ordentlichste Person, die ich kenne! Und du?) Hinzugefügt hatte sie noch: »Tu, was F sagt, und sei ein braves Mädchen. Herzlichen Glückwunsch. Bis bald. Liebe Grüße, Mum.« Seltsam. Sie schreibt sonst *nie* »Tu, was Dad sagt«. Warum? Wozu? Es scheint fast, als würde sie sich um etwas Sorgen machen. Dabei erledige ich immer meine Schularbeiten und alles. Muss an dem ganzen Sand liegen, den sie isst. Vielleicht fühlt sie sich auch schuldig wegen ihres arabischen Liebhabers …

Das erinnert mich daran, dass ich noch etwas zu Mark sagen wollte – und zu Jess. Ich finde auch, dass Mark eine Kröte ist – aber nur, weil er dir nicht früher von Jess erzählt hat. Vielleicht war er schon die ganze Zeit in sie verknallt, während du mit ihr gegangen bist, und wartete nur darauf, zuzuschlagen, falls ihr euch jemals trennen würdet, was ihr dann ja auch getan habt … irgendwie. Ich sage »irgendwie«, weil ich nicht glaube, dass du dich schon richtig von ihr getrennt hast. Zumindest nicht dort, wo es zählt. Im Innern. In deinem Herzen. Du sagtest, du wurdest ganz still und warst beleidigt, als Mark erzählte, dass er nun mit ihr zusammen wäre. Ich glaube, das bedeutet, dass ein Teil von dir immer noch in sie verliebt ist, oder nicht? So wie ein Teil von meinem Vater immer noch in Jane verliebt ist. Ich gehe davon aus, dass das der Grund ist, warum du mir in deinen letzten beiden Mails kein x mehr mitgeschickt hast: weil du Jess immer noch liebst und das Gefühl hast, sie zu betrügen. Wenn du nun also versuchen willst, sie Mark wieder auszuspannen, werde ich dir ganz fest die Daumen drücken, so wie es eine echte Freundin tun sollte. Ich möchte wirklich gerne mit dir befreundet sein, Guy Woodham – auch wenn du manchmal nicht das tust, was man dir sagt. Ich wäre auch sehr enttäuscht, wenn meine Mailbox von jetzt an leer bleiben würde. Du hast mich mal gefragt, ob ich noch andere E-Mail-Freunde habe. Die Antwort ist: Nein. Ich habe auch noch nie einen richtigen Freund gehabt, aber ... Oh, warte, es klingelt an der Tür.

Guy, es war die Polizei! Zwei Männer. In Anzügen. Sie wollten mit Dad sprechen. Ich sagte ihnen, er sei in die Stadt gefahren – was gelogen war. Er ist nebenan und trinkt Kaffee bei Mrs Swanley. Sie schienen mir auch nicht so recht abzunehmen, dass Mum gerade in einem Zelt am Nil sitzt. Jetzt sind sie weg. Ich muss sofort rüber. Guy, die *Polizei*. Was geht hier vor?

Muss los, sorry.
A (x)

1 VON 5: WÄHLEN SIE IHRE MAIL!

Hallo Du-mit-den-Beinen,

danke für deinen Brief, der mein Hirn auf Hochtouren brachte – was eigentlich ziemlich erstaunlich ist, weil es nach dem Religionsunterricht heute Nachmittag definitiv untertourig lief. Aber, um gleich zu den ernsten Themen überzugehen: Hast du herausgefunden, was die Polizisten wollten? War es wichtig oder wollten sie nur Jupiter zurückbringen, nach einem Tipp des örtlichen Meerschweinchen-Beauftragten? (Bevor du jetzt auf mich losgehst: Damit will ich natürlich nicht sagen, dass das nicht auch wichtig wäre. Ich meine, ging es um ein *Verbrechen*?) Bist du überhaupt sicher, dass es wirklich Polizisten waren, wenn sie Zivil trugen? Haben sie dir ihre Dienstausweise gezeigt? Ich hoffe, du hast sie dir genau angeschaut. Entschuldige, wenn ich wie dein Dad oder dein Klassenlehrer klinge, aber man sollte immer vorsichtig sein.

Nun hast du die Wahl:

Wenn sich alles aufgeklärt hat und du in Stimmung bist für »Neue Geheimnisvolle Entwicklungen«, dann lies E-Mail Nr. 2!

Für Infos zu Wilfred geh zu Nr. 3!

Wenn du Neuigkeiten über Jess erfahren möchtest, klick auf Nr. 4!

Für die Geschichte mit dem Titel »Wie Guy am liebsten im Erdboden versunken wäre« nimm Nr. 5!

Gehen Sie nicht über Los. Ziehen Sie nicht 1000 Pfund ein. Woodhams Mail-Auswahl-Service steht Ihnen jederzeit zur Verfügung.

PS: War es etwa Inspektor Morse, der vorbeikam? Wenn ja, dann brauchst du dir keine Sorgen zu machen. Er klärt nie einen Fall auf. Er wartet immer so lange, bis sich die Verdächtigen alle gegenseitig umgebracht haben.

2 VON 5: WAS HAT *SIE* DENN DORT DRAUSSEN ZU SUCHEN?

Erstaunliche Entwicklung. Normalerweise schnappt sich Dad die Post, kaum dass sie durch den Briefschlitz geschoben wurde, aber während er in Manchester ist, bekomme ich sie als Erster zu sehen. Und rate, was gestern auf unsere Fußmatte geplumpst ist? Eine Postkarte von JANE (der Jane, die ein kleines Stück vom Herzen deines Dad besitzt)! Jawohl! Zumindest vermute ich, dass es sich um dieselbe Jane handelt! Wusstest du, dass auch sie gerade in Ägypten ist? Zufall oder kennt sie deine Mutter? Die Karte stammt aus Luxor und zeigt das Bild einer Sphinx mit einem Widderkopf. (Das steht zumindest hinten drauf. Ich wette, eine Eukalyptologisten-Tochter wie du erkennt eine Sphinx mit Widderkopf bestimmt schon auf zehn Meter Entfernung.)

Ihre Schrift ist ziemlich lausig, aber ich glaube, sie schreibt Folgendes: »Liebster Tom, dieses blasierte Schaf hat mich an dich erinnert und ich konnte nicht widerstehen, es dir zu schicken. MM hätte es gefallen, glaubst du nicht? Ich vermute, A und G vertragen sich? Ich bin hier etwas früher fertig als erwartet, werde also bald zu Hause sein. Erwarte einen Anruf! Zeit, dass wir uns mal wieder sehen. Jane.« Und »xxv« (das ist x mal fünf). Fünf!

Also!

1. Du wusstest sicher nicht, dass Jane ebenfalls in Ägypten ist, oder?

2. Steht dein Dad auf Archäologinnen?

3. Offensichtlich hat Jane dort deine Mum getroffen, wie könnte sie sonst von UNS wissen? (Na ja, es könnte genauso gut ein K sein statt eines G, aber ich glaube trotzdem nicht, dass damit Antonius und Kleopatra gemeint sind – das ist schließlich nicht gerade eine brandheiße Neuigkeit. Vor allem nicht in Ägypten.) Und warum hat deine Mum nicht von Jane erzählt, als sie angerufen hat?

4. Warum schreibt Jane MEINEM Vater?

MM steht übrigens für Mary Mary. Das hat Jane mit der Abkürzung gemeint. »Mary Mary, Zauberfee«, hat Dad immer zu Mum gesagt, wenn sie schlecht gelaunt war und er sie aufheitern wollte, und manchmal auch einfach so, denn sie war eigentlich kein launischer Mensch. (Ich nannte sie Mary-Bär. Nicht IMMER. Aber als ich klein war und manchmal auch dann noch, als ich nicht mehr so klein war (bitte versprich mir, dass du niemals, niemals IRGENDJEMANDEM davon erzählst – das ist absolut, total, allerstrengstens geheim. Ich erzähle dir nur davon, weil du meine Freundin bist und ich dir vertraue. Das kann ich doch, oder?)

3 VON 5: MEHR ÜBER WILFRED

Dann hast du also Wilfred als Literaturthema in Englisch? Offenbar seid ihr einer anderen Prüfungskommission zugeordnet als wir. Ich hoffe, er gefällt dir. Ich finde ihn großartig.

Mum erzählte mir folgende Geschichte von ihm: Sie hatte Wilfred Owen als Thema ihrer Abschlussprüfung und las alles, was sie über ihn finden konnte. Wusstest du das hier schon? (Wenn nicht, dann kannst du deine Lehrerin damit beeindrucken.) Wilfred Owen starb am 4. November 1918, genau eine Woche vor Kriegsende. Genau an dem Tag, an dem alle Kirchenglocken in Shrewsbury läuteten (dem Ort, an dem er gelebt hatte, nicht weit von hier). Als jedermann feierte, erhielten seine Eltern das Telegramm mit der Nachricht seines Todes.

Mum wusste, wo er getötet worden war, und als sie und Dad ihre Flitterwochen in Frankreich verbrachten, bestand sie darauf, dorthin zu fahren. Es war an einem Kanal, weit draußen auf dem Land. Ein ruhiger, friedlicher Ort, mit Nebel und Kühen und Gras und Bäumen. Doch damals, 1918, war es da nicht so friedlich, denn dort verlief die Frontlinie. Wilfred und einige andere versuchten, frühmorgens den Kanal zu überqueren, und wurden dabei erschossen. Man bestattete sie gemeinsam, im hinteren Teil eines ganz gewöhnlichen Friedhofs. Und da liegt Wilfreds Grab, zusammen mit all den anderen, ganz unauffällig. Auf dem Grabstein steht nicht: WILFRED OWEN, DER BERÜHMTE DICHTER. Nur ein weiterer toter Soldat. Er war erst fünfundzwanzig. Und meine Mum stand dort, schaute auf sein Grab und dachte: Was für eine Verschwendung!

4 VON 5: JESS UND ICH

Es ist sehr nett, was du über Jess gesagt hast und darüber, dass ich sie immer noch lieben würde, aber das stimmt nicht so ganz. Ich war nicht deswegen sauer auf Mark, weil ich sie zurückwollte, sondern weil ich eifersüchtig war – was man ja nur äußerst ungern zugibt. Warum eifersüchtig? Weil mir der Gedanke nicht gefiel, dass die beiden zusammen sind und ich außen vor bleibe. Sie könnten ja sogar heimlich über mich reden! Du siehst, ich bin weitaus weniger ehrbar, als du dachtest.

Ich habe Mum mal gefragt, woher man weiß, ob man in jemanden verliebt ist. (Du musst wieder totale Geheimhaltung schwören, denn über solche Sachen möchte ich nie im Leben mit jemandem wie Mark reden.)

Sie sagte: »Man weiß es eben. Aber man sollte vorsichtig sein, denn manchmal kann man sich auch täuschen. Es ist ein bisschen so, als wäre man verrückt.« Als ich fragte, was das bedeutete, sagte sie: »Wenn du verliebt bist, kannst du leicht den Verstand verlieren. Du meinst, nichts zählt mehr außer dieser einen Person. Und es ist nicht unbedingt gut, so zu denken.«

Und dann erzählte sie mir, dass es ein ganz phantastisches Gefühl sei, wenn man bis über beide Ohren verliebt ist, aber dass es viel wichtiger wäre, jemanden auf eine eher normale Art und Weise zu lieben. So wie sie Dad lieben würde, sagte sie. »Mit jemandem zusammenleben, mit all seinen schlechten Gewohnheiten und stinkenden Socken und den ganzen Sachen, die einen aufregen. Das ist wahre Liebe.« Und sie sagte: »So wie ich zum Beispiel auch dich liebe, obwohl du einige wirklich ekelhafte Angewohnheiten hast, wie –« (Nein! Den Teil lasse ich jetzt lieber weg!)

Jedenfalls, der Punkt an der ganzen Sache ist, dass ich Jess nicht geliebt habe. Ich mochte sie sehr gern. Und das tue ich immer noch. Sie ist hübsch und lustig und sie bringt immer Chips und Schokolade mit in die Schule. (Ich weiß, ich bin nicht besonders charmant.) Und sie verbringt nicht Stunden damit, sich über ihr Aussehen Gedanken zu machen, wie andere Mädchen. Sie war meine allererste Freundin, darum werde ich sie nie vergessen, genauso wenig wie mein Dad seine erste Freundin vergessen hat. Sie hieß Annie und war zwei Jahre jünger als er, aber fünfzehn Zentimeter größer. Sie hatte die gleichen roten Haare wie Dad –

und einmal fragte jemand, ob er ihr kleiner Bruder sei. Das hat Dad wohl niemals verkraftet.

5 VON 5: PEINLICH ODER WAS?

Und da wir schon von Jess reden: Das, was heute in Englisch passierte, war allein ihre Schuld.

Was für ein seltsamer Zufall, dachte ich, als du deinen Zweitnamen Her-mei-oh-nie erwähntest. Wusstest du, dass in einem Theaterstück von Shakespeare namens *Ein Wintermärchen* auch eine Hermione vorkommt? Wir nehmen dieses Stück gerade im Unterricht durch. Morgen gehen wir zu einem Theater-Workshop, und dann müssen wir im Eiltempo unseren Shakespeare-Aufsatz schreiben, weil wir den gesamten Kurs in vierzehn Tagen abgeschlossen haben müssen.

Es passierte Folgendes: Jess saß hinter mir, stupste mich in den Rücken und flüsterte, was ich denn in der Mittagspause vorhätte. Ich drehte mich um und zischte: »Ach, wenn Mark nicht da ist, bin ich dir wieder gut genug!« Da hörte ich, wie die Lehrerin mich beim Namen rief, und plötzlich schauten mich alle an.

Mrs Harman meinte: »Guy Woodham, wenn es dir gelänge, deine Aufmerksamkeit mal eine Sekunde von unserer faszinierenden Miss Goldrick« – (das ist Jess) – »loszureißen, hättest du hören können, dass ich nach einem Freiwilligen für die Rolle der Hermione gefragt habe. Da sich offenbar keiner melden will, gehört die Rolle, glaube ich, dir."

Das war gemein. Sie *weiß*, dass ich mich niemals freiwillig melde, um etwas vorzulesen. Alle haben gekichert, und ich habe nachgeschaut, auf welcher Seite wir gerade waren. Das Herz sank mir in die Hose, weil ich all diese ewig langen Passagen vorlesen musste. Falls du die Geschichte nicht kennst: Hermione ist eine Königin, die ein Kind bekommt, woraufhin der König total eifersüchtig wird. Er glaubt, das Kind sei nicht von ihm, sondern von seinem besten Freund, und lässt Hermione ins Gefängnis werfen. Sie wird angeklagt, und gleich nachdem sie das Kind zur Welt gebracht hat, zerrt man sie aus dem Gefängnis und stellt sie vor Gericht.

Nun, ich wette, du könntest Shakespeare ganz toll vorlesen, schließlich wolltest du ja auch die Kleopatra spielen, aber ich kann das überhaupt nicht. Besonders nicht, wenn alle zuhören und nur darauf warten, dass ich mich zum Affen mache. Hermione erzählt lauter peinliche Sachen: dass man ihr das Baby von der Brust gerissen hätte und so. Du kannst dir sicher vorstellen, wie das in der Klasse ankam. Mrs Harman ließ mich die komplette Szene lesen und sagte dauernd: »Mit Würde, Guy, mit Würde.« Versuch *du* mal *mit Würde* zu sprechen, wenn alle deine Kumpels um dich herum gackern wie ein Papageien-Chor. Irgendwie hab ich's geschafft, aber mein Gesicht glühte.

Hermione ist im Moment also nicht gerade mein Lieblingsname. Tut mir Leid. Wurdest du denn nach ihr benannt, der Hermione aus dem *Wintermärchen*, meine ich? Ich muss jetzt aufhören und etwas zu essen machen. Für mich und Mark – er ist immer noch hier. Ach, übrigens, er hat jetzt zugegeben, dass er eine Kröte der schleimigsten und warzigsten Art ist. Mehr dazu morgen.

Keine Neuigkeiten von Sharon bzw. aus Manchester. Aber Dad kommt morgen wieder zurück und dann wird er von Guy, dem Folterknecht, in die Mangel genommen.

Ich hoffe, du bist weiter als bis zu Nr. 1 gekommen. Aber dann würdest du das hier sowieso nicht lesen. Und ich hoffe, du mailst mir HEUTE noch zurück und schreibst, was es mit der Polizei auf sich hatte.

Guy x

HILFE, LASST MICH RAUS!

Guy, mein Prinz! Du musst mich retten. Ich bete darum, dass die elektronische Küchenschabe, der ich diese Mail angehängt habe, sich an dem zweiköpfigen Ungeheuer am Tor vorbeischleichen und dir diese Zeilen überbringen kann, bevor ich in Ohnmacht falle.

Sie halten mich in einer winzigen Zelle in den Ruinen von Schloss Finsterburg gefangen. Es ist bitterkalt.

Monstergroße Eiszapfen wachsen von der Decke. An den Wänden hängt fingerdick schleimiger Schimmel – irgendetwas gluckst und schleicht sich nachts herum. Wenn du es berührst, wachsen haarige Warzen auf deiner Haut. Über meinem Kopf hängt ein Skelett in Ketten. Seine Zähne klappern jedes Mal, wenn der Wolf heult. Ab und zu fällt ein Knochen herunter, und Ginger versucht, ihn im Spinnenmist zu vergraben. O nein, die verrückte Alte weint wieder. »Ich will doch nur dein Haar streicheln …«, sagt sie ständig. Ich kann hören, wie ihre Fingernägel an der Wand kratzen. Ich muss essen. Ich muss trinken. Aber ich glaube, ich bringe nichts hinunter. Sie geben uns nur Kohlrüben zu essen und ihr brackiges Badewasser zu trinken. Sch! Ich höre Schritte. Jemand kommt! Die Tür schwingt auf. Sie bringen etwas hinein. O nein, nicht noch mehr Stacheldraht!

Guy, mein Held! Rette mich,

BALD …
XXX

ICH WEISS, WER JANE IST!!!

Guy, das hier ist dringend. Die Polizei hat mich nicht geholt. Ich bin auch nicht im Gefängnis. Ich hab nur so getan, als sei ich Shakespeares Hermione, die von dem eifersüchtigen König ins Gefängnis geworfen wurde.

Wirklich merkwürdig, oder? Hermione? King? Ich weiß nicht, ob ich *wirklich* nach ihr benannt wurde, aber was ich dir zu sagen habe, erinnert auf gespenstische Weise an *Ein Wintermärchen*, und du solltest dich besser hinsetzen, bevor du das hier liest. Es geht irgendwie um meinen Dad und um deinen – oder eher um deinen Dad und meine Mum. Ich glaube, sie ... Oh, ich weiß gar nicht, wo ich *anfangen* soll! Gestern. Ja. Am besten fange ich da an zu erzählen.

Es war ultrapeinlich, als ich nach nebenan ging, um Dad zu sagen, dass die Polizei bei uns gewesen war. Er mampfte gerade Mohnkuchen in Mrs Swanleys Wohnzimmer. »Polizei?«, prustete er und besprühte ihre Yuccapalme von oben bis unten mit Kuchenkrümeln. »Üh!«, rief Mrs Swanley und spielte nervös mit ihrer Perlenkette. »Das Auge des Gesetzes? Die Hüter von Recht und Ordnung? Die gefürchtete Inquisition?« (Es klang, als ginge sie ihre CD-Sammlung durch.) »Was können sü nur von dür wollen, lüber Franklün?« Mein Dad pulte sich ein Mohnkörnchen aus den Zähnen, trank seinen Kaffee aus und sagte, er habe absolut keine Ahnung. Er besaß sogar die Frechheit zu sagen, es würde ihn nicht überraschen, wenn das lediglich ein paar Vertreter gewesen wären und Annabelle »ihrer wilden Phantasie mal wieder freien Lauf« ließe. Also erzählte ich ihm, dass einer der »Vertreter« ziemlich grimmig gewirkt und mir eine Visitenkarte gegeben hätte, auf der *Polizeioberkommissar* stand. Da zuckte er dann doch ein bisschen zusammen. »Üh«, rief Mrs Swanley wieder und machte ein Gesicht, als hätte sie soeben an einem Hundehaufen gerochen. Dad runzelte die Stirn und fegte ein paar Kuchenkrümel von seiner Hose. Er sagte zu Mrs Swanley, das wäre sicherlich alles nur ein großes Missverständnis, aber er ginge nun besser nach Hause, um herauszufinden, was sie von ihm wollten.

Er war nicht gerade erfreut, als er erfuhr, dass ich den Bullen gesagt hatte, er sei in die Stadt gefahren. »WAS hast du gemacht?!«, motzte er mich an und packte meinen Arm so fest, dass es wehtat. »Annabelle, man hält die Vertreter des Gesetzes nicht zum Narren! Wenn sie wirklich von der Polizei waren, könntest du mich in ernste Schwierigkeiten bringen!« Also erzählte ich ihm, dass ich Angst hatte, sie würden ihn verhaften und ins Gefängnis stecken und ihm Kohlrüben zu essen geben. Und dann sagte er etwas Supergemeines. Ich weiß nicht, ob ich es hier überhaupt wiederholen möchte. »O Annabelle«, stöhnte er, »du dummes, dummes, *dummes kleines Mädchen.*« Ich war so sauer, dass ich einen Gartenzwerg in Mrs Swanleys Teich kickte. Dad wusste ganz genau, dass er etwas Falsches gesagt hatte. Als ich ins Haus stapfte, rief er hinter mir her: »Annabelle, warte! Es tut mir Leid! Annabelle?« Aber ich redete kein Wort mehr mit ihm. Bis vor etwa einer Stunde.

Das alles ist natürlich gestern schon passiert. Als er von Mrs Swanley zurückkehrte, lief er ewig lang im Wohnzimmer hin und her. Dann schnappte er sich das Telefon und rief die Polizei an. Ich hörte, wie er sagte: »Äh, ja ... war leider kurz einkaufen. Ähm, Polizeiwache? Morgen? Ja, natürlich. Darf ich fragen ...? *Diebstahl?* Was für Sachen? Also, ich weiß wirklich nicht, was das mit ... Was? Äh, ja. Morgen.« Dann knallte er den Hörer auf und ging in sein Arbeitszimmer. Und kam erst zum Abendessen wieder raus. Ich war dran mit Kochen. Es gab Zucchinilasagne mit Hundefutter und Paprika. Zumindest für einen von uns. Und er aß *jeden Krümel* auf.

Heute, während ich Woodhams »WÄHLEN SIE IHRE MAIL« las, verkündete er, er müsse weg. »Auf die Polizeiwache«, sagte er, »um diesen Kommissaren bei ihren ... Nachforschungen zu helfen.« Ich hatte ihm die ganze Zeit über den Rücken zugekehrt. Er streichelte meine Schulter und ging.

Während er unterwegs war, las ich deine Mail und schrieb meine erste Antwort »aus dem Gefängnis«. Ich schrieb sie so albern wie möglich, um nicht darüber nachdenken zu müssen, wie ein echtes Gefängnis aussah und was Dad wohl verbrochen haben könnte. Ich hatte wirklich Angst und weinte, während ich schrieb. Ich wollte, dass jemand kommt und mich festhält und mir ganz liebevoll sagt, dass ich sein kostbares kleines Mädchen bin und dass am Ende alles wieder gut wird. Ich sehnte mich nach einer Mary-Bär-Umarmung.

Und da hab ich dann auch wieder an Jane denken müssen und wurde richtig wütend. So wütend, dass ich begann, Unterhosen, Socken und anderes Zeug aus meinen Schubladen zu zerren und in meinem Zimmer herumzuschmeißen. Ich stiefelte gerade durch meine Strumpfhosen, als die Haustür zuschlug. Ich raste die Treppe hinunter. Dad war in der Küche. »Und?«, rief ich. Er riss die Kühlschranktür auf, zog den Ring von einer Dose Bier und begann, den Inhalt hinunterzuschlürfen. »Oh«, sagte er schlecht gelaunt. »Reden wir wieder miteinander?« Ich riss ein Stück von der Küchenrolle ab und putzte mir die Nase. »Was hast du angestellt?«, wollte ich wissen. »Muss ich jetzt in ein Heim, oder was?« (Um meine Frage zu betonen, stampfte ich noch mit dem Fuß auf.) Er seufzte und starrte aus dem Fenster. »Gar nichts hab ich angestellt«, murmelte er müde. »Sei doch nicht so melodramatisch.« Ich erinnerte ihn daran, dass er gerade bei der Polizei gewesen war. »Es hängt mit der Arbeit deiner Mutter zusammen«, sagte er. »MUM?«, rief ich. »Was hat *sie* denn damit zu tun?« Er rieb sich die Augenbrauen und sah ein bisschen besorgt aus. »Nichts«, sagte er. Aber daran, wie er die Zähne zusammenbiss, erkannte ich, dass er sich verplappert hatte und nun versuchte, mich abzuspeisen. Also sagte ich: »Hat es etwas mit dem Medaillon zu tun?« Er biss die Zähne noch fester zusammen und seufzte: »Annabelle, vergiss doch bitte einfach, dass du das Medaillon jemals gesehen hast.« Keine Chance. »Wo kam es denn her?«, fragte ich. »Ist doch völlig egal, wo es herkam!«, sagte er und wurde langsam wütend. »Versprich mir, dass du kein Wort mehr darüber verlierst.

Alles wird sich aufklären, wenn deine Mutter sich endlich mal wieder hier blicken lässt.«

Okay Daddy, dachte ich, wenn ich nicht über das Medaillon sprechen darf, dann sprechen wir eben über deine Freundin – und ich sagte: »Warum gefallen dir eigentlich nur Archäologinnen? Was ist denn so Besonderes an denen?« Er verzog das Gesicht. »Wovon quasselst du denn jetzt schon wieder?«

Ich nahm mir ein paar Trauben und begann, sie eine nach der andern nach ihm zu werfen. »Weiß Mum, dass deine Freundin mit ihr zusammenarbeitet?« Eine Traube traf ihn – plop – an der Nase. »Annabelle«, sagte er (ganz, ganz ruhig), »hör sofort auf damit, oder ich werde etwas mit dir machen, was ich vermutlich schon vor langer Zeit hätte tun sollen.« Ich warf noch eine Traube nach ihm (allerdings absichtlich daneben). »Annabelle!«, brüllte er. »Ich habe einen langen und anstrengenden Nachmittag hinter mir. Erklärst du mir bitte, was das jetzt soll?« – »JANE!«, brüllte ich zurück. »Dein Flittchen! Deine SCHLAMPE. Diejenige, die Karten an …«

Da stürmte er, mitten durch den Raum, auf mich zu. Himmel, Guy. Ich dachte wirklich, jetzt legt er mich übers Knie. Er zerquetschte die Dose in der Hand, dass das Bier fast bis an die Decke spritzte. »Hör sofort auf!«, schrie er. »Solche Worte werde ich in diesem Haus nicht dulden! Und schon gar nicht über deine Mutter!«

Irgendwo im Garten kläffte Ginger. »Ich habe nicht *Mum* gesagt, ich sagte *Jane*!«, rief ich. Da wirbelte er herum und verspritzte dabei überall Bier. »Du meine Güte, Kind, Jane *ist* doch deine Mutter!«

Ginger kläffte wieder. Die Trauben fielen mir aus der Hand. Meine Unterlippe vibrierte. »Und wer ist dann *Mum*?«, fragte ich. Er wischte sich müde mit der Hand über den Mund. »Setz dich«, sagte er. Ich sank wie ein Stein auf einen Stuhl. »Du bist schrecklich«, jammerte ich. »Guy sagte, hier würde etwas Seltsames vor sich gehen.« Dad nickte so heftig, als hätte er eine Sprungfeder im Hals. »Ich hätte mir ja gleich denken können, dass Master Woodham dahinter steckt.«

»Lass Guy in Ruhe!«, bellte ich – ebenso wie Ginger. Der kratzte währenddessen an der Tür. Dad und ich brüllten gleichzeitig: »Ruhe!« Ginger kläffte wieder. Dad beachtete ihn nicht weiter und beugte sich über den Tisch. »Annabelle, Jane war früher einmal der Spitzname deiner Mutter. In York nannte sie sich Mary Jane, damit man sie nicht mit Guys Mutter verwechselte. Der Name gefiel allen und blieb hängen, das ist alles. Ich habe dich damit auf der Rückfahrt vom Arzt nur ein bisschen aufziehen wollen. Mehr steckt nicht dahinter.«

Er streckte die Hand aus, um mir über das Haar zu streichen. Aber ich zog schnell meinen Kopf zurück. Mir drehte sich alles. »Ich habe aber noch nie gehört, dass du sie Jane genannt hast!« Mit einem gleichgültigen

Schulterzucken zog er seine Hand zurück. »Aus solchen Sachen wächst man eben mit der Zeit heraus. Nach dem College, als Guys Eltern und wir getrennte Wege gingen, war der Spitzname überflüssig geworden. Und wenn du's genau wissen willst: Irgendwann einmal behauptete jemand, ›Mary Jane‹ sei die Marke eines besonders altbackenen Schuhherstellers. Es gibt zwar eine Menge Worte, mit denen man deine Mutter beschreiben könnte, aber ›altbacken‹ gehört garantiert nicht dazu.« – »Ich hasse dich!«, schnauzte ich und wirbelte auf dem Stuhl herum. Dad hob den Finger und wollte mir eine Standpauke halten, aber da fing Ginger wieder an zu winseln und er ließ seinen Ärger stattdessen an ihm aus. »Dieser verflixte Köter«, grummelte er und spähte aus dem Fenster.

Und dann musste ich an Dinge denken, wie: Warum schickt Mary Jane auf der Karte fünf große, feuchte X an Tom? Ich hätte es vielleicht nicht sagen sollen, aber es rutschte mir heraus: »Was ist mit Guys Vater? Nennt er sie auch nicht mehr so?« Ginger kläffte und kläffte. Dads Augen verengten sich zu Schlitzen. »Was soll denn das nun wieder heißen? Was hat Tom denn mit der ganzen Sache zu tun?« Ich ging zum Waschbecken und wusch mein Gesicht. »Hast du ihn oft getroffen? Hat … Mum ihn öfter getroffen? Dad zuckte wieder die Schultern. »Wovon redest du? Was genau hat Guy denn gesagt?« – »Nichts«, antwortete ich. Ginger winselte, kratzte an der Tür und winselte wieder. »Oh, was *ist* bloß mit diesem

Hund los?«, meckerte Dad. Und endlich riss er die Tür auf. »O mein Gott«, keuchte er. Ich rannte zur Tür. Dort stand Ginger und wedelte mit dem Schwanz. Er senkte die Nase bis zum Boden … und liebkoste Jupiter.

Er lebt, aber er ist sehr schwach. Wir wissen noch nicht, ob er zum Eingang gekrochen kam, in der Hoffnung, dort eine Meerschweinchentür zu finden, oder ob Ginger ihn irgendwo gefunden und nach Hause gebracht hat. Damit war jedenfalls meine Unterhaltung mit Dad beendet. Ich weiß nicht, was ich sagen soll. Ich bin nicht sicher, ob ich dir das überhaupt erzählen dürfte. Guy, was machen sie nur? Was haben wir entdeckt? Ich weiß nicht, ob es mir gefällt. Bitte schreib schnell!

Annabestürzt
xxxxx

KEINE PANIK!

Liebe verrückte Annabelle,

ich wünschte, du hättest mir gleich gestern eine Mail geschickt. Ich HASSE die Vorstellung, dass du weinend und verängstigt allein zu Hause sitzt und dir all diese schlimmen Dinge über das Gefängnis ausmalst. Wäre ich da gewesen, hättest du eine dicke, fette Guy-der-Gorilla-Umarmung bekommen. Ich bin erst spät von der Schule nach Hause gekommen (Ausflug), aber ich hab sofort den Computer angeschaltet und konnte nicht fassen, dass du mir noch nichts Neues geschrieben hattest. Wir können online bleiben und uns den ganzen Abend Mails hin und her schicken, wenn du willst. Ich finde, es würde unseren beiden Dads recht geschehen, wenn wir ihnen eine riesige Telefonrechnung bescherten. Ich warte nur darauf, mir meine Gorillapfoten überzuziehen, sobald er nach Hause kommt.

Du hast ihm doch nicht *wirklich* Hundefutter zu essen gegeben? Welche Sorte?

Mark nennt mich übrigens Würgham, wenn wir uns streiten – was ziemlich häufig vorkommt. Ich nenne ihn Miefig, weil sein voller Name Mark Ian Findlay lautet. Aber es gibt wichtigere Dinge zu besprechen als Würghams und Hundefutter. Du musst ja Todesangst gehabt haben, als du dachtest, dein Vater könnte jeden Moment ins Gefängnis kommen. Aber »der Polizei bei ihren Nachforschungen helfen« heißt vermutlich genau das, oder? Ich kann einfach nicht glauben, dass deine Eltern etwas Kriminelles tun würden. Ich meine, dein Dad ist schließlich Dozent in Oxford. (Ich weiß nicht einmal genau, was das heißt. Aber es klingt sehr wichtig. Läuft er auch mit einem dieser Doktorhüte herum? Es muss wirklich schwierig sein, die auf dem Kopf zu behalten, besonders wenn es windig ist. Zu Hause trägt er ihn aber nicht, oder?) Aber mal ernsthaft. Wenn es mit dem Medaillon zusammenhängt, wette ich, dass es nur ein dummes Missverständnis war, das sich aufklärt, sobald deine Mum wieder zu Hause ist.

Apropos deine Mum – warum haben wir uns mit dieser Jane-Sache nur so doof angestellt? Jetzt scheint alles ganz klar zu sein. Ein bisschen gemein von deinem Dad, dich so aufzuziehen. Aber ich habe das, was du über den Streit mit deinem Dad geschrieben hast, mindestens dreimal gelesen und ich glaube, du übertreibst ein bisschen. Mit deiner Mum alias Jane und meinem Dad, meine ich. Sie waren doch alle miteinander befreundet, oder? Und Freunde können sich doch gegenseitig ein x schicken – ich meine, das tun wir doch auch. Es war sicher nur ein netter Versuch, wieder Kontakt zu ihm aufzunehmen. Dad hat ihnen bestimmt von Mums Tod erzählt. Er hat viele Abende damit verbracht, Leute anzurufen und ihnen zu schreiben, und ständig kamen diese Karten und Briefe. Es war schrecklich. Dieses ganze Mitgefühl. Vielleicht sind deine Eltern ja auch auf der Beerdigung gewesen. Dad musste sich sehr zusammenreißen und zu allen freundlich sein, aber ich konnte die ganze Zeit nur auf den Boden starren. Ich hätte nicht einmal gemerkt, wenn Frankensteins Monster da gewesen wäre.

Ein fröhlicheres Thema. Wir haben einen Ausflug ins Shakespeare-Theater nach Stratford-upon-Avon gemacht. Es war toll. Sie führten uns hinter den Kulissen herum, zeigten uns alle möglichen Kostüme und Requisiten, und schließlich nahmen wir an einem Workshop zu *Ein Wintermärchen* teil, zusammen mit richtigen Schauspielern. In der Mittagspause gingen ein paar von uns hinunter zum Kanalbecken, um die Schleusentore zu beobachten. Im Becken schwammen viele dieser schmalen Boote, auf einem davon gibt es sogar ein Café. Während wir zusahen, wie eine Gruppe von Leuten sich gegen die Tore stemmte, um ihr Boot auf den Fluss hinauszutreiben, überfiel mich plötzlich ein seltsames Gefühl. Ich schaute auf die Schleuse und über die Wiese hinweg bis zu dem Theater dahinter und plötzlich erinnerte ich mich an ein Foto in Mums Album – von genau diesem Ort. Kaum war ich wieder zu Hause, schaute ich nach. Das Bild zeigt tatsächlich denselben Ort. Auf dem Foto stehen Mum und Dad an den Schleusentoren. Meine Mum ist schwanger, hochschwanger, so dass zu Hause schon ihre Krankenhaustasche bereitgestanden haben musste. Für MEINE Geburt! Mein Dad hat den Arm um sie gelegt und sie sahen beide richtig glücklich aus. Als ich das Foto sah, wurde mir ganz komisch zumute. Das klingt jetzt wahrscheinlich verrückt, aber ich hatte gleich das Gefühl, dass ich … – na ja, ich wusste nicht, dass ich schon mal in Stratford gewesen bin, aber da war ich, auf diesem Bild, auch wenn ich da noch nicht geboren war.

Schön, dass der gute, alte Jupiter wieder aufgetaucht ist. Ich hoffe, er hat inzwischen alles gut überstanden, was auch immer mit ihm passiert sein mag.

Morgen werde ich erst spät nach Hause kommen wegen meines Rugby-Trainings (du wusstest bestimmt nicht, dass ich auch Rugby spiele wie dein Vater?). Bitte mail mir noch heute Abend! Und BITTE sag mir das nächste Mal, wenn du allein bist und Angst hast. Ich würde es gerne wissen.

Guy xxx

DIE GESCHICHTE VERDICHTET SICH WIEDER

Liebe Annabelle,

O.k., hier kommen Neuigkeiten. Es ist spät, aber ich muss dir einfach davon erzählen.

Erstens, Manchester. Als ich Dad fragte, wie es lief, sagte er: »Ach, so lala.« Ich spähte mit Adleraugen nach irgendwelchen Anzeichen von Schuldgefühlen – einem ausweichenden Blick o.Ä. »Wie stehen die Dinge in eurem Büro in Manchester?«, fragte ich, offenbar beiläufig.

Rate mal, was er sagte!

»Wir haben kein Büro in Manchester.« Also sagte ich anklagend: »Aber du hast mir doch erzählt, dass du dort hinfährst!« Ich meine, konnte er nicht einmal eine Lüge erfinden und dann dabei bleiben? »Nein, du Griesgram, das war das Büro unseres Klienten in Manchester.« Und er erzählte mir eine überzeugend klingende Geschichte, nach der sie ein neues Buchhaltungssystem eingeführt hätten und nun jemanden bräuchten, der damit umgehen konnte. Ich bekam das Gefühl, zuvor alles falsch verstanden zu haben. Also hielt ich mich ein bisschen zurück. Und gerade eben, auf dem Weg ins Bett (Dad ist nach einer höllischen Autofahrt auf dem Sofa eingeschlafen), überprüfte ich seine Mails. Er hatte schon eine von Sharon gelesen und gelöscht. Dabei hat sich herausgestellt, dass ich in der Beziehung wohl auch falsch lag, zumindest teilweise. Sharon hatte Mum und Dad vor Jahren kennen gelernt, und jetzt dachten sie einfach, es wäre nett, sich mal zu treffen. Ich werde dir nicht ihre ganze Mail schicken, aber ich habe ein paar Stellen herauskopiert. Das hat sie geschrieben:

>Mir hat unser Essen wirklich Spaß gemacht, aber ich kann trotzdem nicht die Kummertante für dich spielen. Wenn du psychologische Beratung brauchst, solltest du lieber zu einem Spezialisten gehen.<

Dann redet sie ein bisschen davon, wie schlecht es ihr ging, als ihr Vater letztes Jahr starb. Und dann:

>Fandest du es nicht auch seltsam, jemanden persönlich zu treffen, mit dem man vorher nur per E-Mail kommuniziert hat? Ehrlich gesagt, ich glaube, wir haben beide die Möglichkeit einer Enttäuschung unterschätzt. Das Problem bei den E-Mails ist, dass man sich darin selbst zu einer anderen Person machen kann – und ich glaube, unter normalen Umständen ist genau das das Reizvolle an der Sache. Aber bei uns waren die Umstände nicht unbedingt normal, oder? Es tut mir Leid, dass es nicht funktioniert hat, Tom, aber danke, dass du es versucht hast.<

Und dann schreibt sie noch, dass sie Mum nie vergessen wird und wie furchtbar doch alles ist.

Wenn Dad jemals herausfindet, dass ich das gelesen und sogar an dich weitergeschickt habe, bringt er mich um. Er wird mich zerhacken, kochen und aufessen. Also *bitte* lösche das – auch aus deinem Gedächtnis, nur für den Fall, dass man dich irgendwann mal hypnotisieren sollte!

Zweitens, zu dem Stratford-Foto, von dem ich dir erzählt habe. Als Dad total erschöpft hier ankam, hielt ich ihm das Foto unter die Nase und erzählte ihm, dass ich gerade dort gewesen wäre. Dann kam mir die Idee zu fragen, wer das Bild geknipst hatte.

RATE!

»Franklin«, sagte er. »Annabelles Vater. Wir sind alle drei zusammen nach Stratford gefahren.« Also fragte ich: »War Annabelles Mum nicht mit dabei?« Er machte »hmm« und »ööh« und sagte: »Offensichtlich nicht, sonst wäre sie ja mit auf dem Bild gewesen, oder? Ich weiß aber nicht mehr, warum sie nicht mitkam.« Dann fragte ich ihn, wieder ganz beiläufig (darin bin ich mittlerweile ziemlich gut): »Wie lange ist es denn her, seit du sie das letzte Mal gesehen hast, Franklin und Jane?« Er blickte ein bisschen verlegen drein. »Wir haben irgendwann den Kontakt verloren«, erklärte er. Also sagte ich: »Waren sie bei der Beerdigung?« Er warf mir einen schmerzverzerrten Blick zu, weil ich das B-Wort benutzt hatte. Dann sagte er: »Jane war da«, und es klang, als könne er die Worte kaum herausbringen.

Aber ich gab nicht nach. Ich sagte: »Was, ganz allein? Warum ist Franklin nicht mitgekommen, wenn ihr alle so gut befreundet wart?« Dad presste nur die Lippen zusammen und schüttelte den Kopf. Ich wartete, aber es kam nichts weiter. Also fragte ich: »Was ist denn seit York passiert? Habt ihr euch gestritten oder so?« Da sagte er: »Nicht wirklich. Und wenn es dir nichts ausmacht, Guy – ich hatte einen sehr langen Tag und würde mich jetzt gern einfach vor den Fernseher knallen.«

Ich wusste, dass er mich eigentlich nur zum Schweigen bringen wollte, aber ich ließ ihn sich *vor den Fernseher knallen* und brachte ihm die Nudeln, die ich gekocht hatte (kein Hundefutter – aber wenn wir einen Hund hätten, hätte ich ihm das vorgesetzt). Dann gab ich ihm GANZ, GANZ beiläufig die ägyptische Postkarte und sagte: »Ach übrigens, die hier ist für dich gekommen.«

Als er sie anschaute, wirkte er plötzlich sehr angespannt. »Ich nehme an, du hast sie gelesen?«, sagte er. Ich sagte, es sei ziemlich schwierig, eine Postkarte NICHT zu lesen, und schließlich sei es ja nicht so, als würde man fremde Briefe öffnen. Dann sagte ich: »Scheint, als würde wenigstens Jane die Freundschaft zu dir gerne aufrechterhalten. Wirst du dich mit ihr treffen? Und wann?« Er grunzte nur und tat so, als wäre er völlig in die Sphinx mit dem Widderkopf vertieft.

Ist das jetzt ein Fortschritt oder eine Sackgasse? Schau doch mal, was dein Vater über Stratford-upon-Avon zu sagen hat.

Übrigens, ich habe die Geschichte mit der Caverner Road und den Pfannkuchen nicht vergessen. Ich fand nur, dass heute Abend nicht unbedingt der richtige Zeitpunkt dafür war.

Immer noch keine E-Mail von dir. Alles in Ordnung?

Dein Detektiv spielender Partner Guy

ICH WEISS, ES IST SCHON SPÄT, ABER …

Liebe Annabelle,

ich habe vergessen, dir von Jess und mir heute zu erzählen. Nein, das ist nicht wahr. Ich habe es nicht vergessen. Ich wollte es dir eigentlich nicht erzählen. Aber jetzt mach ich es doch, weil es spät ist und ich nicht schlafen kann.

Ich war mit Jess am Kanal, um die Boote anzuschauen. Vorhin hab ich dir erzählt, wir wären eine ganze Gruppe gewesen, und das stimmt auch. Aber dann sind Jess und ich irgendwie von den anderen weggeschlendert. Es ging nicht von mir aus, es war wie bei diesen Gehorsamkeitsprüfungen für Hütehunde, in deren Vorfeld ein paar Schafe von der Herde getrennt werden.

Jess sagte: »Ich vermute, du hast schon mitgekriegt, dass Mark und ich nicht mehr miteinander gehen?«

»Wie? Ach ja«, sagte ich. In Wirklichkeit hatte ich davon natürlich keine Ahnung, aber ich tat so, als wäre das keine große Sache – obwohl ich natürlich superneugierig war und nur zu gerne wissen wollte, wer Schluss gemacht hatte und warum. Aber das kann ich auch Mark fragen. »Hast du gerade eine Freundin?«, fragte sie und ich sagte Nein. »Oh«, sagte sie. »Also Mark sagt, du hättest eine neue Freundin.« – »Tatsächlich?«, sagte ich, um Zeit zu gewinnen. »Ja«, sagte sie. »Jemand, mit dem du dich per E-Mail unterhältst.«

Um ganz ehrlich zu sein, Annabelle, das Erste, was mir durch den Kopf schoss, war: »Annabelle ist nicht meine Freundin. Wir sind nur *befreundet.*« Aber das sagte ich nicht. Stattdessen sagte ich: »Das stimmt. Annabelle. Sie ist toll.« (Und ich sagte noch ein paar Sachen, die ich dir aber nicht erzähle, weil du sonst am Ende eingebildet wirst.)

Da wurde Jess richtig böse. Nicht direkt wegen dir, aber wegen der E-Mails. Sie sagte: »Das ist doch verrückt. Wie kannst du jemanden gern haben, mit dem du noch nicht einmal richtig geredet hast? Jemanden, den du noch nicht einmal *gesehen* hast.« Und ich sagte zu ihr: »Ich weiß es nicht. Es ist eben so. Mehr kann ich dazu nicht sagen.«

Ich hoffe, es stört dich nicht, und ich werde es sicherlich bereuen, diese Mail abgeschickt zu haben, sobald ich auf den SEND-Button klicke, aber da geht sie –

ROCKET HAUT AB

Lieber Knuddel,

letzte Nacht hatte ich einen seltsamen Traum:

Es begann mit meinem Vater, der einen völlig aufgedonnerten Leopardenanzug trug. Er hing mit der einen Hand an Mrs Swanleys Spalier und hämmerte sich mit der anderen Hand gegen die Brust. Dabei kreischte er wie ein Schimpanse. Plötzlich kam Mrs Swanley mit ei-

nem Eimer aus dem Haus. Ich dachte, sie würde ihn mit Wasser überschütten (das hätte *ich* nämlich getan), aber nein. Sie stellte sich den Eimer auf den Kopf, breitete ihre Arme weit aus und schrie: »Franklin, ich bin dein!« Mein Dad grunzte zurück: »Ich Tarzan, du Jane!« Und Mrs Swanley kreischte: »Nein! Ich bin Eleanor! Aber Franklin, mein Lieber, es ist mir *völlig* egal!« Das sagt Mum manchmal, wenn sie mit Dad streitet, aber ich habe noch nie herausgefunden, warum.

Und dann war da noch Mum in dem Traum. Sie kam aus einem Sandsturm heraus auf mich zugelaufen und hielt etwas in ihren Armen. Ich war mir ganz *sicher*, dass es ein Baby war, ein dunkelhaariger Junge. Ich spürte ein seltsames Kribbeln. Doch je näher sie kam, desto kleiner wurde das Baby, bis es überhaupt kein Baby mehr war, sondern das Medaillon. Mum öffnete es. Darin waren zwei Bilder, aber ich konnte nicht erkennen, wer darauf war. Dann sah ich unsere zweiten Vornamen: Alexander und Hermione. »Aber Mum«, fragte ich, »was soll das bedeuten?« Sie winkte mir zu und dann verschwand sie in der Ferne. »Mum!«, rief ich ihr hinterher. »Mum, komm zurück!« Aber sie war schon verblasst und etwas anderes erhob sich aus dem Sand. Es lag auf dem Bauch und blickte stolz über die Wüste. Ich dachte zuerst, es sei die Sphinx, aber als ich genauer hinsah, erkannte ich, dass es nicht die Sphinx war … sondern Whitey.

Eine sandige Träne rollte meine Wange hinunter und tropfte auf Whiteys Pfote. Er drehte seinen steinernen Kopf, neigte ihn etwas und leckte sich die Pfote. Seine Augen waren aus leuchtenden Juwelen und ein Sandsturm pfiff aus seinem Mund. Dann *dachte* ich, ich würde aufwachen, weil ich meine Augen öffnete – ich bin ganz sicher, dass ich sie aufschlug – und sah, wie der kleine Rocket auf mir saß. Er miaute leise, drehte sich dann um und sprang als undeutliche silbergraue Silhouette von mir herunter. Ich konnte noch beobachten, wie sein Schwanz durch die Tür witschte. Es war, als wolle er mir bedeuten, ihm irgendwohin zu folgen – und dann wachte ich auf und entdeckte ein einzelnes weißes Schnurrhaar auf meiner Decke.

Aber keinen Rocket.

Heute Morgen war er nirgends aufzufinden. Guy, ich mache mir wirklich Sorgen. Er ist zwar schon zweimal verschwunden, aber wenn ich dann im Haus herumgehe und mit dem Dosenöffner klappere, ertönt normalerweise sofort ein schwaches Kratzen im Kleiderschrank oder so. Dad fühlt sich schuldig. Er glaubt – ha, *glaubt* –, Rocket könnte »hinausgeschlüpft« sein, als er gestern Abend das Auto in die Garage fuhr. Also habe ich Dad losgeschickt, um die Straßen zu durchkämmen. Ich wäre ja selbst mitgegangen, aber ich glaube nicht, dass ich es ertragen könnte, wenn wir Rockets leblosen kleinen Körper in einer Blutlache im Rinnstein finden würden. Dad hat angeordnet, ich solle »etwas Nützliches« tun, während die Suche läuft. »Schreib Guy eine Mail«, sagte er. Hmpf. Das ist seit Tagen der erste vernünftige Satz aus seinem Mund. Hier bin ich also. Bitte halte deine digitale Schulter bereit. Es können jeden Moment schlechte Nachrichten eintreffen. Vielleicht muss ich dich bitten, deinen Schwur zu halten und mir zu mailen oder mich ANZURUFEN (hast du meine Nummer verloren? Sie ist 01865/11207), wenn ich das nächste Mal traurig oder einsam bin.

Ich drücke jetzt auf *Versenden* …

SHAKESPEARE UND DER WEIHNACHTSMANN

Hi, hier bin ich wieder und tippe, während sie den See auspumpen. Ja, ich weiß. Das ist natürlich völlig übertrieben. Ich versuche ja nur, tapfer zu sein. Es wäre schrecklich, jetzt, wo Jupiter wieder da ist und schon wieder leichte Übungen auf seinem Laufrad macht, mein wunderschönes Kätzchen zu verlieren. Ich könnte es nicht ertragen.

Tippen, muss immer weiter tippen.

Heute Morgen beim Frühstück fragte ich den alten Miesepeter nach deinem Stratford-Foto. Daraufhin wurde er nur noch miesepetriger und sagte: »Annabelle, du kannst nicht von mir erwarten, dass ich mich an Dinge erinnere, die fünfzehn Jahre zurückliegen. Das nächste

Mal wirst du mich noch fragen, welches Stück wir uns angeschaut haben! Und ich habe auch keine Ahnung, warum ›Jane‹ nicht dabei war. Sie hat wohl an diesem Tag irgendwelche Höhlen erforscht oder so. Sie ist eben eine sehr unabhängige Frau, deine Mutter.« Also sagte ich: »Und darum ist sie auch ohne dich zur Beerdigung von Guys Mutter gegangen, oder was?« Er stach mit seiner Gabel in ein Stück Speck und begann, wie verrückt mit seinem Messer daran herumzusägen. »Ich weiß nicht, *worauf* du mit deinen lächerlichen Fragen hinauswillst, aber ich wünschte wirklich, du würdest das Thema wechseln.« Das tat ich dann auch. Ich sagte: »Hast du deinen Doktorhut auch schon mal im Bett getragen, *Daddy*?«, und rannte davon, bevor er zu irgendwelchen Gemeinheiten ausholen konnte.

In den letzten paar Tagen hat er sich wirklich seltsam benommen. In diesem Haus geht definitiv etwas Merkwürdiges vor sich. Gestern Nachmittag kam ich früher von der Schule, weil das Basketballtraining ausgefallen war – und ertappte ihn im Esszimmer mit dem Kopf im Kamin. Ehrlich. Kein Witz! Unsere Kamine sind uralt und der im Esszimmer ist mit Brettern zugenagelt. Dad hatte das Holz weggerissen und stöberte in diesem Rauchfangding herum. ÜBERALL lag Ruß. Ginger spazierte herein und bekam Ruß an die Pfoten. Damit patschte er dann über den ganzen Esszimmerteppich. Mum dreht durch, wenn sie das sieht.

Jedenfalls fragte ich ihn: »Dad, was machst du da? Ich weiß, dass du es bist, der an Weihnachten die Geschenke bringt. Das habe ich schon mit sechs Jahren herausgefunden. Wieso willst du also jetzt noch den Weihnachtsmann spielen?« Er zog den Kopf aus dem Kamin und knallte dabei gegen die Ziegel. Eine weitere Ladung Ruß fiel auf den Feuerrost. »Was machst du denn schon so früh zu Hause?«, bellte er. Ich verschränkte die Arme, schob die Hüfte vor und warf ihm meinen besten Mädchenpower-BLICK zu (er hasst diese Pose). »Ich dachte, ich hätte eine Taube herumflattern hören«, sagte er.

Na klar, ganz bestimmt, Dad! Ich fragte also geradeheraus: »Ist das dein Geheimversteck?« Ha. Er mochte vielleicht so aussehen, als sei er eben von der Arbeit im Bergwerk zurückgekehrt, aber seine Wangen waren feuerrot. »Nicht ich –«, fing er an und tippte sich mit dem Finger gegen seine Brust (wobei er den Ruß über sein ganzes Hemd verteilte). Dann überlegte er es sich aber anders und meckerte: »Hast du keine *Hausaufgaben* zu erledigen?« Er verzog das Gesicht und warf ein Ziegelstück in den Kamin. Und wieder kam ein Haufen Ruß heruntergerieselt.

Dad ist übergeschnappt. Es gibt keine andere Erklärung. Er hat eine derart MIESE Laune. Und dann beschuldigt er *mich*, gereizt zu sein! Bevor er losging, um nach Rocket zu suchen, klingelte das Telefon. Ich raste ins Wohnzimmer und musste feststellen, dass er schneller gewesen war. Er grunzte irgendwas und legte dann den Hörer auf. »Wer war das?«, fragte ich. »Verwählt«, murmelte er und spähte durch einen Gardinenspalt. Das tut er ziemlich oft, seitdem die Polizei bei uns war. Außerdem notiert er sich die Nummern geparkter Autos. Ich glaube, er denkt, dass man uns beobachtet. Ich sagte: »Bist du sicher, dass sich jemand verwählt hat? Ich erwarte einen Anruf von Guy.«

Da ist er in die Luft gegangen.

»Ich werd wohl noch meine eigene Telefonnummer kennen!«, schnauzte er. »Und wenn du meinst, du könntest mit Dauergesprächen nach Herefordshire unsere Telefonrechnung in die Höhe treiben, Mädchen, dann hast du dich getäuscht. – Warum sollte dich Guy Woodham überhaupt anrufen?« Ich sagte, das ginge ihn nichts an. Aber dann platzte ich dummerweise heraus: »Ich frage dich ja schließlich auch nicht nach deinen Freundinnen, oder?« Seine Augenbrauen verknoteten sich und er warf mir einen finsteren Blick zu. Ich dachte schon, er würde jetzt von Mrs Swanley oder der Frau aus der Bäckerei anfangen, aber stattdessen sagte er: »Willst du mir damit etwa sagen, dass du und Guy …?« Er beendete den Satz nicht, stattdessen lachte er schnaubend. Ich schnappte mir ein Kissen und drückte es an meine Brust. »Na und?«, schmollte ich. »Was wäre, wenn wir …?« Er rieb sich mit der Hand den Hals. »Nein«, lachte er. »Das ist nicht möglich. Nicht nach …«

»Nicht nach was?«, wollte ich wissen. Aber da wurde er wieder sauer und sagte, wenn ich wollte, dass er »diese Katze« fände, dann sollte ich ihm lieber aus dem Weg gehen. »Guy ist mein Freund, da hast du's«, sagte ich. »Ich möchte, dass du mich zu ihm fährst, damit ich ihn besuchen kann.« Daraufhin warf er mir einen abwesenden, schmerzerfüllten Blick zu – als würde er sich so fühlen wie du in Stratford und meilenweit in die Vergangenheit zurückschauen. »Ich werde erst mal hinten im Garten nach ihm suchen«, sagte er, schob mich beiseite und das war's dann.

Ich hasse ihn. Er verdient es, für den Rest seines Lebens Hundefutter zu essen. Und ich hab es wirklich in seine Lasagne getan: hochwertige Hühnchenfleischstücke in Markknochengelee. Das Hackfleisch mit Parmesan bekam Ginger.

Es ist alles so schrecklich. Elf Uhr zwanzig am Vormittag. Wo ist Rocket nur? Und wo Dad? Ich werde das hier jetzt abschicken. Wenn du den Piep hörst, maile mir bitte sofort zurück und tröste mich. Ich werde gerade ein bisschen schniefig. Hier kommt die Mail …

Tupf, tupf. Das war ich mit meinen Taschentüchern. Ich nehme an, du bist nicht zu Hause, also werde ich einfach weiterplappern, wenn es dir nichts ausmacht.

Ich weiß, ich hätte Dad nicht sagen sollen, dass du mein Freund bist, aber nach dem, was du gestern Abend geschrieben hast, konnte ich nicht anders. Es ist mir einfach so rausgerutscht. Tut mir Leid.

NEIN! Blödsinn. Es tut mir NICHT Leid! Ich möchte deine Freundin sein. So. Jetzt hab ich's gesagt. Natürlich macht es mir nichts aus, wenn du Jess erzählst, wie toll ich bin. Vielleicht gibt sie dann ihre Versuche auf, wieder mit dir zusammenzukommen. Warum kann sie nicht einfach die Finger von dir lassen! Sie findet es wohl völlig in Ordnung, neben dir herzulaufen, dich an den Schleusentoren mit einer Butterblume unterm Kinn zu kitzeln und dir zu sagen, du wärst verrückt, jemanden zu mögen, den du noch nie gesehen hast. Soll sie doch ihre Klappe halten! Die ganzen Jesses und Sharons und Dads sollen einfach ihre Klappe halten! Ich habe die Schnauze voll von Leuten, die uns ständig Vorträge darüber halten, dass wir keine echten Gefühle füreinander haben könnten, weil wir uns noch nie begegnet seien! Wir *sind* uns doch schon begegnet. Wir reden fast jeden zweiten Tag miteinander, oder? Mir ist echt egal, was Sharon sagt. Ich weiß, dass man in einer E-Mail ganz leicht so tun kann, als sei man jemand anderes. Aber bei uns ist das nicht so, sonst hätte ich dir ja wohl kaum Sachen erzählt, die ich dir gar nicht hätte erzählen müssen! Zum Beispiel, dass ich Jess und Jane verwechselt habe. Und warum hättest du mir dann von Jess am Kanal geschrieben? Wir machen das, weil wir ehrlich zueinander sind, oder nicht? Es mag zwar gewisse Dinge geben, von denen ich dir nichts erzählt habe, aber das auch nur, weil du mich nie danach gefragt hast. Falls du dich jetzt fragst, was das gewesen sein könnte, hier zwei Beispiele …

1. Ich habe Laura Blackman mittlerweile von dir erzählt. Schließlich ist sie meine allerbeste Freundin auf der Welt. Ich habe ihr zwar nicht deine Briefe gezeigt, aber ich erzähle ihr, was du mir schreibst. Dein Bild hat sie auch gesehen. Sie ist ja sooooo eifersüchtig. Sie findet dich wirklich supersüß und redet die ganze Zeit davon, dass ich dich anrufen und mich mit dir verabreden soll. Ich sage ihr dann immer, dass sie blöd ist, weil du ziemlich weit weg wohnst und dass sowieso du den ersten Schritt tun musst. Laura meint, wenn sie einen so yntzückenden Typ (unser neues Lieblingswort!) wie dich an der Angel hätte, würde sie nicht herumtrödeln, bis »jemand anders« sich dich krallt. Sie sagt, ich soll dich auf jeden Fall anrufen, wenn Jess sich noch mal an dich heranpirscht. Das war vor deinem Brief letzte Nacht. Ich schaue ständig auf das Telefon und frage mich …

2. Das ist ein bisschen schwieriger zu schreiben. Bitte hasse mich jetzt nicht. Es war nicht meine Schuld. Ich

weiß, ich hätte dir schon damals davon erzählen sollen, aber ... Es geht um mich und einen anderen Jungen.

Als unser Server damals abgestürzt ist, stapfte ich extrem mies gelaunt in der Schule herum, und dieser Junge, Steven Inkler, wollte wissen, warum ich ständig gegen den Tisch im Computerraum träte. Niemand redet mit Stinkler, weil er so ein verklemmter Streber ist. Er kommt immer in Sandalen zur Schule, und wenn er sich mit einem Hamburger auf dem Kopf in die Sonne stellen würde, wäre der auf seinen fettigen Haaren sicher schneller gar als ein Spiegelei. Na ja, jedenfalls schimpfte ich ein bisschen über unseren abgestürzten Server und jammerte, dass ich ganz dringend eine Mail an meinen allerbesten Freund auf der Welt schreiben müsste. Da sagte er: »Warum tippst du deine Nachricht nicht mit dem Textverarbeitungsprogramm und importierst sie dann von einer Diskette, wenn euer Server wieder funktioniert?« Ich machte »pah« und warf mir mit einer schwungvollen Kopfbewegung das Haar aus den Augen. Stinkler grinste. »Weißt wohl nicht, wie das geht, hm?«, schleimte er. Ich sagte ihm, dass sein Atem schlimmer stinken würde als unser Mülleimer, aber er grinste nur und fragte: »Soll ich es dir zeigen?«

Aargh! Zitteriooh! Es war schrecklich, Stinklers Gnade ausgeliefert zu sein. Aber ich musste es tun. Ich war verzweifelt. Also knallte ich mich vor einen Computer und sagte: »O.k., du stinkendes Hundemaul, auf welchen Knopf muss ich drücken?« Er hielt seinen Mund an mein

Ohr und flüsterte: »O-oh, nicht bevor du mir etwas versprochen hast.« – »WAS DENN?«, schnauzte ich. Und er grinste wieder.

Guy, ich werde dir nicht erzählen, was ich ihn tun lassen musste, weil es bedeutungslos war und NIE, NIE wieder passieren wird. Ich hätte auch nie zugestimmt, wenn ich nicht so verzweifelt gewesen wäre. Und falls Tracey Scudding dir jemals erzählen sollte, dass es mir gefallen hätte, ist sie eine verlogene HEXE, klar? Das Schlimmste an der Geschichte aber war, dass der Server, als ich nach Hause kam, immer noch nicht ging und Dad sagte: »Ach, Annabelle, wenn du so verzweifelt bist, dann schreib deine E-Mail doch einfach mit unserem Textverarbeitungsprogramm und ich zeige dir später, wie man es importiert ...« AAAAAH! Dad wusste die ganze Zeit, wie es geht. Ich hätte Stinkler einfach zum Teufel jagen können und müsste jetzt nicht tagelang meinen Kragen hochschlagen ... Warte, das Telefon klingelt.

Es war Mrs Swanley, nicht du. Muss jetzt los. Sie rief aus ihrem Garten an, über ihr schnurloses Telefon, um zu sagen, dass irgendetwas in unserem Gartenhäuschen Geräusche von sich gibt. Hoffentlich ist es Rocket. Werde dich auf dem Laufenden halten.

A
xxx

PS: Die Geschichte von Wilfred Owen ist sehr traurig. Ich habe Ms Spence davon erzählt und sie war ganz hingerissen. Sie freute sich, dass ich »nach Hintergrundinformationen gesucht hätte«, und versprach, mir ein Buch darüber zu besorgen. Super.

PPS: Wenn du wirklich möchtest, dass ich deine Freundin bin, brauche ich eine vollständige Liste deiner widerlichen Angewohnheiten.

MM

Guy! Oh, Hilfe! Ich komme gerade vom Gartenhäuschen zurück. Du musst mich heute Nachmittag zwischen zwei und sechs anrufen. Da ist Dad beim Rugby. Wir müssen reden. Dringend. Ehrlich, das ist KEIN Witz! Ich habe gerade Rocket gefunden. Er war tatsächlich im Gartenhäuschen. Aber da war auch noch etwas anderes. Es lag, zusammen mit einigen Gartenbüchern, auf einem Regal. Ich hab es nur entdeckt, weil Rocket sich in ein paar alten grünen Netzen verfangen hatte und ich mir bei dem Versuch, ihn zu befreien, an dem Regal fast die Nase angeschlagen hätte. Es ist ein Buch mit Gedichten von Wilfred Owen. Erst hab ich mich gefreut, weil wir, wie du ja weißt, Owen gerade in der Schule durchnehmen – aber dann hab ich es geöffnet.

Und jetzt halt dich gut fest, Guy. Darin stand folgende Widmung:

Alles Gute zum Geburtstag, mein liebster Franklin!
In ewiger Liebe
Mary Mary x

Mary Mary, nicht Mary Jane. Guy, wenn du jetzt dasselbe denkst wie ich, solltest du mich besser anrufen.

Hilfe!
A

LIEBE ANNABELLE,

hab ich das richtig verstanden? Du glaubst, dass die Widmung in dem Buch bedeutet, dass meine Mum deinen Dad liebte? Oder dass sie eine Affäre mit ihm hatte, nachdem sie MEINEN Dad geheiratet hatte?

Nein, du irrst dich. Das kann nicht sein. Schließlich redest du hier von meiner Mum. Nicht von irgendeiner Figur in einer Seifenoper.

Warum fragst du nicht Franklin danach? Denk dran, er ist nicht mal zu ihrer Beerdigung gekommen. So viel hat sie ihm bedeutet!

Guy

PS: Ich hoffe, Rocket taucht wieder auf.

UNGLÜCKLICH & ÄNGSTLICH

Guy,

sei nicht so gemein zu mir. Und eingeschnappt brauchst du jetzt auch nicht sein. Ich hab dir nur erzählt, was ich gefunden habe. Ich hab nie gesagt, dass deine Mum meinen Dad geliebt hat oder was in der Art. Und es ist nicht fair, mir zu raten, meinen Dad danach zu fragen. Davor fürchte ich mich. Ich hab keine Ahnung, wie er reagieren würde. Ich weiß, dass du mir nicht glaubst oder glauben willst, deshalb habe ich das, was MM geschrieben hat, eingescannt und schicke es dir als Anhang mit. Dann kannst du es selbst sehen.

Und ich hab dir doch *geschrieben*, dass Rocket im Gartenhäuschen war und sich in irgendwelchen Netzen verheddert hatte. Bist du jetzt so wütend auf mich, dass du dir nicht mal mehr die Mühe machst, meine Briefe richtig zu lesen, und dich nicht mehr daran erinnerst, wie aufgeregt ich wegen meines Kätzchens war?

Annabelle

PS: Ich nehme immer mal wieder den Hörer ab und bekomme jedes Mal das *Freizeichen* …

FRIEDENSSCHREIBEN

Liebe Annaböse,

du hast Recht. Bitte entschuldige. Ich wollte nicht schrecklich oder eingeschnappt sein und ich habe deinen Brief schon richtig gelesen. Ich war nur so verwirrt und konnte nicht klar denken – das ist alles. Wegen dem, was in dem Buch stand. Es tut mir Leid, dass du jetzt unglücklich und verängstigt bist, besonders wenn es meine Schuld ist. Ich gebe dir jedenfalls keine Schuld dafür, dass du mir von deinem Fund erzählt hast.

Meine Mum und dein Dad. Wo du doch immer gedacht hast, es wären MEIN Dad und DEINE Mum. Ich habe dir ja gesagt, du darfst das alles nicht so eng sehen, stimmt's? Aber das kann ich diesmal nicht so einfach sagen. Es war ein ganz komisches Gefühl, diese Widmung in ihrer Handschrift zu sehen. Ich meine, das ist meine Mum, die etwas an deinen Dad schreibt. Sie muss noch ein Leben gehabt haben, von dem ich nichts wusste.

Sie liebte ihn.

Was ist da passiert?

Und wie lange?

WAS ist passiert?

Warum kamen sie dann beide mit einem anderen zusammen? Oder passierte das, NACHDEM sie beide jemand anderen geheiratet hatten? Ich würde sie zu gerne fragen! Ich will es wissen!

Ich habe in Bergsteigerbüchern von Leuten gelesen, die über Gletscherspalten liefen. Man denkt, man läuft über Schnee, der auf festem Felsgestein liegt. Aber das täuscht. Plötzlich gibt die Schneedecke unter einem nach und man stürzt durch die Spalte in den Abgrund. Jetzt weiß ich, wie sich das anfühlen muss.

Weil ich sie nicht mehr danach fragen kann, musst du IHN fragen. Franklin. Franklinstein. Dr. King. Er ist der einzige Mensch, der es uns sagen kann. Er hat sie doch auch geliebt, oder? Ich habe deine ganzen Mails noch mal gelesen und gesehen, dass alles zusammenpasst. Die Sachen, die er gesagt hat. Die Sachen, die er NICHT gesagt hat. Annabelle, ich glaube, wir sind dabei, etwas herauszufinden, das wir besser gar nicht wissen sollten.

Aber jetzt können wir nicht mehr aufhören, nicht wahr?

Die letzte Nacht war wirklich seltsam. Ich konnte nicht schlafen, weil ich dauernd über meine Mum und deinen Dad nachdenken musste. Und dann begann ich im Halbschlaf von deinem Traum zu träumen, von dem Medaillon mit unseren Namen darin. Es schien, als würde es jemand vor meinen Augen hin und her pendeln lassen und versuchen, mich zu hypnotisieren. Alexander und Hermione. Und dann war ich plötzlich wieder hellwach. Ich dachte an die drei, wie sie zusammen ins Theater gegangen sind. Dein Dad, meine Mum und mein Dad. Meine Mutter im neunten Monat schwanger. Eine schwangere Frau, zwei Männer. Genau wie in dem Stück *Ein Wintermärchen*. Bei dem Workshop spielten sie uns genau diese Szene vor, wo Hermiones Mann so rasend eifersüchtig wird. Dein Dad, meine Mum, mein Dad. Ich habe dir ja erzählt, dass mein Dad auf deinen Dad eifersüchtig ist – und das ist der Grund!

Er *wusste* es.

Ich bin wirklich froh, dass du Rocket und Jupiter nun wieder hast. Entschuldige, dass ich mich so gorillamäßig benommen habe. Ich werde später noch mal nach Mails schauen, für den Fall, dass du mir zurückgeschrieben hast.

REISSEN UND TRETEN

Lieber Guy,

es war einmal dieses merkwürdige kleine Medaillon mit den Namen Alexander und Hermione darin …

Und nun gibt es …

Oh. Ich werde es dir gleich erzählen. Zuerst etwas anderes. Sei nicht böse, es könnte wichtig sein. Es ist etwas, das ich in meiner KAAZOOONG-Mail nicht mehr schreiben konnte, weil ich wegmusste vom Computer wegen … du weißt schon, mein alberner Wutausbruch.

Dumme, dumme Annabelle. Es gehört noch zu der Unterhaltung zwischen Dad und mir im Auto. Ich wurde ziemlich grantig und fragte ihn, warum sie wollten, dass wir E-Mail-Freunde werden. Darauf hat er gesagt: »Als Mary starb, wurde Guy sehr traurig und depressiv.« – »Ich weiß«, sagte ich nachdenklich. »Er musste zu einer Beratung gehen.« Dad nickte und bog ab. »Eines Abends, kurz nach Weihnachten, musste ich Tom wegen einiger finanzieller Angelegenheiten anrufen, und da begann er, über ... sie zu sprechen. Und über die Beerdigung. Du weißt schon.«

Nein. Ich wusste es damals nicht. Ich wusste nicht, dass er wahnsinnig in *deine Mum* verliebt war. Ich erinnere mich daran, dass ich versuchte, ihm in die Augen zu sehen, aber er hatte das Gesicht verzogen, als würde er auf einem Brennnesselhaufen sitzen. Schuldbewusstsein oder was?

Dann sagte er: »Jedenfalls hat Tom sich Sorgen gemacht, dass Guy sich zu sehr zurückziehen und abkapseln könnte. Da haben wir gedacht, es wäre gut, wenn jemand Guy schreiben würde ... jemand, der so quirlig ist wie du –«

»QUIRLIG?«, rief ich. Dad schrak so zusammen, dass er fast in einen Begrenzungspfosten hineingefahren wäre. »– damit Guy vielleicht wieder ein bisschen mehr aus seinem Schneckenhaus herauskommt und anfängt, wieder ein normales Leben zu führen.«

Sieht so etwa unser »normales« Leben aus, Guy? Wir beide am Herumschnüffeln, auf der Suche nach Liebesbriefen und Fotos, die zwischen deinen und meinen Eltern hin- und hergingen? Denn das ist es, was ich in der letzten Zeit hauptsächlich gemacht habe. Und ich hasse mich dafür.

Ich fühle mich, als würde ich in einem schrecklichen Alptraum stecken, ich trete um mich, reiße mein Bettzeug herunter, dann mein Nachthemd und dann meine Haut. Reißen und treten. Auf der Suche nach der Wahrheit. Ich durchstöbere alle Fotoalben, die ich finden kann. Auf der Suche nach Bildern von deiner wunderbaren Mum und diesem Frauenhelden, den ich Vater nenne.

Guy, ich kann ihn unmöglich danach fragen. Ich schaffe es nicht, ihm in die Augen zu schauen und zu fragen: »Wen mochtest du denn lieber? Mary Mary oder Mary Jane?« Er wird mir eine Ohrfeige geben, das weiß ich genau. Er wird mich ein dummes, kleines Mädchen nennen, das sich überall einmischt. Und alles nur, weil ich sein Geheimnis im Gartenhaus entdeckt habe und ein noch größeres Geheimnis, das er in seiner Jacke versteckt hatte. Heute Abend bat er mich, zur Imbissbude zu gehen und Pommes frites zu holen, weil er zu faul war, Kartoffeln zu kochen. Er hätte zu viel um die Ohren, um sich um das Abendbrot zu kümmern. »In der Einkaufsdose ist kein Geld mehr«, nörgelte ich. Er kniff die Augenbrauen zusammen und wedelte mit der Hand.

»Der Geldbeutel ist im Arbeitszimmer. Nimm dir was raus.«

Sein Geldbeutel, der einzige Ort, an dem ich noch nicht nachgeschaut hatte. Der Ort, an dem Väter niedliche, kleine Bildchen von ihren niedlichen, kleinen »Familien« aufbewahren. Ich sah die Ecke eines Fotos. Eine kleine Ecke. Zwei kleine Ecken. Ich zog die Bilder heraus. Das eine war von mir, sieben Jahre alt, mit Zahnspange und Pferdeschwanz, so niedlich, wie man es sich nur wünschen kann; auf dem anderen war deine Mum auf dem Jahrmarkt. Mary Mary auf dem Pferdekarussell.

Mein Dad hat ein Bild von deiner Mum in seiner Brieftasche.

Ich verachte ihn. Grenzenlos. Aber das werde ich ihm nicht sagen. Nicht jetzt. Nicht, solange ich derart durcheinander bin und noch im Trüben fische. Ich werde warten, bis Mum nach Hause kommt. Ich werde weiterhin Beweismaterial zusammentragen.

So wie das hier ... Ich erledigte gerade meine Schulaufgaben am Esstisch. Da kam er herein und tat so, als würde er nach etwas suchen. »Was hast du denn heute Abend vor?«, fragte er, offensichtlich wollte er die Wogen ein bisschen glätten. »Wonach sieht es denn aus?«, murmelte ich, hielt meinen Kopf gesenkt und kritzelte vor mich hin. »Nach einem Gedicht, wenn ich mich nicht irre«, sagte er. Ich wirbelte auf meinem Stuhl herum und verdeckte das Blatt mit meiner Hand. (Es war ein Gedicht, wir sollten jetzt selbst eins schreiben.) »Was ist denn?«, lachte er. »Du hast mich doch sonst auch immer deine Englischaufgaben sehen lassen.« Stimmt. Das habe ich. Aber dieses Gedicht war … persönlich.

Ich wurde jedenfalls richtig sauer und dachte: Ich werde dir gleich mal was POETISCHES zeigen, Daddy. Ich griff in meine Tasche und zog das Wilfred-Owen-Buch heraus. Sein Gesicht wurde ASCHFAHL. »Das hab ich im Gartenhäuschen gefunden«, sagte ich. »Ich hab's mir ausgeliehen. Ich hoffe, du hast nichts dagegen. Wir nehmen in der Schule gerade Wilfred Owen durch. Magst du ihn?« Er klammerte sich an die Rücklehne eines Stuhles. »Ja«, sagte er leise. »Ja, das tue ich.« Ich zwang ein Lächeln auf mein Gesicht. »Annabelle –«, fing er an, aber ich unterbrach ihn. »Guy hat mir erzählt, dass seine Mum Wilfred Owen auch sehr mochte. Interessant, nicht wahr?« Er rieb sich einige Male mit der Hand über den Mund. Dann feuerte ich noch eine Breitseite ab, die ihn wirklich erzittern ließ. »Dad, du kennst doch Shakespeare, oder?« Er zuckte schwach die Achseln. »Ja, natürlich.« Ganz beiläufig schraubte ich den Deckel auf meinen Füller. »Guy sagt, in dem Stück *Ein Wintermärchen* gebe es eine Figur namens Hermione.«

»O Gott«, murmelte er und wandte sich ab. »Hast du es schon mal gesehen?«, fragte ich. »Habt ihr es vielleicht in Stratford angeschaut, als du das Foto von Mary und Tom gemacht hast?« Er verzog das Gesicht und fuhr sich mit den Händen durch die Haare. »Ich … ja. Möglich, ja.« Daraufhin sagte ich: »Bin ich nach ihr benannt? Nach Hermione, meine ich? Ist sie so wie ich? Ein freches Temperamentsbündel?« Er biss die Zähne zusammen und gab einen Seufzer von sich. Dann wirbelte er herum und nahm das Wilfred-Owen-Buch in die Hand. »Hast du ... das gelesen?«, sagte er und presste die Lippen zusammen. Ich schüttelte den Kopf. Er schien erleichtert zu sein und klopfte mit dem Buch zweimal gegen sein Kinn. »Ich würde es gerne zurückhaben, wenn du nichts dagegen hast. Nur für heute Abend. Ich ... ich habe schon seit langer, langer Zeit nichts mehr von Owen gelesen.«

Da musste ich wegschauen und mich sehr anstrengen, nicht loszuheulen. »Klar«, sagte ich. Und dann ging er in sein Arbeitszimmer. Dort steckt er seitdem.

Wen kümmert's? Ich hab die Widmung ja noch eingescannt im PC.

Schreib mir schnell.

Ich liebe dich
Annabelle
xxx

KRIEGSNEUROSE

Liebe Annabelle,

dein Dad hatte Recht, als er dich »quirlig« nannte. Du hast mich aus meinem Schneckenhaus herausgequirlt. Das Problem ist nur, dass ich gerade dabei bin, wieder in ein neues hineinzukriechen und dort zu bleiben.

Bitte sag nicht, dass du mich liebst, Annabelle, auch wenn der Bildschirm deswegen vor meinen Augen flimmert und mein Stuhl sich dreht, was sehr seltsam ist, weil es nur ein ganz normaler Stuhl ist und kein Drehstuhl. Niemand hat das je zu mir gesagt – außer meiner Mum. Und ich weiß nicht so recht, was ich damit anfangen soll. Die Dinge werden so kompliziert, dass ich nicht weiß, wer das eigentlich ist, den du zu lieben glaubst. Ich habe keine Ahnung, wie ich dir das erklären soll, und meinen Dad kann ich nicht fragen, weil ich zu große Angst vor dem habe, was er sagen könnte – aber hier kommt's. Setz dich hin und halt dich gut fest.

Ich glaube, sie verbergen etwas vor uns. Etwas, vor dem sie so große Angst haben, dass sie nicht darüber sprechen wollen. Annabelle, kann es sein, dass dein Vater vielleicht auch mein Vater ist?

Bin ich vielleicht dein Halbbruder?

Liebe Grüße
Guy

NEIN! NEIN! NEIN!

A>Ich bin es. Ich bin online und habe gerade deine Mail bekommen.

Ich will davon nichts HÖREN. Du KANNST nicht mein Bruder sein. Du DARFST nicht mein Bruder sein. Das ist nicht möglich. Das ist nicht …

NEIN! Guy Woodham, TU mir das nicht an! Ich werde nie wieder mit dir reden, wenn du JEMALS wieder so etwas SCHRECKLICHES sagst.

Ich gehe jetzt mit Ginger Gassi. Und während ich draußen herumlaufe, werde ich nach deinem Gehirn suchen. Du musst es irgendwo auf einem Berg vergessen haben.

Ach, und LIEBE GRÜSSE auch an dich!

G>WARTE!

Ich bin hier. Wenn du immer noch online bist, dann bleib da …

Ich tu dir das doch nicht an! Sie tun es.

Aber *du* glaubst es auch, nicht wahr? Denn wenn du es nicht glauben würdest, hättest du gesagt: »Erzähl keinen Müll« oder »Komm, verkohl mich nicht« oder so.

Denk doch mal darüber nach. Sie liebten sich, stimmt's? Meine Mum und dein Dad. Und er liebt sie immer noch. Warum hätte er sonst das Wilfred-Owen-Buch nehmen und sich damit einschließen sollen. Und er bewahrt *ihr* Bild in seinem Geldbeutel auf. Nicht das Bild *deiner Mum.*

Was ich nicht verstehe, ist das WANN. Wir wissen, dass dein Dad mit meinen Eltern – nein, so kann ich sie nicht mehr nennen, es ist zu verwirrend. Wir wissen, dass Franklin mit Mary Mary und Tom kurz vor meiner Geburt, sagen wir im Juli, nach Stratford-upon-Avon fuhr, um *Ein Wintermärchen* zu sehen. Aber da warst du schon auf der Welt. Also hat deine Mum (Mary Jane) sicher nicht in Höhlen herumgeforscht – sie war wahrscheinlich zu Hause und hat sich um ihr sieben Monate altes Baby gekümmert.

Die Frage lautet also: Wann haben Franklin und meine Mum – du weißt schon, es getan? Ich muss im November, kurz vor deiner Geburt, gezeugt worden sein. Das bedeutet, dass dein Dad eine Affäre mit meiner Mum gehabt haben muss, während er gleichzeitig darauf wartete, dass zwei Monate später seine kleine Tochter – also du – auf die Welt kam. Das ist ein bisschen viel, oder? Ich meine, ist er denn ein komplett verlogener Hund?

A>Hör auf! Hör auf! HÖR AUF!

Das verstehst du nicht. Du KANNST nicht mein Bruder sein. Nicht dann, nicht so … wie du es gesagt hast. Es kann nicht sein. Und wenn du weiterhin solche Dinge über meinen Vater sagst, ziehe ich den Netzstecker.

Auf Wiedersehen!

G>NEIN, WARTE!

Was meinst du damit, ich würde das nicht verstehen? Du hast wahrscheinlich Recht; ich verstehe nicht alles, aber irgendwie verstehe ich auch ein bisschen zu viel.

Erstens ist da dieser Mann, mit dem ich mein ganzes Leben lang zusammengelebt habe. Wenn das, was ich sagte, wahr ist, dann lebe ich bei einem Mann, der überhaupt nicht mit mir verwandt ist. Er lässt mich bei sich wohnen und ernährt mich, weil er das schon getan hat, als Mum noch lebte. Aber jetzt gibt es für ihn keinen Grund mehr, sich mit mir abzugeben.

Und was ist damit: Dein Dad hat doch vorgeschlagen, dass wir uns mailen sollen, oder? Weil er mit seinem eigenen Sohn in Kontakt bleiben will, gerade jetzt, wo ich keine Mutter mehr habe. Damals, als du ihn gezwungen hast, eine Mail an mich zu schreiben, als er sagte, ich sei ein feiner, junger Mann und dieses ganze Gelaber. Da hat er zu seinem eigenen Sohn gesprochen. Und das ist auch der

Grund, warum er nicht will, dass wir … du weißt schon, uns ineinander verlieben. Er hat eben vorher nicht geahnt, was er damit in Bewegung setzen würde.

Du hast mein Foto gesehen. Alle sagen mir immer, ich würde aussehen wie meine Mutter, aber keiner sagt, ich sähe so aus wie mein Vater – wie Tom. Tom hat rotbraune Haare. Meine sind dunkel, wie die von Mum. Sehe ich DEINEM Dad ähnlich?

Annabelle, du MUSST darüber nachdenken.

Bitte lass den Stecker drin.

A>Ich *will* nicht darüber nachdenken. Bitte Guy, ich möchte dich nicht verlieren.

G>Was meinst du damit? Wieso verlieren?

A>Bitte zwing mich nicht, das zu sagen.

G>Was zu sagen? Hast du noch mehr Überraschungen auf Lager, die du mir jetzt plötzlich verkünden willst? Haben wir noch mehr Brüder und Schwestern oder vielleicht sogar einen lange verschollenen Onkel namens Elvis Presley? Sag's mir!

A>Bitte sei nicht böse auf mich, o.k.? Ich wollte nicht, dass es auf diese Art herauskommt. Aber du kannst nicht mein Bruder sein, jedenfalls nicht so, wie du es vermutet hast – weil ich gar nicht sieben Monate älter bin als du. Ich bin nicht in der Zehnten. Ich bin nicht mal in der Neunten. Du hast mich ja schließlich nie gefragt, stimmt's? Bitte hasse mich jetzt nicht. Ich bin in der achten Klasse. Ich bin vierzehn. Eins vier, kapiert? Ja, ein dummes, kleines Mädchen, das in einen Typen aus der Oberstufe verknallt ist.

VERSTEHST DU JETZT?!

G>Ja.

A>Was, *ja*? Ja, du verstehst, oder ja, ich bin ein dummes, kleines Mädchen – oder beides? Und wer ist Elvis Presley?

A>… jetzt hasst du mich, stimmt's?

A>Guy, bist du noch da? Was bedeutet *Ja*?

G>Es bedeutet *Ja*.

Ich habe darüber nachgedacht, nichts weiter. Das ist ein ganz schöner Hammer, daran muss ich mich erst gewöhnen.

Du hast mich angelogen, nicht wahr? Mit dem Basketballfoto, wie sehr du gewachsen wärst seit der Achten. Du hast mich einfach weiter glauben lassen, du seist so alt wie ich, auch als wir über Übungsprüfungen und dieses Zeug geredet haben. Warum hast du es mir nicht erzählt? Ich dachte, ich könnte dir vertrauen. Und ich dachte, du könntest mir vertrauen.

Aber davon mal abgesehen, heißt das nicht, dass ich nicht dein Bruder bin. Im Gegenteil – dadurch wird es nur noch wahrscheinlicher. Mir wollte es sowieso nicht in den Kopf, warum die beiden Kinder (wir) so kurz nacheinander geboren wurden. Aber wenn ein Abstand von eineinhalb Jahren dazwischen liegt, wird es viel plausibler. Dein Dad hat zuerst mich bekommen, dann dich. Diese Geschichte ist keine Erfindung von mir. DU warst schließlich diejenige, die das Wilfred-Owen-Buch gefunden hat.

G>Hey, Annabelle. Ich möchte mich entschuldigen. In der einen Minute erfahre ich, dass ich eine Schwester habe, und in der nächsten verwandelt sie sich auf einmal in eine kleine Schwester. Aber ich finde nicht, dass du dumm bist, nein. Ich fand dich ja schließlich auch nicht dumm, als ich noch der Meinung war, du wärst so alt wie ich; warum sollte ich dich dann jetzt für dumm halten, nur weil ich weiß, dass du jünger bist?

G>Bist du noch da?

A>Ja, ich bin noch da. Sei nicht ungeduldig. Das ist auch für mich nicht gerade leicht.

G>O.k., aber mein Dad – nein, ich meine Tom Woodham – wird demnächst wie eine Kanonenkugel in die Luft gehen, wenn er die Telefonrechnung sieht …

A>Ich musste aufs Klo. Zuerst dazu:

>Du hast mich angelogen, nicht wahr? Mit dem Basketballfoto, wie sehr du gewachsen wärst seit der Achten. Du hast mich einfach weiter glauben lassen, du seist so alt wie ich, auch als wir über Übungsprüfungen und die-

ses Zeug geredet haben. Warum hast du es mir nicht erzählt? Ich dachte, ich könnte dir vertrauen. Und ich dachte, du könntest mir vertrauen.<

Ich weiß. Es tut mir Leid. Aber du kannst mir wirklich vertrauen. Ich habe nur weiterhin so getan, als sei ich in der Zehnten, weil ich anfing, dich zu mögen, und ich hatte Angst, dass du dann vielleicht beleidigt bist und mir den Laufpass gibst. Das ist schließlich Verführung Minderjähriger, Guy. Bitte versteh doch.

Ich habe dir nie erzählt, warum ich noch nie einen richtigen Freund hatte. Dad sagt, ich jage ihnen Angst ein – er meint, den Jungs in meinem Alter. Er meint, ich bin zu intelligent und quirlig für sie (ha ha). BUUH! Hast du jetzt Angst, Guy Woodham? Das solltest du. Schließlich bin ich ein freches Temperamentsbündel, denk dran … und ich bin total verrückt nach dir.

OH, DAS IST EINFACH NICHT FAIR!!!

Verstehst du das denn nicht? Du bist der erste Junge, mit dem ich richtig reden konnte. Und jetzt könntest du mein schrecklicher GROSSER Bruder sein. Wenn du hier wärst, würde ich dich verprügeln! Oh, was sollen wir jetzt nur tun? Sag's mir, bitte. Ich kann Dad nicht danach fragen. Ich kann es einfach nicht.

In Liebe
A

G>Ich weiß auch nicht, was ich noch sagen oder denken soll. Irgendwie hat plötzlich der Boden unter meinen Füßen nachgegeben, und das nun schon zum zweiten Mal. Zuerst bin *ich* nicht der, der ich glaubte zu sein. Und dann entpuppst auch noch *du* dich als jemand anderes.

Aber im Grunde hat sich mein Bild von dir nicht geändert. Ich meine, wie du schon sagtest, wir können einfach gut miteinander reden. Und das ist sehr nett. Ich könnte mich daran gewöhnen, eine Schwester zu haben.

Und ich habe es zwar nicht gesagt, aber ich war RASEND WÜTEND auf diesen Ekel erregenden Jungen im Computerraum. Wenn ich bei dir wäre, könntest du mich verhauen und ich könnte ihn verhauen.

Sollen wir es ihnen erzählen? Deiner Mum und unserem Dad und Tom Woodham?

A, ich muss jetzt den Computer ausschalten. Er ist gerade nach Hause gekommen. Ich meine TW.

Bis dann!
Guy

WASCHE MIR NUR DIE HÄNDE

Lieber Guy,

ich bin heute nicht zur Schule gegangen. Nachdem ich mit fürchterlichen Kopfschmerzen aufwachte, bin ich mit zugezogenen Vorhängen im Bett geblieben. Ich habe mich ganz furchtbar gefühlt nach unseren Mails gestern. Ich wollte niemanden sehen oder bei mir haben. Nicht einmal den armen kleinen Rocket. Er weinte und kratzte stundenlang an meiner Tür. Ich habe mir das Kissen über den Kopf gestülpt und versucht, sein Jammern zu überhören, aber es klang, als würden seine Klauen jeden Moment durch die Daunen kommen und die Gedanken aus meinem Gehirn herauskratzen. Schreckliche, hässliche, deprimierende Gedanken. So habe ich mich noch nie gefühlt. Noch nie.

Aber auf eine gewisse Art und Weise war es auch ein wunderbarer Tag. Ein glücklicher, trauriger, seltsamer Tag, an dem man laut Juhu schreien möchte. Ich will dir noch nicht erzählen, warum. Keine Angst, ich bin nicht verrückt geworden. Mein quirliges Temperament hat vielleicht momentan einen kleinen Dämpfer bekommen, aber ich bin immer noch voll da – du weißt schon, bei der Sache. Und ich rede immer noch mit dir, oder? Das zumindest haben wir noch. Und das kann uns auch niemand wegnehmen. Du wirst doch immer mit mir reden, oder, Guy? Auch wenn ich nicht da bin? So wie damals mit dem Eichhörnchen. Hat es dir eigentlich verraten, welche Farbe meine Augen haben? War wahrscheinlich zu beschäftigt damit, an seiner Nuss herumzuknabbern.

Hab ich dir je erzählt, was Mum einmal zu mir sagte, als ich zehn war und mir meine Lieblingstasse auf den Boden fiel, wo sie in eine Zillion Stücke zerbrach? Sie sagte: »Hinter allem, was passiert, steckt ein Sinn, A. Vertrau dem Universum. Das Universum weiß schon, was es tut, Kind.« Damals dachte ich, sie hätte einen noch größeren Sprung als meine Tasse. Aber jetzt bin ich mir da gar nicht mehr so sicher …

Irgendwie ist alles ja auch sehr LUSTIG. Bevor er zur Arbeit ging, wollte Dad noch bei Dr. Keelan anrufen. Ich habe ihm nicht erzählt, dass ich Kopfweh habe. Ich habe geflunkert und gesagt, ich hätte Menstruationsbeschwerden und dass Dr. Keelan ihn bestimmt nicht mehr lieben würde, wenn er sie nur wegen läppischer »Frauenbeschwerden« zu uns bestellen würde. Da war er dann natürlich richtig sauer. »Du und ich, wir müssen uns mal unterhalten«, sagte er. Er stand an meinem Fenster, die Hände in den Hosentaschen, und blickte grimmig und ernst und fürchterlich väterlich in die Welt hinaus. »Es gibt ein paar Dinge, über die wir reden müssen.«

Dinge, über die wir reden müssen. O ja, da gibt es wirklich gewisse Dinge. Ich hätte sagen sollen: »Zum Beispiel über meinen Bruder?« Aber das tat ich nicht. Ich konnte nicht. Die Worte wollten nicht aus meinem Mund.

Also erinnerte ich ihn an meine Eierstöcke, den Eisprung und die Mondphasen, und er murmelte eine fiese Bemerkung darüber, dass Mum nicht hier ist. Dann sagte er, er würde Mrs Swanley bitten, mal nach mir zu schauen.

Sie konnte gar nicht schnell genug herüberkommen. Sie saugte und wischte Staub, stellte die Waschmaschine an, gab Ginger eine ganze Dose Hundefutter zu fressen (ehrlich, Guy, er sieht langsam aus wie ein Tanklaster) und – was das Beste war – sie putzte das Klo. »Ich glaube, euer Spülkasten funktioniert nicht richtig«, flötete sie. »Ich musste fünf Mal ziehen, bevor Wasser kam. Außerdem hörte ich ein klapperndes Geräusch. So als würde irgendetwas darin herumscheppern. Du solltest das deinem Vater sagen, wenn er heute Abend nach Hause kommt.« Dann legte sie ihre Hand auf meinen pochenden Kopf und fragte, ob sie mir eine Geschichte erzählen solle. Als wäre ich fünf Jahre alt! Am liebsten hätte ich gesagt: »Warum hauen Sie nicht einfach ab und schaukeln ein bisschen an Ihrem Spalierbogen?« Aber ich hielt meinen Mund, entschuldigte mich und ging aufs Klo.

Als ich wieder zurückkam, fragte sie mich dreimal, ob mit mir alles in Ordnung wäre. Ich würde so kränklich grinsen, sagte sie. Da hatte sie definitiv Recht. Ich sagte: »Mrs Swanley, ich hätte es zwar vorher niemals geglaubt, aber selbst Sie haben Ihren Sinn im Gefüge des Universums …« Sie spielte an ihrer Perlenkette und blickte mich verwirrt an. »Ich koch dir besser etwas zu essen«, sagte sie. »Ist Champignonsuppe recht?« Und ich grinste sie wieder an und sagte: »Mir ist jetzt alles recht, Mrs Swanley.« Dann fragte sie mich, warum die Ärmel meines Schlafanzugs so nass wären. Ich kicherte hysterisch und sagte: »Weil ich auf dem Klo war.«

Das Klo. Es ist einfach zu KOMISCH.

Aber das hier ist nicht komisch, Guy. Ich habe lange über das, was du gesagt hast, nachgedacht. Ob wir es deinem Dad erzählen sollen, meine ich. Ups. Annabelle hat sich mal wieder versprochen. Ich meine natürlich Tom, Tom, den Sohn der Woodhams. Ich denke, ich werde ihn am besten Tomdad nennen. Das gefällt mir. Es klingt so nett. Immerhin *war* er wie ein Vater für dich, oder, Guy? Das ist es, was ich eigentlich sagen wollte. Er hat sich all diese Jahre wie ein echter, richtiger Vater um dich gekümmert. Und wenn du wirklich mein Bruder bist und Tomdad nichts davon weiß, dann hat er jetzt zwei Menschen verloren, nicht wahr? Erst seine Frau und jetzt auch noch seinen Fast-Sohn. Er tut mir Leid, Guy, und ich finde, auch du solltest ein bisschen Mitleid mit ihm haben. Schließlich ist er doch gar nicht so schlecht, wie du gedacht hast, oder? Dank Sharon weißt du das jetzt. Auch dein Tomdad brauchte einen Seelenklempner und du hast es nicht einmal gewusst. Die ganze Zeit über hat er tapfer ein fröhliches Gesicht gemacht und versucht, stark zu sein. Nur für dich, darauf könnte ich wetten.

Und dann ist da natürlich noch *mein* lieber Daddy, Frankdad. Böser Dad. Böse, weil er dich verlassen hat, Guy. Weil er zuließ, dass du bei einem anderen Mann aufgewachsen bist. Der nicht einmal anrief, um dir die Wahrheit zu sagen, als deine liebe Mary Mary starb.

Aber das spielt jetzt keine Rolle. Nicht mehr. Denk daran, alles hat einen Sinn.

Vertrau mir, Guy. Du kannst dich wirklich auf mich verlassen. Ich weiß genau, was ich zu tun habe. Mum und das Universum haben mir den Weg gezeigt. Ich brauche nur noch einen Ziegelstein und den Hammer.

Ich liebe dich immer noch. Grrrr, Halbbruder hin oder her.

Deine dumme, kleine Annabelle

PS: Du hast seine Augen.

ETWAS MERKWÜRDIGES PASSIERTE AUF DEM WEG ZUM KLO …

… oder eher im Klo.

Liebe Annabelle,

du hast das Medaillon gefunden, stimmt's?

Also, was ist daran so wunderbar, dass es deinen traurigen Tag in einen verrückten verwandelte? Du hättest es mir ruhig ERZÄHLEN können. Waren Fotos von uns darin? Du weißt schon, Alexander und Hermione?

Ich hoffe, es geht dir wieder besser. Du hast dich auf jeden Fall wieder ziemlich »aufgequirlt« angehört. Hast du vielleicht Drogen genommen? Deine Mail klang so, als wärst du ein bisschen ausgeflippt.

Aber – WARUM hast du deinen Dad nicht ausreden lassen? Ich hätte gerne gewusst, was er zu sagen hat. Sag ihm, dass Guy es gerne wissen möchte. Ich werde ihm zuhören, auch wenn du es nicht tust. Es geht um ihn und um meine Mum, nicht wahr? Und um mich. Er wollte es dir tatsächlich ERZÄHLEN. Und du hast ihn aufgehalten. Wie konntest du nur? Du denkst anscheinend überhaupt nicht an mein empfindliches Nervenkostüm. Vergiss nicht, ihn auf jeden Fall bei nächster Gelegenheit auszuquetschen.

Ich war heute über Mittag in der Bücherei, um mich vor Jess zu verstecken. Sie verfolgt mich gerade so hartnäckig wie ein ganzes Rudel Spürhunde. Ich dachte, dort wäre ich sicher und könnte ein bisschen im Internet surfen, doch als ich zwischendurch mal aufschaute, kam sie gerade durch die Tür. Zum Glück entdeckte ich sie zuerst, also flitzte ich schnell hinter einen Ständer mit Videos und tat so, als würde ich sie interessiert durchsehen. Und während ich darauf wartete, dass sie die Spur verlor und wieder hinausging, fiel mir zwei Zentimeter vor meiner Nase etwas ins Auge:

Ein Wintermärchen.

Ich schaute die Kassette an und die Kassette schaute mich an. Also habe ich das Video mit nach Hause genommen, um es mir anzusehen.

Ich muss dauernd an die drei in Stratford denken. Dass sie sich ausgerechnet *Ein Wintermärchen* angeschaut haben! Eine schwangere Frau und zwei Männer. Eifersucht. Misstrauen. Wie konnten sie einfach dort sitzen und so tun, als würden sie sich amüsieren?

Ob das Stück wohl irgendetwas bei ihnen AUSGELÖST hat?

Ich werde jetzt gleich nach unten gehen und es mir anschauen. Tomdad kommt heute erst spät nach Hause, weil er einen Klienten in Oxford besucht. Wenn du in der Stadt bist, kannst du ja nach ihm Ausschau halten. Du erkennst ihn ganz leicht daran, dass er mir überhaupt nicht ähnlich sieht.

Und zu der Theorie deiner Mum, dass alles im Universum einen Sinn hat: Welchen Sinn hatte denn der Tod meiner Mutter? Wie passt das zusammen? Bitte frage deine Mum danach, wenn sie nach Hause kommt. Denn wenn sie eine plausible Erklärung dafür hat, würde ich sie gerne hören.

Dein halbidiotischer Halbbruder

AUF DEN HUND GEKOMMEN

Lieber Guy,

ich hoffe, du verbringst einen wunderschönen Abend. Ich vermute, du hast mittlerweile schon deine Turnschuhe in die Ecke geworfen, hängst mit einer Dose von Tomdads Bier auf dem Sofa und siehst dir das Video an. *Ein Wintermärchen*. Hm. Kann nicht gerade sagen, dass mir der Titel besonders gut gefällt. Hört sich für mich ein bisschen öde an – SO WIE DU!

Weißt du was? Ich glaube, ich werde mir heute auch einen faulen Abend machen. Ich denke, ich werde die Hausaufgabe zerreißen, die ich vor zwei Tagen gemacht habe, und sie unser wieder perfekt funktionierendes Klo hinunterspülen. Anschließend gehe ich zu meinem Schrank, schlüpfe in mein schönstes Kleid, lege mein antikes Silbermedaillon an und mache einen Spaziergang mit meinem Hund. Und während ich durch die Umgebung von Oxford wandere, mit meinem BESTEN FREUND an meiner Seite, werde ich nachdenken. Über recht viele Dinge. Und das Erste, worüber ich so grübeln werde, ist Folgendes: Ich frage mich, wo die Woodhams ihr Telefon stehen haben. Vielleicht auf dem Speicher? Oder in der Tiefkühltruhe? Oder im Kamin? Oder vielleicht sogar unten im Garten, wo die Feen tanzen? Es steht nämlich offenbar nicht an einem normalen Ort wie dem Flur, dem Wohnzimmer, der Küche oder dem Schlafzimmer, denn dann würde doch sicher irgendjemand ABHEBEN. Ich frage mich, warum ich nach drei Versuchen, meinen gut aussehenden, sehnsüchtig vermissten Bruder anzurufen, der eigentlich einen gemütlichen Abend zu Hause mit WILLIAM verbringen wollte, nichts weiter höre als: *Leider sind wir gerade nicht zu Hause, aber wenn Sie Ihren Namen und Ihre Telefonnummer hinterlassen …*

Ich frage mich, warum sich immer wieder das Wort JESS in meinen Kopf drängt?

Aber klar, solange du dich amüsierst, ist es ja völlig egal, was mit deiner kleinen Schwester passiert, nicht? Ich möchte auch auf keinen Fall dein empfindliches Nervenkostüm angreifen, indem ich tatsächlich mit dir *rede*, von Mund zu Mund. So ein blödes Shakespeare-Stück ist natürlich viel wichtiger. Ich verstehe selbstverständlich, dass es dich da nicht besonders interessiert, dass mein Dad – der ja auch dein Dad ist – sich heute Abend nicht bequemt, nach Hause zu kommen. Er ist nämlich noch in der Stadt, um einen wichtigen Gast zu treffen. Tja, ich frage mich, wer *das* wohl sein könnte. Ach, da fällt mir ein, dass mir neulich jemand erzählte, eine gewisse, nicht minder wichtige Person käme heute ebenfalls nach Oxford …

Ach herrje, und dabei wollte ich doch unseren Vater, der nicht im Himmel ist und auch niemals in seine Nähe kommen wird, beim Abendessen noch ganz dringend etwas fragen. Um was ging es da bloß noch mal? Ach ja, jetzt erinnere ich mich wieder: Liebster Dad, Guy würde gerne wissen, wann genau du es mit seiner Mum GETAN HAST. Und sollen wir heute Abend nicht ein paar Tiefkühl-Pommes in den Ofen werfen?

Am besten, du verziehst dich an einen dunklen Ort und gräbst dich ein.

Hermione

EINE ENTSCHULDIGUNG FÜR JEDEN STERN IM UNIVERSUM …

Guy, bitte verzeih mir.

Es tut mir so so so so so so so so so so so so so so so so so so so so so so so so so so so so so so so so so so so so so so so so so so so so so so Leid.

Bitte hasse mich jetzt nicht. Vergib mir. Bitte. Sag, was du willst, alle schlimmen Worte, die dir einfallen. Ich hab's verdient. Ich war gemein. Ich weiß nicht, was mit mir los ist. Ich fühle mich nur so … schrecklich eigenartig. Und allein. Du hast gesagt, ich könnte dich anrufen, wenn ich mich so fühle. Darum habe ich angerufen. Ich musste reden, deine Stimme hören. Ich wollte nur wissen, dass es dich wirklich gibt. Das ist alles.

Ich weiß, dass du meine Anrufe nicht absichtlich ignorieren würdest. Ich weiß, dass es dafür eine vernünftige Erklärung gibt. Du wirst mir vielleicht nicht glauben, weil du mich jetzt sicher für die gemeinste Person im gesamten Universum hältst, aber einer der Gründe, warum ich dich angerufen habe, war: Ich wollte dir sagen, dass der Tod deiner Mutter vielleicht doch einen Sinn hatte, nämlich den, uns beide zusammenzubringen. Glaubst du nicht?

Aber jetzt wurden wir offensichtlich wieder auseinander gerissen.

Es tut mir wirklich Leid. Umarme mich in deinen Gedanken.

Miserabelle
x

WILLIAM HAT'S MIR ERKLÄRT

Liebe Annabelle,

mir tut es auch Leid. Ich meine, dass ich nicht ans Telefon gegangen bin. Beim dritten Mal habe ich abgehoben, aber da hattest du schon wieder aufgelegt. Du kannst mich auch gerne Würgham nennen. Ich verspreche, dass ich beim nächsten Mal bestimmt rangehen werde. Das heißt, falls du mich immer noch anrufen möchtest.

Aber zuerst lies das hier. Danach möchtest du vielleicht nicht mehr mit mir telefonieren. Danach möchtest du vielleicht nicht mal mehr mit mir sprechen. A, ich glaube, ich habe das alles komplett falsch verstanden – dass ich Franklins Sohn bin, meine ich. Was wäre, wenn wir immer noch Bruder und Schwester sind, aber nicht so, wie wir gedacht haben? Könntest du das in deinen Kopf kriegen? Ich bin nicht sicher, ob *ich* es kann.

Bevor du jetzt anfängst, dir die Haare zu raufen oder so, hör dir das an. Ich war mir sicher, dass es in *Ein Wintermärchen* irgendeinen Hinweis geben musste, und hier ist er. Ich habe mir den Film gestern Abend ganz genau angeschaut. Es passt zwar nicht alles zusammen, aber sehr vieles. Mir hätte es schon vor Ewigkeiten dämmern müssen, als wir das Stück im Unterricht lasen, aber offenbar hab ich damals die wichtigen Stellen verpennt. Als ich den Film jetzt angeschaut habe, war alles so offensichtlich.

Annabelle – ich dachte immer, das Baby, mit dem meine Mutter in Stratford schwanger war, sei ICH gewesen. Aber nehmen wir mal an, das war gar nicht ich. Nehmen wir an –

Nein, lies zuerst das hier.

Ich werde dir einfach die ganze Geschichte erzählen. Denk darüber nach. Lass es mal auf dich wirken. Ich brauchte ein Video und einen Monat Schulunterricht, bevor ich die ganze Handlung verstanden habe. Wenn du es also nach dieser Fünf-Minuten-Version schon kapierst, bist du ein Genie.

Also. Es war einmal ein König (der nichts mit deinem Dad zu tun hat, ja? Sei nicht verwirrt. Denk ihn dir lieber als MEINEN Dad, Tomdad), dessen Frau hieß Hermione. Sie hatten schon einen Sohn und nun war Hermione wieder schwanger, im neunten Monat. Der beste Freund des Königs, den er schon seit ewigen Zeiten kannte, hatte die ganzen neun Monate bei ihnen verbracht und wollte nun wieder nach Hause fahren.

Es ist nicht schwer, zu erraten, was passierte. Außerdem habe ich es dir ja schon mal erzählt. Eines Tages betrachtete der König Hermione und seinen Freund, die beieinander saßen, und er dachte: Was, wenn das Baby nicht von mir ist? Was, wenn Hermione mir untreu war? Was, wenn es SEIN Kind ist? Der Gedanke begann, ihn zu beherrschen. Er war so rasend eifersüchtig, dass er sogar ein Komplott schmiedete, um den Freund zu töten, aber dieser konnte gerade noch rechtzeitig abhauen.

Das machte den König (es geht um Tomdad, denk daran) nur noch wütender. Es gab nur eine einzige Person, an der er seine Wut auslassen konnte. Das war Hermione. Also beleidigte er sie, beschuldigte sie des Hochverrats und ließ sie ins Gefängnis werfen. Dort brachte sie ihre kleine TOCHTER zur Welt.

Der König befahl einem seiner Fürsten, das kleine Mädchen Perdita in ein weit entferntes Land zu bringen und es dort am Strand auszusetzen. Aber das Baby überlebte, während der arme Kerl, der es dorthin gebracht hatte, von einem Bären aufgefressen wurde. Perdita wurde gerettet und wuchs als Tochter eines Schäfers auf. Viele Jahre später kam sie zurück zu ihrem Vater, dem König.

In der Zwischenzeit war Hermione jedoch gestorben … Der König war gramgebeugt. Aber er hatte Boten zu einem Orakel geschickt (das scheint eine Art Kummerkastentante der griechischen Götter zu sein). Und dieses Orakel sagte ihm, er sei VÖLLIG IM UNRECHT GEWESEN. Hermione wäre ihm nicht untreu geworden. Er hatte überhaupt keinen Anlass gehabt, eifersüchtig zu sein. Perdita war wirklich seine Tochter.

PERDITA WAR WIRKLICH SEINE TOCHTER.

Das kann nicht ALLES nur Zufall sein, oder? Wenn du noch nicht überzeugt bist, geh noch mal zurück und lies es ein zweites Mal, aber ersetze dieses Mal die Namen: King = Tom Woodham, mein Tomdad. Hermione = meine Mum. Bester Freund = Dr. Franklinstein Murrayfield King. Oh, und Perdita = du. Vergiss diesen Teil nicht. Frag Franklin danach. Das sollte ihn ein bisschen aufrütteln.

Und übrigens, bevor du es dir anders überlegst: Ich liebe dich auch. Auf eine brüderliche Art.

Guy
xxx

KEKSE UND AUF WIEDERSEHEN

Lieber Guy,

vielen Dank für diese Geschichte über das *Wintermärchen*. Seltsamerweise mochte ich Schafe schon immer. Ich fürchte, es ist ein bisschen ungünstig, jetzt mit dir zu reden, während sich drei Polizisten im Haus herumtreiben. Einer von ihnen steckt dauernd den Kopf zur Tür herein – vermutlich nur um zu sehen, was ich so treibe. Du musst dir also vorstellen, dass ich dir diese Mail im Flüsterton schreibe.

Sie sind vor einer halben Stunde gekommen und wollten wieder mal mit Frankdad sprechen. Ich sagte, er sei weggegangen, um einen Freund zu treffen. Einer von ihnen runzelte die Stirn und sah auf seine Uhr. Er sagte: »Würde es Sie stören, wenn wir hereinkommen und auf ihn warten, Miss King?« Ich sagte, ja, das würde mich tatsächlich stören, weil ich ganz alleine sei und man es mir verboten hätte, fremde Männer ins Haus zu lassen. In diesem Moment kam jedoch Mrs Swanley aus dem Wohnzimmer und sagte: »Hallo, Herr Wachtmeister. Ich heiße Eleanor Swanley. Ich wohne im Nachbarhaus. Ist alles in Ordnung? Soll ich schon mal das Teewasser aufsetzen, Annabelle?« Der »Wachtmeister« zückte seinen Ausweis. »Genau genommen bin ich Kommissar, Madam. Für mich bitte zwei Löffel Zucker und einen Tropfen Milch.« Er schaute mich streng an: »Es ist nicht ratsam, die Polizei zu belügen, Miss King.«

Ich biss die Zähne zusammen und bemühte mich, nicht mit dem Fuß zu stampfen. »Sie wollte ja eigentlich nur *für fünf Minuten vorbeischauen«*, grollte ich. »Das reicht gerade dafür, uns eine heiße Tasse Tee zu machen«, sagte er.

Wie es so geht, war ich dann diejenige, die »die heiße Tasse Tee« machte. Während ich darauf wartete, dass das Teewasser kochte, kam derselbe Polizist zu mir in die Küche. Er stellte sich als Polizeioberkommissar Simon vor. Ich sagte, ich hieße Annabelle King und würde nichts ohne meinen Anwalt sagen. Darüber lachten wir beide höflich.

Dann breitete er einige Bilder auf der Arbeitsplatte aus. Irgendwelche alten eukalyptisch aussehenden Dinger, die in einem langen Glasschrank fotografiert worden waren. Er sagte: »Mögen Sie Schmuck, Miss King?« Ich quetschte seinen Teebeutel so fest aus, dass er aufriss. Er hielt mir ein Bild vor die Nase: »Sie haben so etwas nicht zufällig schon einmal gesehen?«

Ich betrachtete das Bild und sagte, dass wir mal diesen Ausflug ins Ashmolean-Museum für Kunst und Archäologie gemacht hätten und dass es dort vielleicht solche Sachen gegeben haben könnte. Das wüsste ich aber nicht so genau, weil Geschichte nicht gerade mein bestes Fach sei, Mary Jane könnte ihm das aber mit Sicherheit sagen. Simon rührte in seinem Tee herum und wirbelte die kleinen Blätter auf. »Wer ist Mary Jane?«, fragte er und hob den Deckel von der Keksdose.

Guy, mein Herz klopfte entsetzlich LAUT; in einer Minute wirst du wissen, warum.

»Sie ist die Frau, die ich Mutter nenne«, sagte ich. Er nahm einen Feigenkeks heraus und blickte ein bisschen verwundert drein. Ich lächelte, griff mir ein Vanilleplätzchen und setzte den Deckel wieder auf die Dose. Dann sah er den Hammer und den Ziegelstein auf dem Tisch liegen. »Du planst doch nicht etwa einen Einbruch?«, sagte er und rümpfte die Nase. Ich schenkte ihm ein unschuldiges Lächeln. »Nein, das ist für … für die Walnüsse«, antwortete ich. Bevor er weiterfragen konnte, holte ich eine Nuss aus dem Korb, legte sie auf den Ziegelstein und hämmerte darauf herum. »Mein Hund liebt Walnüsse – und unsere Nussknacker funktionieren nicht richtig. Kann ich jetzt bitte hinaufgehen und eine E-Mail schreiben?«

Er schnippte ein Stück Walnussschale von seinem Jackett, warf mir einen forschenden Polizistenblick zu und wollte wissen, wem ich denn schreiben würde. »Einem Jungen«, sagte ich. »Er ist irgendwie mein Freund, aber auf eine eher brüderliche Art.« (Bei diesen Worten fing ich fast an zu weinen und musste wegsehen.) »Er wohnt in Herefordshire. Wir mailen uns ständig. Ich helfe ihm gerade bei einer Hausaufgabe. Es geht um das Stück *Ein Wintermärchen* von Shakespeare. Kennen Sie das? Es handelt von einem König und einer Schäferstochter. Außerdem wird jemand von einem Bären aufgefressen.«

In dem Moment kam ein Geräusch aus dem Esszimmer. Ich und Simon blickten zur Tür. Es klang, als würden seine Freunde in unserem Kamin herumstochern. Simon fuhr sich mit der Zunge ganz langsam über die Lippen und stopfte seine Fotos in die Mappe zurück. »Diese Stücke sind sehr wertvoll«, sagte er. »Manche sind sogar mehrere tausend Pfund wert. Sie sind aus der archäologischen Abteilung der Universität verschwunden. Wenn Sie etwas in der Art gesehen hätten, würden Sie uns doch sicher Bescheid sagen, nicht wahr, Miss King?« Hmpf. Ich war drauf und dran, ihm zu erklären, dass das alles nun wirklich nichts mit mir zu tun habe. Ich würde nur rein zufällig bei diesen Leuten hier leben und sei gar nicht mit ihnen verwandt. Da neigte er den Kopf zur Seite und ein selbstgefälliges Lächeln huschte über sein Gesicht. Er zeigte mit dem Finger auf mich und sagte anklagend: »Warum haben Sie Ihre Bluse denn bis zum Hals zugeknöpft?« – »Warum denn nicht?«, gab ich spitz zurück. »Sie scheint mir am Kragen ein bisschen *eng*«, sagte er. »Sie verbergen doch nichts vor mir, oder, Miss King? Zum Beispiel ein *Schmuckstück*?«

Da wurde ich etwas pampig, weil ich meinen Hals schon seit Ewigkeiten niemandem mehr gezeigt hatte. »Ich hab da einen blauen Fleck«, sagte ich und wurde rot. »Einen Knutschfleck, wenn Sie es genau wissen wollen.« Er zwickte sich in die Nase. Ich konnte sehen, dass er mir nicht glaubte. Also knöpfte ich den Kragen auf und zeigte ihm, was Stinkler getan hatte. Er warf einen kurzen Blick darauf – und seine Mundwinkel fielen enttäuscht nach unten. »Ja, also, danke für den Tee«, grunzte er und schubste die Tasse über die Arbeitsplatte hin zu mir. Ich fing sie auf und spülte sie aus. Kaum war er verschwunden, trocknete ich mir die Hände und wühlte in der Keksdose herum. Ich fand, wonach er eigentlich gesucht hatte, hing es mir um den Hals und knöpfte mir die Bluse wieder bis oben hin zu.

Jetzt muss ich aufhören, denn wenn sie hereinkommen und das hier lesen, nehmen sie mich bestimmt mit. In einer Minute werde ich nach unten stiefeln und fragen, ob ich – bitte, bitte – mit Ginger Gassi gehen darf. Ich weiß, dass sie Ja sagen werden, weil sie mir jetzt vertrauen. Sie werden den Fernseher anschalten, Fußball gucken und warten, bis »mein Vater« wieder nach Hause kommt.

Ha! Da können sie lange warten.

Ich habe Rocket gefüttert und den Abwasch gemacht. Mrs Swanley kümmert sich um die Bullen. Wenn ein Dr. F. King später in wilder Panik bei dir anruft, könntest du ihm bitte sagen, dass Ginger bei mir in Sicherheit ist? Ich habe mich entschlossen, heute Abend einen ganz langen Spaziergang zu machen. Wir werden also einige Zeit unterwegs sein. Ich muss, wie du sagtest, ein paar Dinge *in meinen Kopf kriegen*. Nämlich:

* Ich hasse den Mann, von dem ich immer dachte, er sei mein Vater.

* Mein echter Vater weiß gar nicht, dass ich seine Tochter bin. (Könntest du ihm bitte mal die Telefonnummer von diesem komischen Orakel geben?)
* Wenn ich nicht gerade meine wahre Identität entdeckt hätte, wäre ich jetzt die Tochter einer Frau, die von der Polizei gesucht wird.
* Der einzige Junge, den ich jemals geliebt habe, ist ausgerechnet mein Bruder.
* Meine Mutter ist tot.

Ich wünschte, meine Eltern, wer immer sie auch sein mögen, hätten *mich* nach meiner Geburt an einem weit entfernten Strand ausgesetzt.

Aber ich habe diese Woche eine Eins plus für mein Gedicht bekommen. Ms Spence sagte, es würde auf unserer Homepage veröffentlicht werden (stöhn). Ich hoffe, du bist stolz auf mich. Ich bin nämlich stolz auf dich.

Wiedersehen, Guy. Denk manchmal an mich. Ich geh jetzt mit Ginger spazieren.

Deine dich liebende Perdi
xxx

BITTE RUF AN

Annabelle, warum hast du nicht angerufen? Ich habe gewartet und gewartet.

Guy

IST JEMAND DA?

Annabelle,

Perdita heißt *verloren*. Hab ich dir das schon gesagt? Du bist doch nicht etwa verloren gegangen? Nur spazieren. Das hat zumindest der Polizist gesagt, als ich dich endlich angerufen habe. Aber wieso endet deine Mail dann mit diesem Wort? Wo bist du?

Polizei – schon wieder? Hast du herausgefunden, warum sie sich so für das Medaillon interessieren? Womöglich ist es gestohlen? Sie glauben doch nicht etwa, dass deine Mum es versteckt haben könnte, oder?

Bist du da? Hast du Angst? Warum rufst du nicht an oder schickst mir eine Mail? Und wo ist Franklin? Er ist weggegangen, um meinen Vater zu treffen. Ich weiß, dass es so ist. Was haben sie nur vor?

Bitte, verschwinde nicht einfach. Es ist alles meine Schuld. Komm zurück. Mail mir. Ruf an. Ich werde alles tun.

Wo bist du nur?
Guy xxx

S
MITTWOCH
1
FR
3

EINE UN-N-NVERGESSLICHE NACHT

Liebe Annabelle,

alles fühlt sich so komisch an. Ich meine, die ganze Zeit habe ich dir Mails geschickt, ohne zu wissen, wie du aussiehst (abgesehen von deinem frechen Grinsen auf dem etwas unscharfen Basketballfoto) und wie deine Stimme klingt. Jetzt weiß ich, wer am anderen Ende sitzt. Ich habe dich gesehen. Ich habe mit dir gesprochen. Ich habe dich sogar umarmt. Ich weiß jetzt, wem ich schreibe. Und ich weiß, wie dein Gesicht aussieht, wenn du das hier liest.

Du bist doch noch da, oder? Ich hab doch nicht alles nur geträumt?

Es war ein bisschen wie im Traum, als die Türglocke läutete und ich dich vor meiner Haustür fand. Wie eine Schlafwandlerin bist du durch die Tür gestolpert. Dieser Taxifahrer, der dich die ganze Strecke bis zu mir gefahren hatte, wirkte etwas unschlüssig, ob er dich mit mir alleine lassen sollte. Aber das konnte ich schon verstehen. Schließlich war es nach Mitternacht, und es kam ihm bestimmt ein wenig merkwürdig vor, dich bei irgendeinem seltsamen Jungen abzusetzen, der zu schockiert war, um überhaupt Hallo zu sagen. Und dann brauchte ich auch noch Ewigkeiten, um meine Ersparnisse und Dads geheime Geldreserven zu holen und die ganzen Münzen zusammenzuzählen, so dass ich dich zuerst kaum angeschaut habe. Aber ich war so erleichtert, dass du in Sicherheit warst. Ich dachte schon, du wärst völlig verrückt geworden und würdest nach Frankreich oder Schottland oder sonst wohin trampen. Und alles wäre meine Schuld gewesen.

Ich weiß nicht, was unsere Dads erwartet hatten vorzufinden, als sie so hereingeplatzt sind. Und dann haben alle zugleich gesprochen und es wurde etwas chaotisch. Aber in einem Punkt hat sich die Verwirrung wenigstens aufgelöst: Wir haben beide unseren eigenen Dad zurückbekommen. Ich habe alles völlig, gänzlich, megamäßig falsch verstanden, und du denkst jetzt sicher, dass ich total plemplem bin. Es tut mir wirklich Leid. Ich entschuldige mich auch tausend Mal dafür. Aber eines bedaure ich überhaupt nicht. Nämlich dass es dich zu mir brachte.

N-n-na ja, jetzt weißt du jeden-n-nfalls, wie ich spreche und warum ich dich n-n-nie angerufen habe, als du mich darum gebeten hast. Ich weiß, ich hätte es dir sagen sollen, vor allem, nachdem du gestan-n-nden hattest, in der Achten zu sein. Aber ich hatte n-n-nicht den Mut. Ich dachte, du würdest dann n-n-nie wieder mit mir reden. Ich war gerade dabei, es dir zu erklären, als unsere Dads herein-n-ngestürmt kamen. Also noch mal:

Ich habe nicht immer gestottert. Nur früher, als ich klein war, doch damals bin ich zur Sprachtherapie gegangen und es hörte auf. Doch dann, als meine Mum starb, fing es wieder an. Ganz schlimm sogar. Eigentlich müsste ich wieder zur Therapie gehen, aber ich finde immer eine Ausrede, warum ich nicht kann. Ich stottere ja auch nicht immer. Nur wenn ich aufgeregt oder nervös bin – mit anderen Worten, immer dann, wenn ich auf keinen Fall stottern möchte. Darum hasse ich auch das Lesen vor der Klasse und mündliche Prüfungen in Französisch und so. Mark nennt mich immer G-G-Guy, die Q-Q-Quasselstrippe, obwohl ich nur bei den N-Lauten stecken bleibe. Ich weiß nicht, warum das immer passiert. Ich weiß, was ich sagen will, und trotzdem bleiben die Worte irgendwie an meinem Gaumen hängen und wollen nicht herauskommen. Es ist schrecklich, wenn die Leute dann verlegen wegschauen (was glauben die wohl, wie *ich* mich dabei fühle?) oder das N-Wort für mich aussprechen, als wäre ich ein Idiot. Du hast keins von beiden getan und darüber war ich sehr froh.

Natürlich habe ich gestottert wie verrückt, als du aufgetaucht bist, besonders weil mein Dad kurz vorher angerufen und gesagt hatte: »Annabelle ist auf dem Weg zu dir.« Wenn er gesagt hätte, die Königin von Sheba kommt gleich vorbei, wäre ich kaum überraschter gewesen. Fünf Minuten später warst du zwar schon da, aber es blieben mir immerhin volle fünf Minuten, eine umfassende Zungenblockade zu entwickeln. Ich hatte gehofft, du würdest denken, ich sei eher der starke, stille Typ, aber wahrscheinlich hast du gedacht: Der Typ spinnt. Und ich hätte es dir noch nicht mal übel genommen, wenn du deinen Taxifahrer zurückgerufen und ihn gebeten hättest, dich gleich wieder nach Hause zu fahren. Es wurde allerdings besser, während wir uns unterhalten haben, nicht wahr? Wenn ich dich öfter sehen könnte, würde ich vielleicht sogar ganz zu stottern aufhören.

So, das war's also. Ich wollte es dir nur erklären.

Geht es dir jetzt einigermaßen gut? Ich hoffe es wirklich sehr. Als ich das zweite Mal bei euch anrief und dieser Polizist MEINEN DAD an den Apparat holte (Ich dachte schon, in meinem Hirn hätte es einen Kurzschluss gegeben oder so!) und dann DEIN DAD den Hörer nahm und völlig panisch klang, fühlte ich mich wie ein Verbrecher. Schließlich war es allein meine Schuld, dass du weggelaufen bist. Wenn du deinem Dad erzählst, warum – diese ganzen Dinge, die ich dir eingeredet habe, weil ich sie selbst glaubte –, wird er mir niemals vergeben und dir bestimmt nie wieder die Erlaubnis geben, mich zu treffen.

Wenigstens haben sie versprochen, uns jetzt alles zu sagen. Mein Dad wird es mir heute Abend erzählen. Ich werde dir in einer Mail davon berichten. Ich könnte natürlich auch anrufen, aber ich habe mich so an die E-Mails gewöhnt; es gefällt mir und ich möchte eigentlich nicht damit aufhören. Darum werde ich mailen UND anrufen.

Und … Annabelle, ich war auf der Internetseite deiner Schule und habe dein »Mein Guy«-Gedicht gelesen. Meinst du das wirklich ernst? Oder besser, HAST du das ernst gemeint? Und wenn ja, gilt es immer noch? Obwohl du jetzt weißt, wie ich rede und alles?

Weil – ich vermute, wir waren zu verwirrt, um es in diesem Moment richtig zu begreifen, aber mittlerweile ist es auch in mein Hirn durchgesickert: Wir sind NICHT Bruder und Schwester! Wir sind überhaupt nicht verwandt, nicht einmal um zwei Ecken. Wenn wir uns also wieder sehen wollen (vielleicht auf eine etwas normalere Art und Weise, als einen Taxifahrer mitten in der Nacht zu entführen – ich meine, wenn wir uns mal richtig VERABREDEN wollen), können wir das tun.

Ich würde sehr gerne. Du auch?

Guy, dein N-n-nicht-Bruder
xxxxxxxxxx

SIE IST WIEDER DA!

Mein lieber Held,

ich bin's! Ich bin hier. Deine Lieblings-Fata-Morgana. Ein bisschen verschnieft aufgrund einer Erkältung (es regnet ziemlich viel an der walisischen Grenze, was?), aber fast schon wieder in alter quirliger Frische. Rate, was das hier ist:

:-*

Ein Kuss, in der Internetsprache. Ich wollte dir das schon seit Wochen sagen. Hier ist noch ein :-* (als Dankeschön dafür, dass du dich um mich gekümmert hast) und noch ein :-* (um zu beweisen, dass ich dich immer noch liebe).

Und jetzt mach dich bereit für eine Riesenladung MONSTERNEUIGKEITEN.

DIE GROSSE OBERBEFEHLSHABERIN IST WIEDER IM LANDE!

Jawoll, sie kam gestern hier an, genau einen Tag zu früh. Sie wartete schon auf uns, als wir von euch wieder nach Hause kamen. Wenn ich mir nicht ein paar von euren Herefordshire-Schnupfenviren geholt hätte, wäre mir der Kamelgeruch sicher schon von weitem in die Nase gestiegen.

Es war seltsam. Wir öffneten die Tür und da stand sie und stürzte uns mit Rocket auf dem Arm entgegen. »Mary!«, stotterte Dad. Ich dachte, er würde gleich in Ohnmacht fallen. Er kratzte sich am Kopf und blickte auf seine Uhr. »O Franklin, jetzt runzel doch nicht so die Stirn«, sagte sie. »Ich habe einen früheren Flug erwischt, das ist alles.« Dann richtete sie ihren Blick auf mich und fragte sofort: »Was ist los mit dir, A?«

Meine Mum. Sie merkt immer gleich, wenn etwas nicht stimmt. Vor ihren Röntgenaugen lässt sich einfach nichts verbergen.

Ich stürmte nach vorne und warf ihr die Arme um den Hals. »Ganz ruhig, Kind«, flüsterte sie und schob meinen Kopf vorsichtig an ihre Schulter, »du willst doch sicher diesen kleinen Kerl hier nicht zerdrücken. Er gehört doch uns, nehme ich an?« Ich nickte. (Mum liebt Katzen.) »Er heißt Rocket«, schniefte ich. »Dad hat ihn mir zum Geburtstag geschenkt.« Sie streichelte Rockets Kopf. »Hat er das? Wie aufmerksam von ihm. Also, wo seid ihr beiden denn gewesen?« – »Bei den Woodhams«, sagte Dad. »Aber das ist eine lange Geschichte.« Ich fühlte, wie Mum nickte. Sie gab mir einen Kuss und reichte mir Rocket. »Geh und leg dich eine Weile hin«, sagte sie. »Du siehst völlig fertig aus. Ich komm dann hoch und schau nach dir, sobald ich mit deinem Vater gesprochen habe.«

Dad murmelte etwas Unverständliches und warf seine Schlüssel auf den Telefontisch. »Mary«, sagte er, »*du* leidest unter der Zeitverschiebung und *ich* habe eine lange Fahrt hinter mir. Es findet sich sicher bald eine Gelegenheit …« – »Ganz recht«, erwiderte sie. »Ich würde das Esszimmer vorschlagen, aber es ist offensichtlich voller Ruß. Also in die Küche. Und zwar sofort.« Uh, schlecht für Dad! Er sollte es eigentlich besser wissen, als sich mit Mum anzulegen.

Guy, sie müssen sich *stundenlang* gestritten haben. Sie keiften so laut, dass Ginger die Ohren anlegte und sich unter meinem Bett verkroch. Mit einem Mal konnte ich es nicht mehr ertragen, ihnen heimlich zu lauschen – ich, die Superspürnase, habe mich gedrückt. Ich kletterte mit einer Packung Papiertaschentücher ins Bett, setzte meine Kopfhörer auf und hörte das Tape, das du mir gegeben hast. Sie sind wirklich nicht schlecht! Die Beatles, meine ich. Ich hab gleich gewusst, welchen

Song du gerne zu »unserem Lied« machen würdest. Übrigens bin ich jetzt sauer auf dich, weil ich dauernd diese Melodie vor mich hin singe. Du meinst *From Me to You*, stimmt's? Eigentlich sollte es *From E to You* heißen. Schließlich klingt es fast so, wenn man es singt, findest du nicht? Hey, was willst du denn damit andeuten: »Hat Ginger angefangen zu heulen?« Guy Woodham, ich habe eine wunderbare Stimme. Sie passt zu meiner lieblichen N-N-Nase, die ich nicht mehr gewaschen habe, seit du sie geküsst hast … (Zweimal, wenn ich mich recht erinnere. Sehr draufgängerisch.) Und während ich »immer poetischer« werde (einer von Dads Lieblingsausdrücken), möchte ich dir gerne das hier sagen …

Ich weiß, du bist da
im Äther, um mich herum
wie der Trost eines warmen Windes
der mein Herz berührt

… weil es wahr ist. Und, schluck, großes Geständnis: ICH WOLLTE, dass du mein Gedicht liest. Darum habe ich dir erzählt, dass es auf unsere Internetseite kommen würde. Ich weiß, ich hab so getan, als fände ich das blöd, aber ich war so aufgeregt und wusste nicht genau, was ich machen sollte – du weißt schon, als ich abgehauen bin. Für den Fall, dass ich an einem entfernten Strand enden würde oder man mich zusammengekauert an einer Bushaltestelle oder so gefunden hätte (dem Tode nahe, wegen eines gebrochenen Herzens), wollte ich nur sichergehen, dass du weißt … du weißt schon, wie ich fühle … O-oh, die Tränen kullern. Zeit für ein Taschentuch. Oder zwei. Oder die halbe Packung.

Und natürlich macht mir dein Stottern nichts aus. Dummer alter G. Es stört mich überhaupt nicht. Und das sage ich nicht nur, weil du so unglaublich süß bist, dass man ein paar N-n-ns ab und an gerne in Kauf n-n-nimmt. So ein Mädchen bin ich n-n-nicht.

Nachdem ich es mir auf eurem Sofa gemütlich gemacht hatte, hab ich mich schon gefragt, warum du deine Worte so sorgfältig wählst. Ich dachte zuerst, du würdest mich nicht mögen, vor allem als du dann etwa eine STUNDE in der Küche verbracht hast, um mir eine Tasse Kakao zu machen. Hättest du mir die Bana-n-nah-n-nane nicht angeboten, hätten wir vielleicht kein einziges Wort miteinander gesprochen.

Eigentlich haben wir überhaupt nicht besonders viel geredet. War es nicht seltsam, die ganze Zeit so zusammen dazusitzen und kein Wort über die Marys oder das Medaillon oder sonst was zu verlieren, sondern sich nur anzuschauen …? Wenn du noch ein einziges Mal wiederholt hättest: »Ich glaub's einfach nicht, dass du hier bist«, hätte ich dir vermutlich eine Echotherapie empfohlen, keine Sprachtherapie.

Dein Stottern hat uns jedenfalls einen Gefallen getan. Als du damit angefangen hast, wusste ich sofort, warum du mich nicht angerufen hattest. Du sahst so unglücklich aus, wie du da mit gesenktem Kopf vor mir standest und dir dein niedlicher Pony in die Augen hing.

Und als du dich dann neben mich gesetzt und auch ein bisschen geheult hast, da wusste ich, dass am Ende alles gut werden würde. Tut mir Leid, dass ich einen nassen Fleck auf deinem Wollpullover hinterlassen habe. (Halt, nein, tut es eigentlich nicht, schließlich hast du den Pulli doch deswegen dann ausgezogen. Mmjamm!)

Aber Guy, du musst wirklich *niemals* wieder nervös sein, wenn ich da bin. Und weißt du was? Du hast nicht ein einziges Mal gestottert, als du meinen Namen gesagt hast, und auch nicht, als die Vaterpatrouille hereingestürmt kam und du mich verteidigt hast. »Lasst Annabelle in RUHE!« Oh, was für ein yntzückender Held du doch bist! Ich dachte, du würdest meinem Dad gleich eine reinhauen. Er wurde richtig klein. Ach ja, apropos *klein*: Ich finde diesen Mark wirklich schrecklich! Dich »Guy die Quasselstrippe« zu nennen! Wenn ich ihn sehe, wird aus ihm »Mark die Mücke« werden (das kleinste Ding mit M, das mir auf die Schnelle eingefallen ist). Niemand sollte sich aus diesem Grund über dich lustig machen. Ich könnte es ja verstehen, wenn du einer von den Jungen wärst, die in der Nase bohren und dann aus ihren Popeln kleine Türme bauen. Andererseits warte ich ja noch auf die Liste deiner ekligen Angewohnheiten. Darum werde ich noch kein abschließendes Urteil fällen und schnell zu anderen Dingen übergehen …

Nach einer Weile kam Mum mit einem Tablett voller Marmeladenbrote und einem Glas warmer Milch in mein Zimmer. Wir hatten ein sehr, SEHR langes Gespräch. So von Frau zu Frau. Zuerst plauderten wir über ganz normale Sachen, hauptsächlich darüber, wie ihre Ausgrabungen verlaufen waren und den ganzen Schulkram samt meiner Prüfungen (gähn).

Sie fand es auch nicht gut, dass Tracey die Rolle der Kleopatra bekommen hat. »Was hat sich Ms Spence nur dabei gedacht?«, sagte sie. »Furchtbare Rollenverteilung. Tracey passt doch gar nicht zu dieser Rolle. Schließlich ist sie ja nicht gerade eine hinreißende Schönheit.« Das heiterte mich ENORM auf. »Findest du denn, dass *ich* eine hinreißende Schönheit bin?«, fragte ich. Sie schob ihr Kinn vor und sagte: »Es gibt jedenfalls jemanden, der das denkt.« Dann zog sie den Kragen meines Schlafanzugs zur Seite.

Als sie Stinklers Knutschfleck entdeckte, ging sie in die Luft. Richtig explodiert ist sie dann, nachdem ich ihr den Grund dafür erzählte. Ich glaube, sie hat erst gedacht, du wärst das gewesen. »Mu-um«, seufzte ich. »Guy dachte damals doch noch, er sei mein Bruder. Da hätte er mir wohl kaum einen Knutschfleck verpasst, oder?« Sie knirschte mit den Zähnen. »O ja«, sagte sie. »Ich habe schon alles über Master Woodhams Theorien gehört. Er hat eine noch verrücktere Phantasie als du. Zum Glück ist er jetzt nicht hier, sonst hätte ich mit dem jungen Mann noch ein Hühnchen gerupft.« Daraufhin wurde ich ein bisschen pampig und putzte mir laut die Nase. »Eigentlich ist ja alles Dads Schuld, weil er ein Bild von … du weißt schon, Mrs Woodham in seinem Geldbeutel hat.« Daraufhin brach sie in johlendes Gelächter aus. »Mrs Woodham?«, wiederholte sie. »Das hätte ihr gar nicht gefallen. Viel zu förmlich für Mary.« Dann wurde sie wieder ganz ernst und gab mir einen sanften Stoß gegen die Schulter. »Über diesen Knutschfleck werden wir uns noch unterhalten, Fräulein. Und da wir nun schon bei den größeren Missetaten sind: Dein Vater hatte dich nicht gebeten, dich mitten in der Nacht in ein Taxi zu setzen und bis zur walisischen Grenze zu düsen, oder?« Ich senkte meinen Blick und schämte mich ein bisschen. »Es war doch erst halb elf«, schmollte ich. Aber so glimpflich ließ sie mich nicht davonkommen. »Das war rücksichtslos und dumm«, sagte sie. »Um Himmels willen, A, wenn dir etwas Schlimmes zugestoßen wäre?« Dann streichelte sie mir über die Haare und ich vergoss große Tränen. Wir lagen uns ewig lange in den Armen und drückten uns.

Ach ja, während ich so darüber nachdenke, fällt mir ein, dass ich dir versprochen hatte zu erzählen, wie ich überhaupt entkommen konnte und was passierte, nachdem ich das Haus verlassen hatte. Rauszukommen war supereinfach. Zuerst lief ich mit Ginger zweimal um den Block. Jedes Mal, wenn er stehen blieb, um zu pinkeln, prüfte ich, ob Kommissar Simon mir nicht folgte. Als ich ganz sicher war, alleine zu sein, huschte ich durch die

Lücke in Mrs Swanleys Hecke in unseren Garten, schloss Ginger im Schuppen ein – und verdrückte mich.

Fünf Minuten zu Fuß von unserem Haus entfernt gibt es einen Taxistand. Dad hat mit der Zentrale eine besondere Vereinbarung getroffen. Wenn Mum weg und er an der Uni ist, soll ich mit dem Taxi fahren (zu Laura, meiner Theatergruppe oder so). Dad geht dann am nächsten Tag vorbei und bezahlt das Fahrgeld. Also kam ich an den Stand getanzt und sagte: »Ich hätte gerne ein Taxi, bitte.« Und Jeetpal, der mich oft irgendwohin fährt, faltete seine Zeitung zusammen und sagte: »Gerne, los geht's.« Wir saßen schon im Wagen, als er mich fragte, wohin. »Llanwarne Rise Nr. 47«, erwiderte ich. (Ich hatte deine Anschrift in Dads Adressbuch aufgestöbert.) »Sie müssen hinaus auf die A 40 fahren. Richtung Westen – nein, Nordwesten, glaube ich.« Jeetpal zupfte an seinem Ohrring. »Llanwarne Rise?«, fragte er. »Liegt das in einem der Neubaugebiete?«

Das war ein kritischer Moment. Ich biss mir auf die Lippe und sagte betont ruhig: »Nein … Das ist in Herefordshire.« Das Taxi kam mit quietschenden Bremsen zum Stehen. Jeetpal blickte über die Schulter zu mir nach hinten. »Du veräppelst mich doch, oder?« Ich schüttelte den Kopf. »Ich werde bei einem meiner Verwandten dort übernachten«, sagte ich. »Und ich wäre, wenn möglich, gerne noch vor Mitternacht dort.« Jeetpal fiel tatsächlich darauf rein – das heißt, bis wir die Außenbezirke von Hereford erreichten, wo er mitten auf einer

Brücke mit einem lauten Quietschen anhielt. Dad war dahinter gekommen. Er hatte der Polizei gesagt, sie sollten bei der Taxizentrale nachfragen, und die riefen Jeetpal über Funk. Jeetpal war drauf und dran umzudrehen, aber da waren es nur noch wenige Kilometer bis zu dir, und Dad sagte der Polizei, er würde mich selbst von dort abholen. Du siehst, du hättest das Fahrgeld gar nicht zu bezahlen brauchen. Aber ich bin trotzdem stolz auf dich. Ich denke, Jeetpal hätte das Geld wohl auch kaum abgelehnt – obwohl er die ganze Summe in Zwanzig-Pence-Stücken bekommen hat. Hast du ihm auch ein Trinkgeld gegeben?

Als ich Mum das erzählte, runzelte sie ein wenig die Stirn und sagte, sie würde mit dem Taxiunternehmen noch »ein Wörtchen« reden. Und, noch besser, sie will morgen auf der Polizeiwache »ein paar Ohren lang ziehen«. Sie war überhaupt nicht begeistert davon, dass die Polizei »uneingeladen« zu uns kam und im Haus herumschnüffelte. »Begründete Verdachtsmomente«, grummelte sie. »Von wegen! Eine wehrlose Vierzehnjährige mit irgendwelchem erfundenem Müll über internationale Schmuckdiebstähle zu ängstigen. Die SPINNEN WOHL!« (Mann, ich wette, sie werden sich wünschen, sie hätten nicht in ihrem Unterwäschefach herumgewühlt. Wenn ich Kommissar Simon wäre, würde ich mich morgen früh in eine schöne, enge Zelle einsperren lassen.)

Das brachte uns natürlich auch auf das Medaillon. Als dein Dad schimpfte: »NATÜRLICH IST SIE NICHT DEINE

SCHWESTER, DU VERLFIXTER RIESENTROTTEL!« (sehr unfair, wie ich fand), wärst du bestimmt am liebsten im Boden versunken. Und als Mum die Hand in ihre Strickjackentasche steckte, das Medaillon hervorzog und es auf meine Bettdecke legte, hättest du ohne weiteres ein Ei auf meinen holden Wangen braten können, sie brannten vor Verlegenheit. »Ich nehme an, das hier hat dein Vater bei den Woodhams konfisziert? Und ich vermute, ich soll dir die ganze Sache jetzt erklären?« Ehrlich, ich wusste nicht mehr, wo ich hinschauen sollte. »Hast du es gestohlen?«, flüsterte ich. »Wie lange wirst du dafür bekommen?« Sie kniff mir in die Nase und wackelte daran herum. »Annabelle, sei doch nicht albern«, sagte sie missbilligend. »Dieses Medaillon *gehört* mir; es ist schon seit Generationen in Familienbesitz.« Ich sah langsam auf. »Du meinst ... ich habe ägyptische Vorfahren?« Einen Moment lang dachte ich ernsthaft, ERNSTHAFT, sie würde mir gleich eröffnen, dass die Königin Kleopatra meine antike Ahnin war. Stattdessen rollte sie mit den Augen und sagte: »Hab ich dir denn gar nichts beibringen können, Kind? Sieht das etwa so aus, als würde es aus den Tiefen einer Pyramide stammen? Es ist ein viktorianisches Stück und gehörte meiner Mutter und davor ihrer Mutter. Es ist ein Erbstück. Hier, ich leg es dir mal um.«

Sie legte es um meinen Hals. Es fühlte sich gut an, als würde es mich irgendwie beschützen. »Aber Mum«, sagte ich, »wenn es nur ein Erbstück ist, warum war Dad dann so wütend, als wir es fanden?« Sie schob die Kette beiseite und untersuchte meinen Leberfleck. »Eine Mischung aus Zorn und Verlegenheit«, sagte sie. »Er hat nicht erwartet, dass es unter den Dielen versteckt ist. Du solltest es nicht sehen – jedenfalls nicht vor deinem achtzehnten Geburtstag. Es sollte eine Überraschung für dich sein – so wie für mich, als ich volljährig wurde. Ich entdeckte das lose Brett schon vor langer Zeit. Immer, wenn ich weg bin, verstecke ich das Medaillon darunter, und zwar deswegen, weil dein Vater es immer noch nicht geschafft hat, die Sicherheitsvorrichtungen anzubringen, um die ich ihn so oft gebeten habe. Aber natürlich musste diese laufende Biskuitrolle (damit meinte sie Jupiter) mein Versteck entdecken und alles auffliegen lassen. Überlistet von einem Nagetier. Was passiert wohl als Nächstes?«

Dann war mein Leberfleck dran. »Juckt dieses Ding?«, fragte sie. Ich sagte Nein und dass auch kein Haar darauf gewachsen sei, seit Dr. Keelan es gesehen hatte, und ob sie bitte beim Thema bleiben könnte. »Aber warum ist die Polizei dann gekommen und hat danach gesucht?«, fragte ich. Sie seufzte ein bisschen erschöpft und schüttelte den Kopf. »Sie haben nicht *danach* gesucht; sie waren hinter etwas anderem her. Vor einigen Monaten sind ein paar seltene Artefakte aus der ägyptologischen Abteilung der Universität verschwunden. Der Schuldige wurde nie gefunden. Am Tag vor meiner Abreise nach Luxor verschwanden zwei weitere Stücke.

Der charmante Mr Plod, dem Rätsel offenbar dicht auf der Spur, hatte es sich in den Kopf gesetzt, dass alle Anzeichen auf die Tat eines Insiders hindeuteten. Fortan war ich seine Hauptverdächtige.«

Da sprang ich natürlich fast an die Decke! »Wie kann man bloß glauben, dass du eine Diebin bist?«

Mum hob eine Augenbraue und warf mir einen »Nun, du hast es gerade doch auch geglaubt«-Blick zu. Ich wurde rot und zupfte an einem Taschentuch herum. »Aber hat Dad ihnen denn nicht erzählt, wie ehrlich du bist? Er hat doch wohl nicht geglaubt, dass du etwas stehlen würdest, oder?« Sie legte einen Finger unter ihr Kinn. »Nein, das tat er nicht. Er war weitaus einfallsreicher. Er wusste, wie viel mir diese Artefakte bedeuteten und wie aufgeregt ich war, als sie verloren gingen. Also kam er zu dem recht seltsamen Schluss, dass ich die neuesten Stücke vielleicht sicherheitshalber aus dem Abteilungsarchiv geholt und hier versteckt hätte.« Ich zog eine Grimasse. »Hat er deswegen seinen Kopf in den Kamin gesteckt? Weil er versucht hat, dein Geheimversteck zu finden?« – »Offenbar«, murmelte Mum und zuckte ein bisschen zusammen. »Er behauptet, dass ihn allein meine Geheimniskrämerei um das Medaillon dazu veranlasst hätte.« – »Mann, ist der doof«, sagte ich. Mum nickte zustimmend. »Das Problem war, dass alles immer schlimmer wurde, nachdem sich diese fixe Idee erst einmal in seinem Kopf festgesetzt hatte. Er begann sich Sorgen zu machen, wie es wohl aussehen würde, wenn die Polizei das Haus durchsuchte und SIE die verschwundenen Sachen auftrieb. Oder schlimmer noch, was wäre, wenn bei uns eingebrochen würde und die Polizei herausfände, dass die Diebe sich mit einem netten kleinen Sack voller ägyptischer Schmuckstücke davongemacht hätten? Das versetzte ihn in helle Aufregung.«

Ich stöhnte und sagte: »Warum hat er dich nicht einfach an der Ausgrabungsstätte angerufen und gefragt?!« – »O nein«, sagte Mum und runzelte gespielt die Stirn. »Das wäre viel zu gefährlich gewesen.« Sie beugte sich vor und flüsterte ironisch: »Jemand hätte unser Telefon abhören können!« Ich schlug die Hände vors Gesicht.

»Oh, es kommt noch besser«, lachte sie. »Weil er wusste, dass man in unser Haus so leicht einbrechen konnte, machte er sich schließlich doch daran – nach zehn Jahren fruchtlosen Nörgelns –, einige Sicherheitsvorrichtungen zu installieren.«

Ich stöhnte noch einmal und erzählte ihr, wie Rocket das Infrarotding ausgelöst hatte. »Hmm. Ja, schön für Rocket«, sagte Mum, »aber weniger schön für deinen Vater. Während er der Polizei bei ihren dämlichen Nachforschungen half, schaffte er es doch tatsächlich, im Verhörzimmer eine Rechnung fallen zu lassen, auf der seine Einkäufe für die Diebstahlsicherung genauestens aufgelistet waren. Er muss so schuldbewusst ausgesehen haben wie ein Kind, das beim Naschen erwischt wurde.

Dein Vater ist ein kluger Mann, Annabelle, aber wenn er Autoritätspersonen gegenübersteht oder mit Verdächtigungen bezüglich eventuell ungesetzlicher Aktivitäten konfrontiert wird, scheint sein Verstand einfach auszusetzen. Es war allerdings auch nicht gerade hilfreich, dass du mit dem Medaillon verschwunden bist.« – »Warum hat er es auch vor mir versteckt?«, blaffte ich. »Ich hab's dir doch gesagt«, wiederholte sie leise. »Du solltest es noch nicht sehen. Er wusste, dass du das ganze Haus auf den Kopf stellen würdest, um es zu finden. Der Spülkasten ist sicherlich nicht das beste Versteck für eine wertvolle Antiquität, aber ich denke, ich muss ihm zumindest anrechnen, dass er es versucht hat.«

Na ja, da wusste ich dann erst mal nicht, was ich sagen sollte.

Ich strich eine Weile über das Medaillon und war dankbar, dass ich meinen Plan mit Hammer und Ziegelstein nicht hatte ausführen können. »Einmal hätte ich es fast zerdeppert«, gestand ich. Mum schrak zusammen. »Gütiger Himmel, Kind. Warum das denn?« Ich zuckte die Achseln und wurde röter als eine reife Tomate. »Lass mich raten«, sagte sie. »Du dachtest, es hätte etwas mit deinem Vater und … Mrs Woodham zu tun?« Ich schüttelte meinen Kopf. »Ich dachte zuerst, es wäre ein Geschenk von deinem arabischen Liebhaber.« Daraufhin brach sie in schallendes Gelächter aus. »Oje«, sagte sie und rieb meine Hand. »Du hast wirklich einige Strapazen hinter dir, was?« Ich nickte ein wenig – und dann verkrampfte ich ziemlich (denn du weißt sicher schon, was als Nächstes kam).

Ich sagte: »Mum, wir haben doch vorhin über Dad und Guys Mum geredet. Warum *hat* er denn ein Bild von ihr in seinem Geldbeutel?« Sie wurde still und rückte einen Moment lang die Sachen auf dem Tablett zurecht. »Nein«, sagte sie plötzlich. »Diese Suppe hat sich dein Vater selbst eingebrockt. Ich finde, *er* sollte dir das mit Mary erklären.« – »Ach, Mum!«, protestierte ich. Aber sie wollte nicht nachgeben. Sie sagte nur: »A, das ist alles schon lange, lange her. Lassen wir es dabei, ja?«

Ich dachte, das wäre nun das Ende unseres Gesprächs. Aber irgendwie war es erst der Anfang. Ich schnäuzte mir gerade die Nase, als Rocket durch die Tür schlich, auf mein Bett sprang, sich setzte und mich anstarrte – genau wie in meinem Traum. Ein schrecklicher Schauder lief mir den Rücken hinunter und ich hörte mich sagen: »Mum, letzte Woche hatte ich einen seltsamen Traum – du bist auch darin vorgekommen. Du warst draußen in der Wüste.« – »Was ist daran so seltsam?«, fragte sie. »Ich lebe doch praktisch in der Wüste.« Ich sah ihr direkt in die Augen. »Du hattest ein Kind auf dem Arm. Einen kleinen Jungen. Er hatte dunkle Haare. Du hast ihn mir gegeben ...«

Guy, ihre Miene wurde auf der Stelle zu Stein.

»Mum?«, sagte ich. »Mum, was ist denn los?« So hatte ich sie noch nie gesehen. »O Gott«, sagte sie und griff nach der Decke. »Wie konntest du davon wissen. Wie konntest du nur davon wissen?« Ich schlängelte mich aus dem Bett und warf meine Arme um sie. »Was?«, sagte ich. »Was habe ich gewusst? Es war doch nur ein Traum, Mum. Bitte, was ist denn los?«

»O Gott«, sagte sie wieder und hielt sich die Hände vor die Augen. »Es tut mir so, so Leid. Ich hätte es dir schon vor Jahren sagen sollen. Oh, Annabelle. Bitte vergib mir. Es tut mir Leid.« Ich bekam große Angst, weil ich wusste, dass etwas Schreckliches passiert sein musste, und ich wollte alles wieder gutmachen. »Was?«, schluckte ich. »Sag es mir. Bitte. Du bist doch meine ... echte Mum, oder?« Sie lachte und weinte zugleich und legte eine Hand an mein Gesicht. »Ich bin so dankbar für dich«, schluchzte sie. »Was würde ich nur ohne dich tun? – Ich hatte eine Fehlgeburt, A, bevor du auf die Welt kamst. Du hättest eigentlich einen älteren Bruder haben sollen. Wir wollten ihn Alexander nennen ...«

Guy, ich dachte, die ganze Welt um mich herum würde explodieren, aber stattdessen öffnete sich die Tür und Dad kam herein. Er warf einen Blick auf Mum und setzte sich leise an das Bettende. Dann nahm er sie behutsam in die Arme und wiegte sie hin und her, wie den Sohn, den sie niemals bekam.

Ich werde jetzt den Computer eine Weile ausschalten. Es war so, so schrecklich, und wenn ich darüber schreibe, ist mir wieder richtig zum Heulen zumute. Bitte hab

Geduld. Jetzt ist nicht der richtige Zeitpunkt, Dad zu fragen. Aber wenn du etwas weißt, schreib es mir bitte, ja?

Ich vermisse dich (jetzt schon!),
deine triefende Annasuse
:-*:-*:-*

OFFENE GESPRÄCHE BEI DEN WOODHAMS

Liebe Annabelle,

mein Dad hat mir schon von deinem verlorenen Bruder erzählt. Ich wusste aber nicht, ob ich es ansprechen sollte, für den Fall, dass du noch nichts davon weißt.

Aber Vater und Sohn Woodham verfolgen nun die neue Politik, sich alles offen und ehrlich zu sagen, und das scheint jetzt wohl auch bei euch zu Hause so zu sein. Dad und ich hatten heute Abend ein langes Gespräch. Endlich, nachdem wir uns wochenlang wie Boxer, die ihre Gegner begutachten, belauert hatten. Ich begann das Gespräch auf meine gewohnt trampelige Art, indem ich sagte: »Du erzählst mir doch jetzt alles, oder, Dad? Denn wenn nicht, erfahre ich es eben von Franklin, über Annabelle.«

Er schaute ein bisschen traurig. »Nein, das musst du nicht«, sagte er. »Auch wenn schon eine ganze Menge Informationen auf diese Art und Weise hin- und hergegangen sind, nicht wahr? Ich werde dir alles erzählen, was du wissen willst. Es wird Zeit, dass ich das tue. Du kannst mich alles fragen und ich werde dir antworten. Aber zuerst«, sagte er Unheil verkündend, »muss ich dir sagen – falls du es nicht selbst schon weißt –, dass du ganz schön unverantwortlich warst, Guy. Dem armen, kleinen Mädchen all das dumme Zeug über *Ein Wintermärchen* und verwechselte Eltern zu erzählen, so dass sie beinahe den Verstand verliert –«

Ich wäre fast explodiert. »*Armes, kleines Mädchen*?«, platzte ich dazwischen. »Redest du etwa von Annabelle? Du hast sie doch gesehen, oder? Sie ist fast so groß wie ich und sie ist n-n-n-«

Ich stottere sonst NIEMALS, wenn ich mit Dad rede. NIEMALS. Außer wenn andere Leute dabei sind.

Er schaute mich nur an. Dann sagte er ganz leise: »Ich verstehe.« Und ich sagte: »Ach ja? WAS verstehst du?« Er sagte: »Ich verstehe, dass deine Mutter ganz schön was ins Rollen brachte, als sie vorschlug, dass du und Annabelle euch kennen lernen solltet.«

Ich war einfach platt. (Sorry, Mum. A, meine Mum hat diesen Ausdruck immer gehasst. Aber mir fällt gerade nichts Besseres ein.) »MUM hat das vorgeschlagen?«, sprudelte es aus mir heraus. »O ja«, sagte Dad. »Es war Mums Idee, die alles in Gang setzte. Ihr Brief an Franklin und Jane.« – »Sie hat ihnen geschrieben? Wann?«

Also hat er es mir erzählt. Mum schrieb in den letzten paar Wochen alle möglichen Briefe. Sie sollten nach ihrem Tod verschickt werden. Mir schrieb sie auch einen. Er ist noch länger als einer von deinen Briefen, und ich werde ihn immer behalten, aber er ist so persönlich, dass ich ihn selbst dir nicht zeigen kann. Jedenfalls befand sich unter diesen Briefen auch einer, der an deine Mum und deinen Dad adressiert war. Er war versiegelt, also hat Dad ihn nicht gelesen. Aber dann erzählte ihm Franklin am Telefon, dass Mum gesagt hätte, wie schön es doch wäre, wenn du und ich uns eines Tages treffen würden.

Sie hatte völlig Recht. Es ist schön. Danke, Mum.

Als Nächstes fragte ich ihn (die neue Politik der Offenheit in voller Aktion): »Annabelles Dad hat Mum geliebt, stimmt's? Hat dir das nichts ausgemacht? Ich dachte –«

Er warf mir einen seiner BLICKE zu, wie Mum sie immer nannte. »Ja, ich weiß, was du dachtest«, sagte er. »Du hast ziemlich viel gedacht, allerdings war auch eine Menge Unsinn dabei. Es stimmt, sie waren mehr als nur gute Freunde, bevor deine Mum und ich zusammenkamen. Aber du hattest dir in den Kopf gesetzt, er sei dein Vater, nicht wahr? Hast du das ernsthaft geglaubt?«

»Nun, na ja«, gestand ich. »Ich meine, er schien sich so für mich zu interessieren, und alle sagen immer, dass ich aussehen würde wie Mum, aber nie, dass ich dir ähnlich sei. Alles schien irgendwie zusammenzupassen –«

»Guy«, sagte er mit einem traurigen Lächeln. »Ja, du siehst ihr sehr ähnlich. Manchmal bricht mir das fast das Herz.

Vor allem dieser Gesichtsausdruck – genau der jetzt!« Natürlich versuchte ich sofort, diesen Ausdruck einzufangen, aber ich hatte keinen blassen Schimmer, wie mein Gesicht in diesem Moment aussah. Vermutlich ziemlich fassungslos und dämlich, also so wie immer, wobei ich Mum damit natürlich nicht beleidigen will. »Aber hast du dir denn noch nie deine Füße betrachtet?«, fragte Dad. Ich schaute sie mir an. Dad lachte: »Natürlich nicht, wenn du Turnschuhe und Socken trägst. Zieh sie aus und sieh dir deine Füße an.«

Ich warf ihm einen BLICK zu, zog dann aber Schuhe und Socken aus, wie er auch. »Schau dir diese Füße an«, sagte er, »alle vier, und dann sag noch einmal, dass ich nicht dein Vater bin. Ist dir das noch nie aufgefallen?«

Ich betrachtete diese vielen Füße. – Füße sind schon seltsame Körperteile, wenn man sie mal genau anschaut. Aber Dad hat Recht. Wir haben die gleichen Füße. Völlig identisch, außer dass die von Dad etwas behaarter sind. Sogar die Fußnägel an unseren Zehen haben dieselbe Form. Ich weiß ja nicht, wie deine Füße aussehen, Annabelle, aber unsere vier sind irgendwie lang und dünn (in meinem Fall Größe 43. Verdammt riesige Mammutflappen, sagte meine Mutter immer dazu – und frag mich nicht, woher sie dieses Wort hat, ich hab keine Ahnung). Unsere großen Zehen sind lang und die anderen laufen alle irgendwie spitz zu. Es sind eigentlich ziemlich elegante Füße, wenn ich so darüber nachdenke. Ich weiß, dass Marks Füße eher quadratisch sind. Das ist mir aufgefallen, weil er viel besser mit seinen Wanderschuhen zurechtkommt als ich. Ich kriege immer Blasen an den Zehen.

Meine Füße sind also nicht für Wanderschuhe geeignet, aber sie beweisen, dass ich der Sohn meines Vaters bin. Und darüber bin ich sehr froh, weil ich lieber ihn als Vater habe als Franklin, und überhaupt ist Franklin ja dein Vater. Schau dir mal Franklins Mammutflappen an, ich wette, seine sehen ganz anders aus. Ich habe Woodham-Füße, keine King-Füße. (Und du hast Eins-A-King-Füße! Ha!)

Dad und ich saßen also da und starren auf unsere Füße, als wären wir Mitglieder der Gesellschaft für die Wertschätzung des Woodham-Fußes. Unsere Schuhe und Strümpfe lagen über den Teppich verteilt herum. »Du bist mein Sohn, Guy«, sagte er. »Gott sei Dank. Denn du bist alles, was ich noch habe.«

Mein Hals war wie zugeschnürt. Ich sagte: »Entschuldige, Dad. Wegen dem ganzen dummen Zeug. Ich will doch überhaupt keinen anderen Dad!« – »Ist das dein Ernst?«, fragte er, und ich sagte: »Ja, ehrlich.« Dann erzählte er mir von sich und den anderen in York, wie sie sich kennen lernten. Und alles über deinen Dad und meine Mum …

Mary Mary und Mary Jane waren Zimmernachbarinnen und seit dem ersten Tag an der Uni gute Freundinnen. Franklin und Tom waren ebenfalls befreundet. Meine Mum und dein Dad trafen sich in der Theatergruppe und kamen sofort zusammen, und auch nachdem sie sich wieder getrennt hatten, blieben sie Freunde. Alle vier wohnten das erste Jahr im Wohnheim, aber danach mussten sie sich selbst um eine Unterkunft kümmern. Auf der Suche nach einer Wohnung entdeckten unsere Mütter ein Haus, das groß genug war für vier, und sie beschlossen, unsere Dads zu fragen, ob sie nicht mit ihnen zusammenziehen wollten. Dadurch lernten sich meine Mum und mein Dad kennen – Franklin hat sie sozusagen miteinander bekannt gemacht! Und auch DEINE Mum und DEIN Dad lernten sich dadurch kennen, dass meine Mum sie einander vorstellte. Wenn dein Dad also nicht gewesen wäre, würde es mich jetzt nicht geben, und wenn meine Mum nicht gewesen wäre, würdest DU nicht existieren. Verrückt, was?

Dad sagte, es wären die glücklichsten Tage seines Lebens gewesen, als sie alle zusammen in diesem Haus wohnten. »Abgesehen von deiner Geburt natürlich«, fügte er schnell als Nachsatz hinzu. »Wieso habt ihr euch dann aus den Augen verloren?«, fragte ich. »Wo ihr doch alle so gut befreundet wart und euch so schön zu Paaren zusammengefunden hattet?« Er wurde wieder ganz traurig. Und dann erzählte er mir von Alexander.

Folgendes geschah: Ein paar Jahre nachdem sie York verlassen hatten, wurde meine Mum mit mir schwanger. Bald darauf war auch deine Mum schwanger, und zwar mit Alexander. Aber während ich auf die Sekunde pünktlich strampelnd und gesund auf die Welt kam … na ja, du weißt ja, was mit Alexander passierte. Es war schrecklich, sagte Dad. Deine Eltern besuchten meine noch ein paar Mal, aber es war für alle unerträglich. Ich erinnerte deine Eltern an das Baby, das sie nicht bekommen hatten, und meine Eltern hatten das Gefühl, sie hätten es nicht verdient, so glücklich zu sein. Sie wussten nicht, was sie sagen sollten. Einmal hielt Franklin mich auf dem Arm. Er hatte gefragt, ob er mich einmal halten dürfte, nur ganz kurz. Und mein Dad wusste genau, dass er dabei an seinen eigenen Sohn denken musste und auch daran, dass er vielleicht in diesem Moment sein eigenes Baby auf dem Arm halten würde, wenn er meine Mum geheiratet hätte. Dad sagte, sie hätten alle drei Franklin angestarrt, der mich festhielt und seine Augen wie in einer Art Trance geschlossen hatte. Er wollte mich gar nicht mehr hergeben, und Dad wusste genau, dass sie alle drei dasselbe dachten. Deine Mum nahm mich nicht auf den Arm. Sie fragten sie zwar, aber deine Mum musste ihre Tränen unterdrücken, war furchtbar angespannt und sagte zu Franklin, dass sie nach Hause wolle. Das war das letzte Mal, dass sie sich alle vier gemeinsam trafen.

Es ist so seltsam, Annabelle, wenn man sich das alles vorstellt. Und ich, dieses kleine Baby, mittendrin.

Selbst nach deiner Geburt gelang es ihnen nicht, den Kontakt wieder aufzunehmen. Und auch die Weihnachtspostkarten verliefen nach einiger Zeit im Sand.

Und A, das war wirklich die Stunde der Geständnisse, denn mein Dad erzählte mir, dass er schon immer ein bisschen eifersüchtig auf Franklin war. Er sagte: »Franklin sah besser aus als ich und war auch viel schlauer und lustiger und weitaus erfolgreicher. Ich meine, sieh ihn dir doch jetzt an. Literaturdozent, großes Haus in Oxford, Veröffentlichungen in Zeitschriften. Und was bin ich? Ein langweiliger, stinknormaler Steuerberater mit schütteren Haaren, der in einer gewöhnlichen Doppelhaushälfte wohnt. Guy, um ehrlich zu sein, habe ich mich oft gefragt, ob Mary nicht dachte, sie wäre besser dran gewesen, wenn sie bei ihm geblieben wäre.«

Was dann passierte, bringt mich immer noch ganz durcheinander. Ich wollte gerade sagen: »Nein, Dad, das hat sie bestimmt nicht …«, da sackte sein Gesicht irgendwie zusammen, sein Mund verzog sich und seine Schultern bebten. Und in der nächsten Minute fing er tatsächlich an zu weinen. Er bemühte sich nicht einmal mehr, es zu verbergen. »Ich vermisse sie«, sagte er dauernd. »Ich vermisse sie so sehr, Guy.« Und dann fing auch ich an zu heulen. Wir mussten beide unsere Nasen putzen, und es gab keine Taschentücher mehr, weil nur Mum immer daran gedacht hatte, welche zu kaufen. Also rannte Dad ins Bad und kam mit einer Rolle Klopapier wieder, und dann saßen wir da, flennten wie verrückt und rupften schluchzend immer wieder ein Stück von der Klorolle ab. Dad legte seinen Arm um mich und Ewigkeiten sagte keiner von uns ein Wort. Und, Annabelle, ich weiß nicht, ob es nicht schlimm ist, so etwas zu denken, aber ich dachte es trotzdem – es war fast schon KOMISCH, wie wir beide da saßen, uns umarmten und plärrten wie Babys. Irgendwann, als wir die Papprolle in der Mitte schon sehen konnten, sagte Dad schniefend: »Ich glaube, das hat uns beiden sehr gut getan.«

Und ich versuchte, ihm zu sagen: »Das wusste ich nicht, Dad!«, obwohl ich es kaum herausbrachte, weil mir die Tränen noch im Hals steckten. Was ich damit sagen wollte, war: »Ich wusste nicht, dass es dir immer noch so viel ausmacht. Ich dachte, du wärst schon darüber hinweg.« Aber ich glaube, Dad verstand, was ich meinte. Er sagte: »Ich weiß. Ich habe meine Gefühle ein bisschen zu gut versteckt, nicht?« Und ich fragte: »Aber warum?« Er sagte: »Nicht, weil es mir nichts ausgemacht hätte, und auch NICHT, weil ich so schnell darüber hinweggekommen wäre. Mary verloren zu haben, ist etwas, über das ich niemals hinwegkommen werde.« Seine Stimme wurde ganz brüchig, und ich dachte, er würde wieder von vorne anfangen, aber er sagte: »Ich hatte einfach das Gefühl, ich dürfte die Beherrschung nicht verlieren, wegen dir. Ich wollte dir ein Stück Normalität vermitteln. Aber ich hatte Unrecht. Ich hätte dir nichts vormachen sollen. Ich hätte lieber mehr Zeit damit verbringen sollen, mit dir zu reden, Guy, und das tut mir Leid.« Ich sagte daraufhin: »Ist schon gut, Dad. Wir reden ja jetzt.«

Und das taten wir.

Nach einer Weile erhob sich Dad, holte uns beiden Früchtekuchen und machte uns eine Tasse Tee. Als wir gegessen hatten, sagte ich ihm, ich würde dir eine Mail schreiben. Er sagte: »Gut, aber warum rufst du sie nicht an? Ich meine, sie weiß doch jetzt, wie unsicher du beim Sprechen manchmal bist. Wenn es ihr gestern nichts ausmachte, warum sollte es sie dann heute stören? Was hält dich zurück? Um die Telefonrechnung brauchst du dir jedenfalls keine Gedanken zu machen.« Also erklärte ich ihm, dass ich dich vermutlich auch noch anrufen würde, aber dass man manche Dinge in einer E-Mail einfach besser besprechen könne. Ich sagte: »Ich möchte ihr diese ganze Geschichte erzählen. Annabelle und ich erzählen uns nämlich alles.«

Aber später werde ich dich auch noch anrufen. Und nein, ich mache mir keine Sorgen um seine Rechnung.

Guy mit der roten Nase
:-*:-*:-*:-*:-*

PS: Neunundneunzig niedliche Nonnen naschen nachts Nüsse in Nürnberg. – Hab's geschafft! Kein einziges Mal gestockt.

GESTÄNDNISSE IM CAFE

Liebes Rentier Rudolph,

danke für die Mega-Mail von gestern Abend. Himmel, was für romantische Dinge sich doch gerade abspielen. Ich wusste gar nicht, dass Eltern so spannend sein können. Ich hatte eben ein weiteres Riesenpalaver mit Mum. Sie hat mir noch viel mehr von Alexander erzählt und von York und deiner Mum und deinem Dad – sie hat sogar seine Füße erwähnt! Igitt! Davon gleich mehr.

Zuerst wollte ich noch sagen, dass es mir nicht Leid tut, dass du so eine Heulorgie mit deinem Dad hattest, denn

schließlich hat es eure Gefühle ans Licht gebracht. Und hab ich dir nicht gesagt, dass ihm deine Mum immer noch sehr wichtig ist? Darum reibe ich auch gerade meine Zeigefinger aufeinander und sage »Ätsch«. Ich muss gestehen, dass ich vom Leistungsvermögen eurer Tränenkanäle sehr beeindruckt bin. Eine GANZE Rolle Klopapier? Bis zur Pappröhre? Wow, Guy, du bist mein Held! Ich fürchte allerdings, dass du meinen besten Heulanfall nicht überbieten kannst. Das war letztes Jahr, als Laura sich *Meine Lieder, meine Träume* auf Video ausgeliehen hatte. Wir dachten erst, der Film sei total öde, und am Ende, als sie endlich »Edelweiß« säuselten, haben wir dann eine halbe Schachtel Kosmetiktücher, den Rest einer Küchenrolle, ein Geschirrtuch und Gingers Hals voll gerotzt. Aber es ist trotzdem ein ganz beachtliches Ergebnis. Der höchste Neuzugang in den Charts, würde ich sagen.

Entschuldige, dass es so lang gedauert hat, bis ich zurückschreibe. Ich wollte mich eigentlich gleich nach dem Frühstück an den Computer setzen, aber dann hat Mum gefragt, ob ich mit ihr einkaufen gehen möchte. Tut mir Leid, Guy, aber so ein Angebot kann man nicht ablehnen! Und als ich nach unten kam, rief Laura an. Sie wollte wissen, wo ich in den letzten Tagen gewesen wäre. Sie erzählte, dass alle in der Schule nach mir gefragt hätten und dass schon Gerüchte herumgingen, wonach ich eine seltene Krankheit hätte. Ich sagte: »Genau, sie heißt LIEBE«, und sie sagte, ich müsste ihr *jetzt und auf der Stelle* alles erzählen oder sie würde sterben und vermutlich nie wieder aufwachen. Nach einer halben Stunde Gequatsche über Gott, die Welt und dich wurde Mum sauer und klopfte an meine Tür: »Annabelle, wenn man einen Telefonhörer länger als zwanzig Minuten an die Ohrmuschel drückt, wird der Knorpel so porös, dass das Ohrläppchen abfällt, wenn ein Junge zum ersten Mal daran knabbert. Das ist wissenschaftlich erwiesen! Wenn du also noch ein paar interessante Stunden in der hintersten Reihe eines Kinos erleben möchtest, dann leg SOFORT den Hörer auf!« Ich erzählte Laura davon, und sie kicherte und sagte, Mum sei ja völlig verrückt – aber sie würde es auf alle Fälle bei Gina nachprüfen.

Dann stiefelten Mum und ich Arm in Arm in der Stadt herum, auf einer Tour durch die verschiedensten Second-Hand-Läden. Es war einfach klasse. Ich bekam ein todschickes neues Top und eine Jeanstasche mit einer strahlenden Smiley-Sonnenblume vorne drauf. »Sehr sixties«, sagte Mum (was auch immer das heißen soll). Dann gingen wir in einen Elektroladen, wo sie mir einen tragbaren CD-Player kaufte. Juhu!! (Meine Geschenke von Mum kommen immer etwas später, wenn sie auf Ausgrabung war.) Und, stell dir vor, dann führte sie mich noch in ein wirklich feines Juweliergeschäft und suchte eine brandneue Kette für das Medaillon aus, das nun offiziell mir gehört (protz!). »Ich konnte die Vorstellung nicht ertragen, dass du mir sonst die nächsten dreieinhalb Jahre damit auf die Nerven gehst«, sagte sie, als wir später bei einem Kaffee plauderten. Sie zeigte mir sogar, wie man es *öffnet*. »Soll das heißen, du bist noch nicht selbst darauf gekommen?«, wunderte sie sich. »Du wirst dich freuen zu hören, dass man keinen Hammer dazu braucht. Halte es einfach so und drück dann hier drauf …« Pling. Da war es. In zwei Hälften geteilt. Ich konnte es kaum glauben. Rate, wer drin war? Ich und Dad. Die zwei großen Lieben ihres Lebens, sagte sie. Ein paar Sekunden saß ich nur da und glotzte, unsicher, ob ich aussprechen sollte, was mir durch den Kopf ging. Aber natürlich habe ich es dann getan!

Ich erzählte, dass in meinem Traum Bilder von Alexander und Hermione in dem Medaillon waren. Mum spielte mit ihrer Kaffeetasse herum und sagte: »Ich habe zwar kein Bild von Alexander, aber ich stelle mir oft vor, dass er auch irgendwie einen Platz in diesem Medaillon hat. Übrigens, falls du dich wunderst, es ist kein Zufall, dass Guys zweiter Vorname auch Alexander ist. In York überlegten Mary und ich uns oft, wie wir unsere Kinder nennen würden, und Alexander war ein Lieblingsname von uns beiden.«

Unheimlich, was? Jedenfalls schien sie in der Stimmung zu sein, mit mir über »die Dinge« zu reden, also ging ich gleich in die Vollen: »Warum heiße ich Hermione, Mum? Ich hab Dad mal danach gefragt, aber er sagte nur: ›O Gott!‹« Ihre Lippen verzogen sich zu einem sehr, sehr dünnen Lächeln. »Das liegt daran, dass du einen wunden Punkt erwischt hast«, sagte sie. »Er traf Mary zum ersten Mal bei einer Studentenaufführung von ... ach, wie heißt dieses Stück gleich wieder?« – »*Ein Wintermärchen*«, murmelte ich. »Genau«, nickte Mum, »die Quelle von Master Woodhams Inspiration. Franklin ermunterte Mary immer dazu, Shakespeares große Heldinnen zu spielen, aber sie hatte so schreckliches Lampenfieber, dass sie höchstens kleine Nebenrollen übernehmen konnte. Um sie aufzumuntern, erzählte er ihr, dass sie immer ›seine Hermione‹ sein würde – bis du auf die Welt kamst, natürlich.« Ich runzelte ärgerlich die Stirn und wurde etwas kratzbürstig. Ich hatte immer noch Riesenkrach mit Dad und war nicht in der Stimmung, »seine Hermione« zu sein. Und überhaupt, stell dir vor: deine Mum durch mich zu ersetzen! Mum erriet, was ich gerade dachte, und sagte: »Du bist zu streng mit ihm, Annabelle. Er liebt dich über alles und das weißt du auch. Ich möchte, dass du dich wieder mit ihm verträgst.«

Keine Chance! Ich zog ein furchtbar böses Gesicht und sagte ihr, dass ich ihn hassen würde. Sie runzelte die Stirn und klopfte mir auf die Finger.

»Aber Mum«, erklärte ich beleidigt, »zuerst nennt er mich nach seiner Freundin und dann hat er auch noch ein Bild von ihr in seinem Geldbeutel. Bist du denn gar nicht eifersüchtig?« Sie stützte sich auf die Ellbogen, beugte sich vor und nahm einen Schluck von ihrem Kaffee. »Unter anderen Umständen wäre ich sicherlich eifersüchtig. Aber zum einem gefällt mir der Name auch und außerdem war Mary nicht nur irgendeine ›Freundin‹ von ihm, A. Sie und dein Vater sind sich früher einmal sehr nahe gestanden. Wusstest du, dass er das Foto von ihr selbst aufgenommen hat?« Bei diesen Worten lief mir ein seltsamer Schauder den Rücken hinunter. Mum sah mich zusammenzucken, sprach aber weiter: »Es stand immer auf dem Kaminsims in der Caverner Road. Sie muss es mitgenommen haben, als wir alle dort auszogen.« Ich rümpfte die Nase und sagte: »Soll das heißen, dass er das Bild nicht immer schon hatte?« Mum schüttelte den Kopf. »Es kam in einem Brief kurz nach ihrem Tod, einem Brief, in dem sie alles über ihre Krankheit erzählte und die Hoffnung äußerte, er würde ihr vergeben, dass sie ihn an ihrem Ende nicht teilhaben ließ.«

»Und? Hat er das?«, fragte ich (zögerlich). Mum hielt inne und sah hinaus zu den Träumenden Türmen. »Nein. Er war am Boden zerstört. Erinnerst du dich nicht, wie schlecht es ihm Mitte des letzten Jahres ging? Hast du dich nie gefragt, warum wir unseren Urlaub damals abgesagt haben?« Ich schluckte und fing an, ein bisschen zu zittern. »Du hast gesagt, er wäre krank«, murmelte ich. Sie nickte. »Das war er auch. Hoffnungslos depressiv. Mary so zu verlieren, war ein furchtbarer Schlag für ihn. Er tat mir sehr, sehr Leid.«

Ha! Bei diesen Worten stieg der Ärger wieder in mir hoch. So leicht würde ich ihm das nicht verzeihen. »Aber er hat das Foto immerhin in seinen Geldbeutel getan«, meckerte ich. »Das bedeutet, dass er sie mehr liebte als dich.«

Guy, du wirst niemals glauben, was dann passierte. Sie knallte ihre Tasse auf den Tisch und sagte: »O Annabelle, du bist viel zu jung, um das zu verstehen.« WAS?! Frechheit!! Und DANN besaß sie sogar die Unverschämtheit zu sagen: »Echte Zuneigung hat nichts mit heimlichem Herumgeknutsche auf der hintersten Sitzbank eines Busses zu tun. Dein Vater und Mary empfanden wirklich tiefe Gefühle füreinander.« – »Ach, und warum hat sie ihn dann ABSERVIERT?«, zischte ich. Die Leute am Nachbartisch drehten ihre Köpfe zu uns. »Warum hat sie dann Tom geheiratet und nicht IHN?«

O-oh, eisige Stille. Ich dachte schon, sie würde mich auf der Stelle aus dem Lokal schleifen und an den Nächstbesten verkaufen, der gerade vorbeikam. Aber sie blieb wie immer völlig ruhig. Eine Kellnerin kam mit einem Wagen voll leckerer Kuchen vorbei. Mum hielt sie auf und bestellte uns beiden ein Sahnebaiser. »Was soll das denn?«, fragte ich, als die Bedienung wieder weg war. Mum öffnete ihre Serviette und legte sie sich auf den Schoß. »Nun, ich könnte jetzt versuchen, ganz furchtbar witzig zu sein, und sagen, dass der Kuchen den sauren Geschmack aus deinem Mund vertreiben soll, aber das dürfte vergebliche Liebesmüh sein.« Ich ließ den Kopf hängen und starrte das Törtchen vor mir böse an: eine riesengroße Erdbeere in einer Austernschale voller Sahne. In diesem Moment fühlte ich mich so ähnlich wie die Erdbeere. Ich hasse es, mich mit Mum zu streiten. »Es tut mir ja Leid«, murmelte ich. »Das hoffe ich«, sagte sie. »Du und dieser Junge (ts! *Dieser Junge*), ihr habt einen ganz schönen Aufruhr verursacht mit eurem Herumgeschnüffele. Eltern haben ebenso ein Recht auf ihre Privatsphäre, Annabelle, wie ihr zwei.«

»Ja, Mum«, seufzte ich und stach in mein Baiser.

Danach aßen wir eine Zeit lang schweigend. Schließlich sah Mum auf und ihr Blick schien etwas weicher zu werden. Offenbar hatte sie auf das Medaillon geschaut, denn sie sagte: »Also gut, da ich dich nun zu einer Erwachsenen ehrenhalber ernannt habe, werde ich dir erzählen, was damals wirklich geschah. Aber ich möchte nicht, dass es sich in ganz Oxfordshire verbreitet oder dass in der Schule darüber getratscht wird, verstanden? Ich bin nicht einmal sicher, ob du es Guy erzählen solltest, obwohl ich finde, dass auch er ein Recht darauf hat, es zu erfahren.« – »Was zu erfahren?«, sagte ich, noch ein bisschen schmollend. Sie brach mit ihrer Gabel ein Stückchen Baiser ab. »Dass dein Vater Mary gebeten hat, seine Frau zu werden.«

In diesem Moment rutschte mir die Erdbeere aus dem Mund, hüpfte auf die Tischkante und platschte auf den Boden.

»Hmm«, machte Mum, »mir ging es damals genauso. Auch mir ist der Mund offen stehen geblieben.«

»Aber … wann war das?«, murmelte ich und starrte sie an wie ein Fisch. Mum tupfte sich mit der Serviette den Mund ab und sagte: »Mary und Tom hatten einmal eine recht schwierige Phase, als sie im zweiten Monat schwanger war. Tom war immer viel geschäftlich unterwegs, und dein Vater, damals noch ein kleiner Dozent in Warwick, erfuhr von ihren Problemen. Er unternahm in letzter Minute einen ziemlich naiven Versuch, sie für sich zu gewinnen. Dabei suchte sie eigentlich nur nach einer Schulter, an der sie sich ausweinen konnte.«

»Aber … das ist ja *furchtbar*«, sagte ich. »Wie kann er eine Frau, die ein Kind von einem anderen bekommt, bitten, *ihn zu heiraten*? Und du?« Sie zuckte die Achseln und spielte mit ihrer Gabel. »Oh, ich tat das, was ich immer tat, wenn Franklin mich zur Verzweiflung brachte: Ich verschanzte mich in einem Loch unter der Erde. Unter dem Hadrianswall, glaube ich.«

Ich setzte mich auf und straffte die Schultern. Ich konnte einfach nicht glauben, was ich da hörte. »Du hättest *ihn* unter den Hadrianswall stecken sollen«, grollte ich, »und noch ein paar Extrasteine obendrauf legen!« Sie warf einen Blick zur Seite und nickte leicht, als wünschte sie, das wäre ihr damals auch eingefallen – und dann sagte sie Folgendes: »Du musst verstehen, dass meine Beziehung mit deinem Vater damals eher körperlicher Natur war –«

»Mu-um!«, zischte ich und sah mich um.

»Ich konnte ihm nicht auf derselben emotionalen Ebene nahe kommen wie Mary. Ich vermute, für ihn war sie so eine Art Seelenverwandte. Aber dennoch liebte ich ihn sehr und glaubte tief in mir drin, dass er dasselbe für mich empfand. Aber ich wusste, dass es nicht so weitergehen konnte, wenn er es nicht wirklich ernst mit mir meinte. Also ging ich ein schrecklich hohes Risiko ein.«

Sie hielt inne, um einen Bissen von ihrem Baiser zu essen. »Weiter«, zischte ich und blickte mich im Café um. »Mum, du kannst doch jetzt nicht aufhören!« Sie nahm einen Schluck von ihrem Kaffee, es schien Stunden zu dauern. Dann endlich sagte sie: »Bevor ich zu Hadrian und seinem Wall aufbrach, stellte ich Franklin ein Ultimatum. Ich sagte ihm, dass wir geschiedene Leute wären, und zwar für immer, wenn er bei meiner Rückkehr nicht am Bahnhof von Warwick auf mich warten würde.« – »Und, war er da?«, fragte ich. (Eigentlich eine dumme Frage, denn, nun ja, schließlich gibt es mich!) Aber dann hätte mich fast der Schlag getroffen, sie antwortete doch tatsächlich: »Nein, er saß in einer Gefängniszelle.«

In einer Gefängniszelle? Guy, du hättest mir in diesem Moment ungelogen einen Tennisball in den Schnabel stecken können.

»Hmm«, machte sie und nickte. »Ich hatte ihm gesagt, an welchem Wochenende ich wiederkommen würde, dabei aber versäumt, ihm den genauen Tag zu nennen. Zwei Nächte lang schlief er auf einer harten Bank am

Bahngleis, für den Fall, dass ich einen Frühzug genommen haben sollte. Die Polizei hielt ihn für einen Landstreicher und verhaftete ihn, als er sich weigerte zu gehen. Glücklicherweise gelang es ihm noch, dem Gepäckträger eine Nachricht zuzurufen, der dann ein Schild für »Mary Jane aus York« in die Höhe hielt. Ich sah das Schild und eilte sofort ins Gefängnis, um ihn herauszuholen. Es war eigentlich sehr romantisch, mit einer Tasse lauwarmem Tee in der Hand im Foyer der Polizeistation von Warwick zu sitzen. Er sagte, ich würde nach nördlichem Dreck stinken. Ich sagte ihm, er würde einfach *nur* stinken. Er gab zu, ein Vollidiot gewesen zu sein, und dann sagte er, dass er gerne ein Kind hätte und ob ich daran interessiert sei, ihm später am Abend in dieser Richtung ein wenig behilflich zu sein.« – »O Mum«, rief ich aus, aber sie fuhr ohne Pause fort: »Wir erklärten uns unsere unsterbliche Liebe und entschieden, dass wir, wenn diese Beziehung funktionieren sollte, völlig reinen Tisch machen und uns unsere schlimmsten Sünden gestehen mussten …«

Ein paar Leute hörten das und begannen zu tuscheln. »Mum«, ich schüttelte mich, »können wir die schlüpfrigen Stellen nicht einfach weglassen?« – »Du wolltest es wissen«, sagte sie. »Und überhaupt bin ich gerade so schön in Schwung.«

Und das war sie wirklich.

Guy, vielleicht fandest du die ganze Geschichte ja bis hier schon ziemlich peinlich, aber das war noch gar nichts. Ich hätte mich fast unterm Tisch verkrochen, als sie damit anfing: Sie sagte, Dad hätte gestanden, dass er deine Mutter schon immer verehrt habe und das vermutlich auch weiterhin täte. Nun, das wussten wir ja schon. Aber *dann* sagte sie – bist du bereit? –, dass ihr das nichts ausmachen würde, weil sie dagegen immer schon für Tom geschwärmt hätte!

Als sie das sagte, drückte ich meine Gabel so hart auf das Baiser, dass ein Teil davon über den Boden des Cafés schlitterte.

»Ach komm schon«, sagte Mum. »Jetzt schau mich bloß nicht so unschuldig an. Ich habe Guy bei Marys Beerdigung gesehen. Er kommt ganz nach seinem Vater. Sehr süß.« Ich warf ihr einen so eisigen Blick zu, dass die Temperatur im Café um einige Grad fiel.

»Mum! Du kannst doch GUY nicht süß finden! Das gehört sich nicht!« Sie warf mir, um einmal Ms Spences Worte zu gebrauchen, ein »versonnenes Lächeln« zu. »Ich will damit nur sagen, dass ich bestimmt ganz schön für ihn schwärmen würde, wenn ich in deinem Alter wäre.«

Na ja, dagegen konnte ich nicht viel sagen. Aber dann ruinierte Mum alles, indem sie sagte: »Ich frage mich, ob er wohl die Füße seines Vaters hat? Tom Woodham hatte wirklich sehr schöne große Füße. Ich finde große

Füße an einem Mann wirklich außerordentlich anziehend.«

Ja. Danke, Mum. Lassen wir mal die Mammutflappen aus dem Spiel, o.k.? (Ach, übrigens: Stinkefüße im Wohnzimmer zu vergleichen, gehört definitiv in die Kategorie widerlicher Angewohnheiten, Guy Woodham – besonders wenn es tagsüber geschieht. Ich finde, du solltest wissen, dass ich mich beim Lesen fast übergeben hätte.)

Also wechselte ich das Thema und sagte: »Mum, wenn Dad Guys Mum früher, nun ja, du weißt schon, so nahe gestanden ist, warum ist er dann nicht zu ihrer Beerdigung gegangen? Wollte er sich nicht von ihr verabschieden?« Sie legte den Kopf schief und ließ ihren Blick wieder hinaus zu den Türmen schweifen. »Oh, er wollte schon hingehen«, sagte sie, »aber er brachte es einfach nicht fertig. Er konnte Tom nicht gegenübertreten, nicht unter so schwierigen Bedingungen.« – »Aber du bist hingegangen«, sagte ich so, dass es wie eine Frage klang. »O ja«, sagte sie. »Als der Bösewicht in diesem Stück hatte ich das Gefühl, hingehen zu müssen. Hat Guy dir erzählt, warum wir uns aus den Augen verloren hatten?« – »Ja«, sagte ich, »wegen Alexander.« Mum nickte traurig. »Mary hat in ihrem Brief von ihm gesprochen, weißt du – von Alexander, meine ich. Sie wünschte, die Dinge wären damals anders gelaufen, und meinte, wenn wir die Uhr zurückdrehen könnten, würden wir alle begreifen, wie viel wir uns hätten geben können, wenn wir nur zusammengeblieben wären.«

Mir war ein bisschen nach Weinen zumute. Mum drückte meine Hand. »Es war eine Sache, die noch nicht abgeschlossen war, A. Ich musste in ihrer Nähe sein, ein letztes Mal. Weißt du, was Mary am meisten bedauerte?« Ich schüttelte den Kopf. »Dass sie dich nie gesehen hat.«

Das gab mir den Rest. »Oh«, machte ich und hielt mir die mit Sahne verschmierte Serviette vors Gesicht. Mum schnalzte mit der Zunge und zog ein paar meiner Haarsträhnen aus der Pampe heraus. »In ihrem Brief sagte sie, es wäre sehr faszinierend gewesen, zu sehen, wie du und Guy miteinander ausgekommen wärt – und damit begann in gewisser Weise euer digitales Tête-à-tête.« – »Ich weiß«, schniefte ich. »Guy hat mir erzählt, dass seine Mum uns quasi miteinander bekannt gemacht hat.« Mum lächelte und wartete, während ich mich schnäuzte. »Hmm, allerdings mit einiger Verspätung. Aber es wäre nicht gut gewesen, wenn man dich gleich auf Guy losgelassen hätte.«

»Oh, *danke*!«, schnaubte ich. »Wann habt ihr denn dann entschieden, mich auf ihn ›loszulassen‹?« – »Wenn du ab jetzt etwas leiser redest, erzähle ich es dir«, sagte sie.

Ich dämpfte meine Stimme.

»Nach der Beerdigung gelang es mir, in einer ruhigen Minute mit Tom zu sprechen. Ich erzählte ihm das meiste von dem, was in Marys Brief stand, und dass ich glaubte, sie hätte es gern, wenn wir in Kontakt blieben. Er stimmte zu. Während der nächsten paar Monate haben Tom und ich uns ab und zu einen Brief oder eine Karte geschrieben und uns sogar ein paar Mal getroffen.« Da mischte ich mich ein und erzählte von der Karte mit der Sphinx und wie wir dachten, dass »Jane« und dein Dad, nun ja, ein Verhältnis hätten. »Sei doch nicht albern«, sagte sie. »Ich bot einem alten Freund emotionale Unterstützung an. Das hatte in keinster Weise etwas mit dem Austausch von Körperflüssigkeiten zu tun.«

»Oh, Mu-um!«, stöhnte ich und ballte die Fäuste.

In diesem Moment erhob sich ein älteres Paar und schaute stirnrunzelnd zu Mum hinüber, während es das Café verließ.

Mum sagte: »Annabelle, zwischen mir und Tom Woodham ist nie irgendetwas gewesen und das wird auch so bleiben. Das erzähle ich dir nur für den Fall, dass du und dein Komplize beschließen sollten, eine weitere eurer phantastischen Wer-zeugte-wen-Untersuchungen einzuleiten. Zu deiner Information: Ich plane keinerlei heiße Affären, weder mit Tom, Dick, Harry, Larry, Achmed oder sonst wem. Ich liebe deinen paranoiden, verrückten Vater. Er reicht einer Frau völlig aus. Aber, wo war ich stehen geblieben, bevor du mich mit diesem ganzen Gerede über Sex aus dem Konzept gebracht hast?«

Ich zuckte zusammen und erinnerte sie daran, dass es um unsere E-Mail-Freundschaft ging.

»Ach ja«, sagte sie. »Um Weihnachten herum hatten Tom und ich dann schon wieder ein recht gutes Verhältnis. Er fing auch an, offen nach deinem Vater zu fragen, fand aber, wie die meisten Männer in einer emotionalen Krise, dass es nicht an ihm wäre, den ersten Schritt zu machen. Eines Abends also, als dein Vater nach einigen festlichen Brandys nicht mehr ganz auf der Höhe war, überredete ich ihn, Tom anzurufen. Dad war zwar nicht gerade begeistert, aber per Zufall bot sich ihm die perfekte Ausrede. Wir hatten gerade unseren Steuerberater verloren und Tom schien der ideale Ersatz. Ich würde nicht sagen, dass es ein sehr flüssiges Telefonat war, aber es gelang ihnen immerhin, fast eine Stunde miteinander zu reden. Tom erzählte sehr viel von Guy und machte sich offenbar große Sorgen um ihn. Guy hatte ernsthafte Depressionen und die psychologische Beratung schien ihm nicht zu helfen. Dein Vater verdient ewige Anerkennung dafür, dass er sich in diesem Moment an Marys Wink erinnerte, euch zwei zusammenzubringen. Er schlug Tom vor, dass du vielleicht eine ›bessere‹ Therapie für Guy wärst. Und da hatte ich eine glänzende Idee. Ich kritzelte unsere E-Mail-Adresse auf ein Stück Papier und hielt es Franklin unter die Nase. Tom überredete Guy, dir zu schreiben – und ein paar Monate später sitzen wir hier und gestehen uns alles in einem Café in Oxford.«

Und das war es dann. Auf eine seltsame Art und Weise haben sie ALLE uns miteinander bekannt gemacht –

sogar Franklinstein, mit dem ich mich jetzt wohl wieder vertragen muss. Na ja, immerhin hat er dich im Arm gehalten – um dich zu wärmen, bis ich dann kam!

Mein Magen rumort. Ich muss los.

Iiieeeeaaaoohh … plumps! (Das war ich! Wie eine Rakete bin ich auf dich zugerast – und auf dir gelandet!) Vergiss nicht, dass du mich heute Abend anrufen wolltest (wen kümmert's, ob sich mein Ohrläppchen auflöst).

Tschüssiiiee
Quirly (ha ha)
xxx

PS: Rocket sagt m-m-miiaaoh. Er sitzt gerade auf dem Monitor.

DIE PFANNKUCHENKATASTROPHE IN DER CAVERNER ROAD

Hallo Rocket (damit meine ich dich!),

ich fühlte mich wie ein Dummkopf, als deine Mum den Hörer abnahm. Ich meine, all die Dinge, die ich über sie weiß. Und all die Dinge, die sie über mich weiß, zum Beispiel, dass ich dir einredete zu glauben, sie sei nicht wirklich deine Mum …

Es reichte jedenfalls, um meine Zunge zu einem Kreuzknoten zusammenzuziehen. Aber sie sagte nur: »Oh, hallo Guy!«, als würde sie mich schon seit Ewigkeiten kennen (wenn ich so darüber nachdenke, tut sie das wohl auch), und begann sofort, drauflos zu plappern und sich dafür zu entschuldigen, dass du mitten in der Nacht vor unserer Tür gelandet bist (*Entschuldigen!* Als hätte mir das etwas ausgemacht!). Ich dachte schon, sie würde das Telefon gar nicht mehr an dich weiterreichen. Irgendwie klingt sie wie eine ältere Version von dir! Du musst von Kindesbeinen an als Marathonrednerin trainiert worden sein.

Übrigens habe ich vergessen, dir folgende Geschichte zu erzählen. Ich habe es endlich herausgefunden! Also, falls dein Dad es dir noch nicht erzählt haben sollte, hier kommt es: Stichwort und Rückblende.

Ort: Studenten-WG in der Caverner Road.

Zeit: Vor vielen Jahren, als alle noch studierten, also im finstersten Mittelalter. Pfannkuchentag.

Mitwirkende: Mary Mary, Mary Jane, Franklin, Tom (die Caverner-Viererbande).

Die Caverner-Bewohner entschlossen sich, ein Pfannkuchenfest zu machen. Keiner von ihnen hatte je zuvor Pfannkuchen gebacken, und es war schwerer, als sie gedacht hatten. Es war ein gemeinschaftliches Unternehmen: Mary Jane kaufte die Sachen ein und presste die Zitronen aus; Tom rührte den Teig; Mary Mary briet die Pfannkuchen; Franklin rollte sie auf, bestreute sie mit Zucker und legte sie auf den Grill, damit sie heiß blieben. (Frag mich nicht, warum sie nicht auf die Idee kamen, die Pfannkuchen einfach im Backofen warm zu halten. Ehrlich, ich bezweifle schwer, dass sie überhaupt dazu fähig waren, alleine in einem Haus zu wohnen. Zum Glück besitzt unsere Generation etwas mehr gesunden Menschenverstand.)

Mit vereinten Kräften gelang es ihnen, drei Pfannkuchen zu backen. Sie waren zwar ein bisschen verhunzt, sagte Dad – an manchen Stellen knusprig und an anderen Stellen eher weich und roh –, im Großen und Ganzen jedoch essbar. Und dann passierte es. Der Pfannenboden begann zu kleben, und Mary Mary hatte Schwierigkeiten, den letzten Pfannkuchen zu wenden. Nachdem sie es ein paar Mal erfolglos probiert hatte, nahm Franklin sich der Sache an. Er war davon überzeugt, der beste Pfannkuchenwender des Universums zu sein. Also begann er damit, den Pfannkuchen in die Luft zu werfen und dabei zu wenden. Einmal, zweimal, dreimal – nach einer Weile versuchte er Rückwärtssaltos, zweifache Schrauben und sogar den dreifachen Lutz. Und während ihm alle zuschauten und klatschten und verbrannte Teigstückchen vom Boden aufhoben, vergaßen sie völlig die Pfannkuchen, die auf dem Grill lagen …

Du hast es erraten. In der nächsten Minute roch es verbrannt und Flammen schlugen aus dem Grill. Mary Mary und Mary Jane blieben gelassen und versuchten einfach, die Grillpfanne herauszuziehen und zum Spülbecken zu tragen, aber Franklin geriet in Panik. Er griff nach Mary Marys Filzhut, den sie auf dem Kühlschrank liegen gelassen hatte, und begann damit, die Flammen auszuschlagen. Bald füllte sich die Küche dann noch mit dem Geruch von verkohltem Hut. Grund für meinen Vater, den kompletten Inhalt der Abwaschschüssel, darunter auch ein paar fettige Löffel, über deinem Dad und dem Hut auszuschütten. Am Ende krümmten sich alle vor Lachen, räumten das Durcheinander auf und aßen stattdessen Toast.

Am folgenden Sonntag bot Franklin meiner Mum an, ihr einen neuen Hut zu kaufen, und fuhr mit ihr in die Stadt, damit sie sich einen aussuchen konnte. Die beiden blieben Ewigkeiten weg, ehe sie mit einem wunderschönen Hut zurückkamen. (Dad sagt, man nennt ihn Glockenhut, wegen seiner Form.) Er ist rot und hat eine Filzrose an der Seite. Mum sah damit wirklich wunderschön aus, wie ein Filmstar aus den Dreißigern (sie trug ihn bis letzten Winter und er liegt immer noch oben bei ihren Sachen), und mein Dad sagt, dass er in diesem Moment begriff, dass zwischen Franklin und Mum immer noch IRGENDETWAS war. Von da an war er eifersüchtig auf Franklin. Und er konnte sein Glück kaum fassen, als Mum sich schließlich doch für ihn entschied.

Ich denke also, du solltest deinem Dad erzählen, dass Mum seinen Hut immer noch getragen hat. Vielleicht macht ihn das glücklich. Aber falls er dir jemals anbietet, Pfannkuchen zu machen, überlege es dir gut, ehe du Ja sagst.

Zu der Seelenoffenbarung im Café: Sie waren schon ein bisschen hinterhältig, unsere Eltern, oder nicht? Wenn ich gewusst hätte, dass ein Lenkflugkörper namens Annabelle auf mich zugeflogen kommt, wäre ich erst mal einen Kilometer aus dem Landegebiet geflohen. Aber ich bin froh, dass ich es nicht gemacht hab.

Aus dem Landegebiet
Guy
:-*:-*:-*:-*:-*

WOW! HÖR DIR DAS AN!

Lieber Großfuß,

ich muss dir etwas PHANTASTISCHES erzählen – aber du wirst es erst später erfahren, und wehe, du gehst gleich ans Ende dieser Mail, um herauszufinden, was es ist! Wenn du das tust, werde ich mich in ... deine HÄSSLICHE SCHWESTER verwandeln! Also sei gewarnt. Versprichst du es mir? Bei deinen haarigen Mammutflappen? O.k., lies weiter. Aber denk daran, ich beobachte dich!

Weißt du noch, wie ich schrieb, dass ich mich mit Dad wieder versöhnen müsste? Nun, er war nicht zu Hause, als wir aus der Stadt kamen, und auch noch nicht, als ich meine Café-Mail geschrieben hatte. Ich versuchte ihn

dann gestern Abend zu erwischen, bevor du angerufen hast, aber da musste er zu irgendeiner piekfeinen Collegeveranstaltung, und als er wiederkam, lag ich schon im Bett.

Jedenfalls las ich heute Morgen gerade deine Mail über die Pfannkuchen und Hüte (schön, ICH LIEBE Hüte), da hörte ich, wie er unten herumtrampelte und sich darüber aufregte, dass »gewisse Leute« ständig den Computer in Beschlag nähmen. Also flitzte ich zu ihm hinunter. Da saß er bereits im Wohnzimmer, hatte die Füße auf den Fernsehsessel gelegt und las Zeitung. Er grunzte, als er mich sah, und blätterte die Zeitung um. Ich hakte einen Finger über den Rand und zog sie ein bisschen nach unten. »Was?«, sagte er und hob die Augen. Ich schenkte ihm mein bezauberndstes Blümchenlächeln. »Lass dich nicht stören«, sagte ich, »ich führe nur eine anthropologische Untersuchung durch.«

Dann kniete ich mich auf den Boden und zog ihm Schuhe und Strümpfe aus!

Er knallte die Zeitung hin. »Annabelle«, knurrte er. »WAS machst du da?« – »Nicht bewegen, ich überprüfe deine Mammutflappen«, sagte ich. »Meine *was*?«, fragte er. »Deine Treter«, versuchte ich ihm zu erklären (so sagen zivilisierte Menschen zu Füßen). Dann erzählte ich ihm von der Gesellschaft für die Wertschätzung des Woodham-Fußes und er stöhnte und sagte: »Du meine Güte, muss ich jetzt etwa beweisen, dass ich dein biologischer Vater bin, oder was?« Ich setzte mich auf seinen Schoß und legte ihm die Arme um den Hals. »Du kannst mir einfach erzählen, von wem ich mein gutes Aussehen geerbt habe.« Ich wusste, dass er innerlich vor Lachen fast platzte, aber irgendwie gelang es ihm, ein ernstes Gesicht zu machen. »Ich könnte dich auch einfach übers Knie legen«, drohte er. Ich baumelte mit den Beinen und sagte ein wenig vorlaut: »Wenn du das tust, setze ich meinen Freund auf dich an.« – »Wie reizend«, sagte er und schnalzte mit der Zunge. »Ich stelle dich dem Jungen deiner Träume vor und du benutzt ihn als Waffe gegen mich.«

Ha! Ganz schön frech, was!

Also gab ich ihm einen Klaps auf die Brust. »Dad, hör auf zu flunkern. Du weißt doch, dass es eigentlich Mary Mary war, die uns miteinander bekannt gemacht hat.« Ein Lächeln zuckte über seine Lippen, und er hob die Hände wie ein Gefangener, der sich ergibt. »Das reicht«, sagte er. »Ich gebe auf. Ich hätte wissen müssen, dass es unmöglich ist, vor dir etwas geheim zu halten.«

»Jawoll«, sagte ich und warf mein Haar zurück. »Mum hat mir *alles* erzählt. Ich weiß sogar von Warwick und dass du Guys Mum einmal gefragt hast, ob sie dich heiraten möchte.«

Er zuckte zusammen und murmelte etwas vor sich hin, aber schließlich schien er erleichtert zu sein, dass die Wahrheit endlich herausgekommen war. Er zwirbelte eine Haarsträhne von mir zwischen den Fingern, wie er es immer getan hat, als ich noch ein ganz kleines Mädchen war, und sagte: »Ich habe Guys Mutter sehr geliebt, Annabelle. Das will ich gar nicht vor dir verbergen. Manchmal, wenn ich darin vertieft bin« – er hielt das Wilfred-Owen-Buch in die Höhe –, »frage ich mich, wie es wohl gewesen wäre … mit ihr. Das Leben mit ihr zu teilen … ein Kind mit ihr zu haben. Und dann denke ich an dich, mein freches, kleines Temperamentsbündel, und ich sage mir, was für ein Glück ich doch habe. Nicht nur wegen meiner schönen und begabten Tochter, sondern auch wegen meiner außergewöhnlichen Frau – die ich, ob du es glaubst oder nicht, sehr verehre.«

Ich biss mir auf die Lippe und wusste nicht, was ich sagen sollte. »Versprichst du mir, dass es keine weiteren Ausreißaktionen mehr geben wird?« Ich zuckte ein wenig die Schultern. »Nicht diese Woche«, sagte ich. »Ich brauche zweimal einen Chauffeur zur Theatergruppe.« Er lächelte und legte die Hand um meine Taille. »Das klingt schon besser. Ist dieser ganze Blödsinn jetzt endlich vorbei?«

Bei diesen Worten schlich sich ein heimtückischer Gedanke in meinen Kopf. Es war einfach zu verführerisch … »Fast«, witzelte ich. »Nur fast?« Dad runzelte die Stirn. Ich nickte bedächtig. »Jupiter ist wieder aus seinem Käfig abgehauen. Ich glaube, diesmal hat er sich *wirklich* unter den Dielen verkrochen.« Guy, es war einfach toll! Sein Gesicht nahm die Farbe eines ungebackenen Pfannkuchens an. »Oh nein!«, keuchte er. »Wann? Wie? Ich dachte, ich hätte den Riegel das letzte Mal rep–« Und dann brach er mitten im Wort ab, weil ich kichern musste. »Reingelegt!«, lachte ich und trommelte auf seine Brust. »Hmpf«, machte er – und packte meine Handgelenke. »Jawohl, Madam«, sagte er, »und jetzt lege ich DICH ... übers Knie!«

Und dann versohlte er mir doch tatsächlich den Hintern! Dieser brutale Kerl!

»Du (klatsch) bist das altklügste (klatsch) Kind, das ich (klatsch) kenne«, sagte er. (Eigentlich war es eher ein klaps, klaps, klaps. Er hat mich nämlich noch nie geschlagen; er hat nur so getan. Es hat natürlich auch gar nicht wehgetan, aber ich quietschte trotzdem – wegen des dramatischen Effekts! Ms Spence wäre sicher beeindruckt gewesen.) »Aber Dad, ich bin doch das *einzige* altkluge Kind, das du kennst!«, protestierte ich. »Und dazu auch noch frech«, sagte er (klatsch).

In diesem Moment kam Mum herein und tänzelte im Raum herum, als ob NICHTS wäre! »Weißt du, wo meine Brille ist, Franklin?«, sagte sie. »Mu-um?«, rief ich. »Dad ist böse und gemein zu mir!« Dad sagte: »Vorhin habe ich sie auf dem Regal im Flur gesehen.«

»Aha«, sagte sie, ging wieder hinaus und ließ Ginger ins Zimmer. »Ginger, mein Engel, beschütze mich!«, rief ich. Er schlabberte mir mit der Zunge übers ganze Gesicht. Na, toll. Genau das, was man braucht, wenn man gerade seine gerechte Strafe erhält – die Nase voller Hundesabber!

»Jetzt hör mir mal zu, junge Dame«, flüsterte Dad und gab mir einen sanften Stups zwischen die Rippen. »Ich muss dir etwas Wichtiges sagen.« – »Was denn?«, fragte ich. Ginger fing an zu kläffen und Dad gab mir wieder einen Klaps, weil ich den Hund nicht ruhig halten konnte! »Ich werde mit deiner Mutter über Ostern wegfahren, aber das ist ein Geheimnis, und ich will nicht, dass sie jetzt schon etwas davon erfährt.«

Ich dachte, klasse, meine Chance, ihn zu erpressen. »Was bezahlst du dafür?«, rief ich.

(Großer Fehler. Er fing daraufhin an, mich zu kitzeln!)

»Nein!«, quietschte ich.

»Also, dann hör mir jetzt mal zu«, sagte er. »Ich dachte, wir gehen vielleicht wandern im Peak District, wie wär's?« Ich strampelte vor Enttäuschung mit den Beinen. »Na danke«, stöhnte ich. »Fahrt ihr nur zum Peak District und lasst mich hier allein, mit einem verrückten Hund und einem wunden Hintern. Aber das macht mir ja gar nichts aus. Vielen herzlichen Dank!« Dann sagte er: »Als ich ›wir‹ sagte, meinte ich … uns vier.« Auch auf das Risiko hin, eine Woche nicht mehr sitzen zu können, sagte ich: »Dad, du hast wohl 'ne Meise, wir sind doch nur zu dritt.« – »Nicht, wenn wir noch jemanden einladen«, sagte er. »Meinst du Laura?«, fragte ich. »Nei-ein!«, sagte er augenrollend und gab mir einen Klaps, weil ich so begriffsstutzig war! »Mit wem würdest du denn am liebsten in Urlaub fahren?«

»GUY?!«, schrie ich. »Sei still«, zischte er und knuffte mir in den Rücken. »Aber du musst ihm sagen, dass er Tom um Erlaubnis bitten soll.«

Null problemo! Her mit dem Telefon!

»Oh, Dad!«, jauchzte ich. »Ich liebe dich so sehr. Ich liebe dich so so so so so SO sehr.« Er brüllte vor Lachen und kitzelte mich wieder. »Schön, freut mich zu hören.«

KLAPS!

Da siehst du, was ich deinetwegen alles erdulde, Guy Woodham. Oh, bitte, sag Ja. Bitte, bitte, bitte. Schick mir eine Mail, ruf mich an, schick eine Brieftaube, wenn du willst. Aber sag einfach JA!!!

Juhu! Ich bin ja so glücklich. Ich weiß nicht, was ich tun soll – Laura anrufen oder heulen oder beides. Beides, glaube ich.

»If there's anything that you want ...?« Einen Urlaub. Mit dir. Jaaaaaaaaaaaaaaaaaaaaaaaaaaaaa!

Bin verrückt nach dir!
A

PS: Jede Menge :-*

NOCH MEHR HUT

Liebe Annabelle,

sobald ich den Hörer aufgelegt hatte, fiel mir wieder ein, was ich vergessen hatte, dir zu erzählen. Das geht mir immer so. Weil du so viel redest, dass ich kaum dazu komme, ein Wort zu sagen ... E-Mail hat doch seine Vorteile, da kannst du mich wenigstens nicht unterbrechen! N-n-na ja. (Und miiaooh auch an Rocket!)

Ich bin ehrlich froh, dass du dich so über den Hut freust. Nachdem ich dir davon erzählt hatte, herrschte so lange Stille in der Leitung, dass ich schon dachte, die Verbindung wäre unterbrochen worden. Und dann dieser ohrenbetäubende Schrei! Ich dachte ernsthaft, du würdest angegriffen – von einer vereinten Streitmacht aus Jupiter, Ginger, deinem Dad, Darth Vader, Inspektor Morse und dem gesamten Polizeiaufgebot von Oxford. Es dauerte ein paar Sekunden, bis ich begriff, dass das ein Freudenschrei war. Mir platzte fast das Trommelfell – tatsächlich bin ich auf diesem Ohr immer noch ein bisschen taub, aber mach dir keine Sorgen, ich werde es überleben. Und dann brauchtest du Ewigkeiten, um mir zu erzählen, dass du ihn sogar im Bett tragen würdest, unter der Dusche, im Peak District und im Schwimmbad (das wirst du doch nicht wirklich tun, oder?), und darüber habe ich vollkommen vergessen, dir Folgendes zu erzählen:

Ich fragte, ob ich Mums Hut oben aus dem Schrank holen dürfte. Dad kam mit mir nach oben und nahm ihn aus der Schachtel. Da war er, ein roter Hut, nach Mums Kopf geformt. Sogar ein loses schwarzes Haar klebte noch innen am Filz. Plötzlich hatte ich das Bild von Mum im Kopf, wie sie lachend und glücklich diesen Hut trägt. Einen Moment lang dachte ich schon, wir würden eine weitere Rolle Klopapier brauchen (und dabei sind die Vorräte gerade verzweifelt knapp), aber dann stülpte Dad mir den Hut über den Kopf und sagte: »Schau dich doch mal im Spiegel an! Er steht dir.« Natürlich sah ich aus wie ein Trottel – dieser elegante Hut zusammen mit meinen Jeans, dem Fleecepulli und den Turnschuhen –, darum begann ich, geziert im Zimmer herumzutippeln, bis wir uns vor Lachen krümmten.

Schließlich fragte Dad: »Weshalb wolltest du den Hut eigentlich herausholen?« Ich wusste es im Grunde nicht so recht, aber plötzlich tauchte in meinem Kopf diese Idee auf. Und genau in dem Moment sagte Dad: »Ich vermute, du möchtest ihn Annabelle schenken, stimmt's?«

Ich setzte mich aufs Bett und überlegte. Wäre das nicht falsch? Sollte Dad den Hut nicht behalten? Aber dann dachte ich daran, dass Franklin den Hut für Mum gekauft hatte und dass Mum wollte, dass wir uns treffen, und plötzlich schien es das Richtige zu sein.

Dad war ebenfalls ganz ernst geworden. Er setzte sich neben mich, nahm den Hut in die Hand, legte ihn auf seinen

Schoß und streichelte ihn, als wäre er eine Katze. Er hatte die Ellenbogen zur Seite gestreckt, als würde ich ihm den Hut jeden Moment aus der Hand reißen wollen. Dann sagte er: »Ja. Ich denke, das ist wirklich eine gute Idee. Es … besiegelt die ganze Sache irgendwie. Und Annabelle wird großartig damit aussehen.« Ich sagte darauf: »Bist du dir auch ganz sicher? Ich meine, es ist schließlich Mums Hut. Möchtest du ihn nicht behalten?«

Er dachte noch ein bisschen länger nach und schob ihn mir dann hin, als könnte er seine Meinung jeden Moment wieder ändern. Dann sagte er: »Doch, das möchte ich. Aber ich finde trotzdem, du solltest ihn Annabelle geben. Solange Jane sich nicht darüber ärgert … Schließlich war das Franklins Geschenk an Mum. Vielleicht möchte sie nicht so gern daran erinnert werden.«

Ich sagte, ich würde denken, dass sich deine Mum bestimmt nicht darüber aufregen würde. Schließlich war Mum auch ihre Freundin gewesen, nicht wahr? Und überhaupt klingt deine Mum wie eine sehr patente Frau. Das sagte ich Dad auch, und er lächelte und meinte: »Oh, DAS ist sie wirklich.« Fast hätte ich gesagt: »Wusstest du, dass sie mal für dich geschwärmt hat?« Aber dann dachte ich: Ach was! Wenn er es wusste, dann wusste er es, und wenn nicht, hat es nicht viel Sinn, ihm jetzt davon zu erzählen. Schließlich hat es in letzter Zeit schon genug Komplikationen gegeben, findest du nicht auch?

Deine Mum klingt wirklich prima. Ich kann mir lebhaft vorstellen, wie sie deinen Dad den White Peak hinaufschleift. Aber ich hoffe, sie hat mir meine dämlichen Theorien verziehen, denn sie klingt nicht wie jemand, mit dem ich es mir verscherzen möchte.

Ich habe dir immer noch nicht das Ende von *Ein Wintermärchen* erzählt, oder? Ich wollte es zuerst nicht, denn so geht die Geschichte aus:

Perdita kommt zu ihrem Vater zurück, und sie sind alle glücklich, wäre da nicht noch eine Sache: Sie erinnert alle an Hermione, die Jahre zuvor gestorben ist. Und sie gehen alle los, um sich diese phantastische Statue der Hermione anzuschauen, die von diesem berühmten Bildhauer gemacht wurde. Alle stehen um sie herum und schauen sie bewundernd an, weil sie so echt wirkt. Lebensgroß. Sie sieht aus, als würde sie im nächsten Moment anfangen zu sprechen. Sogar gealtert scheint sie zu sein! Und dann ertönt diese magische Musik. Alle stehen da wie verzaubert, und plötzlich beginnt die Statue, sich zu bewegen, und erwacht zum Leben.

Es ist wirklich Hermione.

Sie steigt von diesem Sockelteil herunter und legt die Arme um den Hals ihres Mannes. Sie ist nicht mehr tot. Sie ist jetzt wieder mit ihrem Mann und ihrer verloren geglaubten Tochter vereint. Es ist wie das Ende eines Märchens.

Ich weiß, dass mir das nicht passieren wird. Von meiner Mum gibt es keine Statue, und selbst wenn es eine gäbe, würde sie nicht wieder lebendig werden. Das ist kein Märchen, das ist real. Als ich das Video sah, dachte ich eine idiotische Sekunde lang: Angenommen, Mum ist gar nicht wirklich tot? Angenommen, sie kommt zurück?

Aber das war dumm. Sie kommt nicht zurück. Sie wird niemals zurückkommen. Trotzdem weiß ich jetzt, dass mein Dad sie liebte und dass dein Dad sie liebte. Und ich habe sie auch geliebt. Und sie wird niemals vergessen sein. Das bedeutet doch, dass ihr Leben einen Sinn hatte, oder?

Ich möchte dir wirklich gerne Mums Hut geben. Ich werde ihn ganz sorgfältig einpacken. Und als Einschreiben verschicken, sagt Dad – er ist nämlich zu wertvoll, um in irgendeinem Postzentrum verloren zu gehen.

Und er hat Recht – du wirst großartig damit aussehen. Ich kann es kaum erwarten, dich mit dem Hut auf dem Kopf zu sehen. Ich kann es überhaupt kaum erwarten, dich zu sehen.

Guy
:-* x 100

WÜNSCHTE, DU WÄRST HIER

Lieber Yntzückender,

der Hut ist heute Morgen angekommen. Er ist WUNDERBAR. Das allerbeste Geschenk, das ich JEMALS bekommen habe. (Ups, na ja, eines der allerbesten Geschenke, die ich jemals bekommen habe – ich bin ja jetzt Besitzerin eines kostbaren Medaillons, eines phantastischen Kätzchens und eines CD-Players – ach, du weißt schon, wie ich es meine.) Er (der Hut) ist nur ein klitzekleines bisschen zu groß und rutscht mir im Moment noch dauernd über die Augen. Mum hat mir angeboten, ihn enger zu machen. Aber Dad sagt, sie solle sich bloß keine unnötige Mühe machen. Sobald ich vor meinen Freundinnen damit herumstolzierte, würde mein Kopf vor Eitelkeit sicher mehr als genug anschwellen, so dass der Hut dann schon passen würde.

Ha, ha.

:-P an ihn.

Und ein kleines :-P auch an Ms Spence. Wetten, dass du nie gedacht hättest, so was mal aus meinem Mund zu hören. Aber meine Begeisterung für Ms Spence hat in letzter Zeit stark nachgelassen. Gestern habe ich ihr erzählt, was du am Telefon gesagt hast, nämlich dass wir für unsere nächste Schulaufführung doch *Ein Wintermärchen* einstudieren könnten. »Supervorschlag, Annabelle!«, schwärmte sie. »Hermione ist eine meiner

Lieblingsrollen. Es erfordert natürlich außergewöhnliche Grazie und großen Mut, so statuenhaft zu bleiben und trotzdem die geballte Aufmerksamkeit des Publikums auf sich zu ziehen. Es bedarf einer Schauspielerin mit einer starken Bühnenpräsenz, um Hermione wirklich angemessen darzustellen.« Sie schlug die Hände vor der Brust zusammen und strahlte: »O ja, jetzt kann ich es sehen! Ich sehe Tracey, dort oben auf dem Sockel!« Oben auf dem *Sockel*? Oben auf dem Sockel? Eigentlich wollte ich sagen: »Sind Sie sicher, dass die Bühne unter ihrem Gewicht nicht zusammenbrechen wird?«

Ich hätte es tun sollen.

»Aber Ms Spence«, jammerte ich, »*ich* bin doch Hermione!«

»O nein«, sagte sie und wedelte mit den Händen, »dich sehe ich als … eine Schäferin, die tanzend in einem Reigen herumhüpft …«

Meinetwegen kann sie selbst im Kreis herumhüpfen! Ich glaube nicht, dass ich noch länger in ihrer Theatergruppe bleiben möchte. Ich werde stattdessen lieber in unsere Lyrik-AG gehen. Gedichte sind nämlich gar nicht so übel, wenn man mal den Einstieg gefunden hat, stimmt's? Ich habe gerade eines fertig geschrieben, das »Die Höhle der Mammutflappen« heißt und von riesengroßen Socken handelt! Ms Spence fand es »bemerkenswert surreal«. Sie sagte, ich hätte einen Verstand aus »Gold« und sollte ihn bis in seine »hintersten Winkel« erforschen. Da hörst du es. Ich wusste gar nicht, dass ich einen goldenen, verwinkelten Verstand habe!

Aber ich wette, dass Mr Phiggins es weiß. Er hält mich nämlich jetzt für ein Genie. Am Anfang jeder Mathestunde stellt er uns eine kleine Rechenaufgabe und vergibt dann einen Preis an den Ersten, der sie löst. Letzten Donnerstag sagte er: »Wenn es neunzig Pence die Meile kostet, in einem Taxi von hier nach Hereford zu fahren, wie viel würde das Fahrgeld dann ungefähr betragen?« Ich kam dem Ergebnis mit nur zwanzig Pence Differenz am nächsten! War natürlich ein bisschen geschummelt, aber ich habe nicht verraten, woher ich das wusste. Der Siegerpreis war eine kleine Packung Orangensaft. Ich trank sie fast ganz aus. Den Rest schüttete ich Stinkler über den Kopf, als er mit einem Walkman auf den Ohren vorbeilief. Es war klasse!

Aber ich komme vom Thema ab (wie immer). Bitte sag deinem Dad ein MONSTERGROSSES Dankeschön und dass ich meinen neuen Hut IMMER in Ehren halten werde. Sag, dass er niemals in die Nähe eines Pfannkuchens oder eines brennenden Grills kommen wird. Und ich denke, du solltest ihm den Rat geben, ein paar Papiertaschentücher zu kaufen, weil ihm vielleicht wieder zum Weinen zumute sein könnte, wenn er das Foto im Anhang sieht.

Dankeschön an Mary Jane und ihre digitale Kamera! Cheeeeeese!

Die süße Annaglocke (kapitzko?)
:-* x das Universum (es weiß, was es tut).

PS: Hast du dir schon das Fußspray gekauft? Ich werde auf keinen Fall mit dir in den Peak District fahren, bevor ich nicht einen eindeutigen Beweis in Form eines Kassenzettels gesehen habe!

EIN VOLLSTÄNDIGER UND AUFRICHTIGER LEITFADEN DER WIDERLICHEN ANGEWOHNHEITEN VON GUY WOODHAM

(in beliebiger Reihenfolge)

Annabelle, Guy hat mir gesagt, dass du nach dieser Liste gefragt hättest, aber er war zu feige. »Das kann ich ihr doch nicht *sagen*, oder?«, meinte er. »Sie wird nichts mehr mit mir zu tun haben wollen.« Aber ich finde, du solltest gewarnt sein, also erledige ich es für ihn. Bist du auch ganz sicher, dass du es wissen möchtest?

Also gut, dann lies weiter …

- Er hinterlässt einen Haufen alter Socken auf seinem Zimmerboden.
- Er klaut meine Socken, wenn er keine sauberen mehr hat, weil kein einziger seiner Socken jemals eine Waschmaschine zu Gesicht bekommt.

- Er kocht die abscheulichsten Nudelgerichte (entschuldige, Guy, ich weiß, du gibst dir Mühe) und zwingt mich dann, sie zu essen.
- Er summt laut (und unmelodisch) mit seinem Walkman mit, wenn ich versuche fernzusehen.
- Er knirscht im Schlaf mit den Zähnen.
- Er zermanscht seinen Hackfleischauflauf zu einem Haufen Brei aus Erbsen und Soße, bevor er ihn isst.
- Er lässt die Informationszettel von der Schule ganz unten in seinem Rucksack verschwinden, zusammen mit schimmligen Schokoladeresten und versteinerten Äpfeln.
- Er isst Toastbrot mit Erdbeermarmelade und Mayonnaise (Bitte frag mich *nicht*, wie er auf die Idee kam, das auch nur zu *probieren*!).
- Er besetzt den Computer, um endlos lange E-Mails an eine gewisse Miss Annabelle King zu verschicken.
- Er treibt die Telefonrechnung in die Höhe, Grund siehe oben.
- Er lässt seine Turnschuhe strategisch geschickt genau dort herumliegen, wo ich garantiert darüber stolpere.
- Er versucht, sich mit meinem Rasierer (und einem Vergrößerungsglas) zu rasieren, und tut dann so, als hätte jemand anderes mein Zeug überall im Bad verstreut.
- Er hinterlässt seine abgeknipsten Zehennägel im Badvorleger (eine schlimme Bedrohung für empfindliche Mammutflappen).
- Er erledigt den Abwasch so hoffnungslos schlampig, dass man sich noch gut daran erinnern kann, was man

zwei Tage vorher gegessen hat – weil die Speisereste noch am Besteck kleben.

- Er schiebt sämtliche Dinge des Universums unter sein Bett: seine Version von »Zimmer aufräumen«.
- Er isst Pistazien im Bett und lässt die Schalen auf der Decke liegen.

Tut mir Leid, aber du hast gefragt!

Bitte lass dich davon nicht abschrecken. Er ist wirklich ein netter Guy. Und verrückt nach dir.

Tom Woodham

Guy ist gerade auf dem Weg nach oben, darum schicke ich das hier schnell ab, bevor er mich aufhalten kann –

Mein Guy

von Annabelle Hermione King

Du bist mein Shakespeare-Sonett
mein Wilfred, mein Owen
mein ganz normaler Jemand
meine Eins plus in allen Lagen

Du bist mein Draufgänger
mein Gipfel
meine Himmelsrichtung
mein West-Nordwest
mein Grenzgänger

Du bist mein Rugby-Gerangel
mein letzter Mohikaner
mein Held, mein Herzschlag
mein weit entfernter, yntzückender
Stern

Bist immer bei mir
(auch wenn ich dich nie sehe)
flüsterst mir zu
(auch wenn ich deine Stimme nie höre)
Ich weiß, du bist da
im Äther, um mich herum
wie der Trost eines warmen Windes
der mein Herz berührt

Klang Bin Elena
üfr
Yug Hawmood

THE
(d'Lacey)

END
(Newbery)

Jürgen Seidel
Pickel, Clou & Woyzeck
Roman
Beltz & Gelberg Taschenbuch (78858), 232 Seiten *ab 14*

Das Leben ist krass. In diesem Roman ist es noch krasser: Franz ist sechzehn … die Zeit der Pickel. Franz hat gleich so viele davon, dass alle ihn »Pickel« nennen. Trotzdem hat er eine Freundin: Clou, die ist so schön, dass es wehtut, wenn er sie nur ansieht. Für einen Kuss kann sie mit ihm machen, was sie will. Lauter megapeinliche Sachen. Doch auch Pickel hat seinen Stolz. Alle mischen sich in sein Leben. Damit ist jetzt Schluss! Pickel schlägt zurück!

»Dieses Buch erzählt von einer Wahnsinnsliebe. Aber die ist noch harmlos gegen den ganz normalen Wahnsinn der Realität. Doch Vorsicht! Es ist kein Buch für jeden! Hier jagt ein Schock den nächsten und am Schluss bist du froh, wenn du noch alle deine Organe hast. (Und deinen Verstand!) Trotzdem ist es kein Horrorroman. Eher ein Buch über die Liebe in den Zeiten der Pubertät. Und genau darum ist es so herrlich verrückt.«
Ostthüringer Zeitung